ルキアノス

食客

全集 3

西洋古典叢書

凡　例

一、本『ルキアノス全集』は全八冊とし、この分冊には第二十六篇より第三十四篇まで収める。

二、本分冊の翻訳は原則的に M. D. Macleod, *Luciani Opera*, Tomus II, Oxford Classical Texts, 1974 のテクストに基づく。それ以外のものに拠るときは、註で記す。

三、随所に入れた小見出しは訳者による。

四、ギリシア語とラテン語をカタカナで表記するにあたっては、

(1) ϕ, θ, χ と π, τ, κ を区別しない。

(2) 固有名詞の長音は、原則として表記しない。普通名詞の原語をカタカナ表記する場合は、長音を表示することがある。

五、訳文中の「　」は引用および重要な語句を、ゴシック体の和数字は節番号を表わす。［　］は訳者による補足、（　）はギリシア語表記の挿入である。註や解説における『　』は書名を表わす（ただし著者名を付していないものはルキアノスの著作である）。

六、巻末に「固有名詞索引」を掲げる。

目次

カロン（第二十六篇）……3
哲学諸派の競売（第二十七篇）……31
甦って来た哲学者（第二十八篇）……59
二重に訴えられて（第二十九篇）……103
供犠について（第三十篇）……139
無学なくせにやたらと本を買い込む輩に（第三十一篇）……151
夢またはルキアノス小伝（第三十二篇）……173
食客（第三十三篇）……185
嘘好き人間（第三十四篇）……227

解　説……263
固有名詞索引

食客

全集 3

丹下和彦 訳

カロン（第二十六篇）

一

ヘルメス　カロン(1)よ、何をにこにこしている？　いったいなんでまた渡し舟を捨ててここへ上がって来たのだ。わしらの住むところまで上がって来て上の世界に顔を出すというのはほんに珍しいことだが。

カロン　それは、ヘルメスさま、この目に見たいと思ったからですよ、人の生涯とはいったいいかなるものか、その人生で人間はいったい何をし、またそこで何を奪われたがゆえに、皆嘆き悲しみながらわたしらの住むところまで下ってくるのか。渡し船の客は誰一人として涙を流さぬ者はいませんからな。そこでわたしは冥府の王に願い出て、あのテッサリアの若者(2)同様に、一日間だけ渡しの仕事を休ませてもらいこの世に上って来たのです。あなたとお会いできたのは何よりのことと思います。あなたは案内役として適任です。必ずやわたしに同行してくださいましょう。そしてすべてよくご存じですから一つひとつわたしに教えてくださいましょう。

ヘルメス　渡し守よ、わしは忙しい。いまも人間界のちょっとしたことで天上のゼウスに言い付けられて出掛けるところなのだ。あの方は気が短い。だから心配なのだ、ぐずぐずしていたらわしを闇の世界に放り込んでおまえたちの同類にしてしまうのではないか、以前にヘパイストスにどういう仕打ちをなさったか(3)、このわしをも同様に神の住居の敷居から足蹴にして突き落とされるのではあるまいか、跛になって笑われ者となり酒のお酌をして廻れとばかりに——とまあこんな具合にな。

カロン　それではあなたは地上に出たこのわたしを知らぬ顔して迷わそうというのですか。あなたはわたしの同僚、航海仲間、そしてわたしと同じに死出の旅の案内人でもあるお人じゃありませんか(4)。ねえマイアの御子息さま、ちっとは思い出してくださいよ、わたしがあなたに舟の淦汲《あか》みさせたり櫓を漕げと言ったりしたことがありますか。いいや、あなたはそれほどごつい肩をしながら甲板に大の字に寝て鼾をかくか、または誰かお喋りな死人を見つけると、そいつと舟を降りるまでずっと話し続けるかしていたんです。櫓を漕ぐのは年寄りのわたし一人。さあ、お父上の名にかけて、愛しのヘルメスさま、わたしを見放さないでくださいよ、あちこち引き廻して人生万般を見、得心して家へ戻れるようにしてくださいませんか。だって放っておかれますと、わたしは盲人そのものですから、ちょうど彼ら盲人が闇の中ですべって転ぶように、わた

(1)冥府の河アケロンの渡し守。
(2)テッサリアの王イピクロスの子プロテシラオスのこと。トロイア戦争でトロイアに最初に上陸し、最初に戦死した。妻のラオダメイアは夫を三時間だけこの世に返すことを神々に祈り、帰ってきた夫が三時間後再び冥府に下るとき、夫の腕の中で自害して果てた。ここでは冥府の渡し守カロンが一日だけこの世に上って来たことの比喩的表現としてこの神話が使われている。
(3)天上でゼウスとヘラがヘラクレスのことで言い争った際、仲介に入ったヘパイストスを怒ったゼウスがその足を摑んで地上へ投げ下ろしたためにヘパイストスは跛になったという。また彼は神々の宴席では酌人の役目を担わされている。
(4)使者の霊魂を冥府へ送り届けるのもヘルメス神の仕事の一つ。

しも逆に光の世界にいながら目が曇るのです。さあキュレネ山[1]生まれのお方よ、わたしめにお恵みを。終生忘れませぬから。

二　**ヘルメス**　そんなことをすればこの身に打擲が及ぶのは必定。とにかくわしは、この案内役の報酬にな、きっと拳骨の嵐に見舞われることになるだろうと踏んでいる。とはいえひと肌脱がざるをえまい。だって友人が強くせがんでいるんだ。自重している場合じゃないじゃないか。

渡し守よ、おまえさんが何もかもを一つずつ正確に見知るというのは無理だ、そうするには何年もの年月が要るからな。そうなるとわしは逃亡奴隷さながらにゼウスによって帰還命令の公示がされることになり、またおまえのほうは死神の仕事の遂行を妨げ、この先ずっと死者を渡すのをやめるためにプルトン[2]の行政に損害を与えることになる、さらに収税人のアイアコス[3]は賃稼ぎができないと言ってお冠りになるだろう。これから見えてくるさまざまな出来事の要点だけをそなたがその目できちんと捉えられるように、いまはそれを考えることから始めなければならん。

カロン　ヘルメスさま、あなたのほうでいちばんよい方法をお考えください。なにしろわたしはよそ者ですから地上のことは何一つわかりかねます。

ヘルメス　要するにだ、カロン、おまえがすべてを一望に見渡せるようなどこか高い場所が必要だ。もしもおまえが天上に昇ることができれば、思い患うこともないのだがな。空から見下ろせば何もかもがはっきり見えるだろうからな。といって、いつも亡霊と付き合っている者がゼウスの王国に足を踏み入れることは許されぬから、どこか高い山を捜さねばなるまい。

三　カロン　ヘルメスさま、わたしが航海中にあなた方にいつも言うせりふ、ご存じですな。突風が横殴りに帆に吹きつけて高波が湧き起こるようなときに、あなた方は何も知らぬくせに帆を下ろせとか、帆脚索《ほあしづな》を少し緩めろとか、あるいはまた風に乗って走らせろなどと命令なさる。そこでわたしはあなた方に静かにしていてくれませんかと申し上げる。どうしたらよいか知っているのはわたしのほうですからとね。同じことです。あなたのほうがどうすればうまくゆくか思案してくださる。今度はあなたが船長ですからね。わたしのほうは船客らしくして、何も言わず坐って、あなたの言うとおりに従います。

ヘルメス　そのとおりだ。どうしたらいいか、わしのほうで考えてやる。そして隈なく見渡せる場所を見つけてやろう。さてカウカソス〔コーカサス〕がいけると思うがどうだ、いやパルナッソスか、それともこの二つよりもあそこのオリュンポスのほうがもっと高いか？　いやあのオリュンポスを見ていたら、悪くない話を思い出した。だけどおまえも一緒に汗を流して助けてくれなきゃならんぞ。

カロン　何でも言ってください。できるかぎり協力いたします。

ヘルメス　詩人ホメロスの言うところでは、アロエウス(4)の息子たち、ちょうどわしら同様に二人でまだ子

（1）アルカディア地方東北部の山、ヘルメスはこの山中の洞穴で生まれたとされる。
（2）冥府の王ハデスの異称。
（3）冥府で死者を裁く裁判官。また冥府の河アケロンの渡し賃の取り立て役。
（4）ポセイドンとカナケの子。次のその息子たちとはアロエウスの妻イピメデイアとポセイドンとの子のオトスとエピアルテスを指す。二人は次にあるとおり山を重ねて天に達し神々と闘おうとした。

供だったのだが、この子らがあるときオッサ山を根元から引き抜いてオリュンポス山の上に置き、さらにその上にペリオン山を乗せて天に到達するための梯子、天への接近手段にしたいと考えたというな。彼らは青二才で向こう見ずだったから罰を喰らうはめになった。だがわしらは――何もそうして神々に悪さを働く心づもりはないから――彼らと同じように山を次々に積み上げても悪いはずがない。もっと高いところへ登ってもっとはっきりとした展望を得たいということでな。

四　カロン　でもヘルメスさま、わたしたちたった二人でペリオン山かオッサ山かを持ち上げて積むなんてことができましょうか。

ヘルメス　なんでできぬことがあろう、カロン。それともおまえはわしらがあんな尻の青い奴らに劣るとでも考えているのか。それにわしらは神の身だぞ。

カロン　いえ、そういうわけではありません。でもこの件はとんでもない仕事量になりそうですがね。

ヘルメス　そのとおりだ。それはな、カロン、おまえが散文的な人間で、詩心に欠けているからだ。高尚なるホメロス先生は二行の詩(1)であっという間にわしらを天に登らせた、あんな風に易々《やすやす》と山を繋げてな。もしもおまえがこれを奇蹟だと思うなら、それこそ驚きだ。だってアトラスのことはもちろん知っているだろうからな。あのたった一人で天空を担い、わしらすべてを支え持ってくれている男だ。ところでまた、おまえ、わしの兄弟のヘラクレスのことはきっと聞き知っていよう。あのアトラスを援け、己の身を重荷の下に入れてしばし担ぐのを休ませてやったのを。

カロン　その話は聞いています。でもそれが本当かどうかは、ヘルメスさま、あなたと詩人たちだけが知りうることです。

ヘルメス　いやまったく本当だよ、カロン。なんで賢人たちが嘘を吐かねばならん。とりあえずわしら、詩の言葉どおり、巨匠ホメロスの言うがままにオッサの山を根こそぎ引っ張り上げてみよう。

さらにオッサの上に
簇葉《むらは》揺れるペリオンを

ほら、わしらがいかに易々とまた詩的にその仕事をし終えたかわかったろう？　さて上に登ってさらにまだ上に積む必要があるかどうか見てみよう。

五　いやこれは！　わしらのいるところは天の裾のそのまだ下のほうだ。東の方角にはイオニアとリュディアが見えるだけだし、西の方角にはイタリアとシケリアだけ。北の方角はイストロス河(2)のこちら側まで。そしてその反対側のクレタははっきりと見えん。なあ渡し守よ、わしらはもっと手を加える必要があるぞ。オイテ山もさらにはパルナッソス山も全部の上に乗せたほうがよいようだ。

カロン　そうしましょう。でも気をつけてください、限界を超えて乗せすぎてあまりに不安定なものにしすぎないように。山もろともに転げ落ち、頭をかち割って、ホメロス流の積み方の苦い成り行きを味わうことになりますぞ。

---

(1)ホメロス『オデュッセイア』第十一歌三一五―三一六行。「天空へ上る道を作ろうと、オリュンポスの上にオッサを、オッサの上に／簇葉揺れるペリオンを積み上げようとした」。

(2)ダニューブ河すなわちドナウ河下流。

ヘルメス　心配するな。皆ゆるぎなくゆく。オイテ山を乗せろ、パルナッソス山を積み上げろ。

カロン　ほら。

ヘルメス　もう一度登ってみよう。おお、いいぞ。よく見える。さ、おまえも登って来い。

カロン　ヘルメスさま、手を摑んでください。だってわたしに登らせようというのはとんでもなく大きな機械仕掛け（メーカネー）ですからね。

ヘルメス　カロンよ、とにかくすべてを見たいというのなら頑張れ。安全にして見物も楽しみたいという一挙両得は無理だぞ。さあ、わしの右手を摑め。滑りやすいところを踏まんように気をつけろ。よしよし。上がってきたな。パルナッソスには峯が二つある。二人がそれぞれの峯に登って座を占めるのだ。さあ、おまえはぐるっと見廻してすべてを観察するのだ。

六　カロン　見えます、たくさんの土地、その周囲を流れる大きな湖のようなもの、山、そしてコキュトス(1)や火の河(2)よりも大きな河、それにほんとにちっちゃな人間たちとその巣窟らしきものが。

ヘルメス　おまえが巣窟だと思っているのは町だ。

カロン　ヘルメスさま、わたしたちのしたことは無駄だった、パルナッソスをカスタリア(3)ごと動かしたのも、オイテやその他の山々を動かしたのも無駄だったと思いませんか。

ヘルメス　なぜだ。

カロン　高いところから見ても何もはっきりしません。わたしが見たかったのは絵で見たような町や山なんかじゃなく、人間そのもの、彼らがしたり言ったりしていることなのです。あなたがわたしと最初に出会ったとき、わたしが笑っているのを見て何をにこにこしているのかと尋ねましたね、あれはあることを聞いてとても面白かったからなのです。

ヘルメス　それはいったい何だ。

カロン　ある人が友人の一人から明日夕食に来てくれと言われて、喜んで行かせてもらうと答えたのですが、そう言っている最中に誰が動かしたか屋根の瓦《かわら》が落ちてきて彼を殺してしまいました。約束を遂行できなかったというので、わたしは彼のことを笑ったというわけです。さてもっとよく見たり聞いたりするには下へ降りたほうがよさそうです。

七　**ヘルメス**　動かんでよい。そこをうまく直してあっという間にくっきり見えるようにしてやるから。ホメロスからこれによく効くお呪いを引用してな。わしがその言葉を言うたら、もはやぼんやり見にくいということはなく、何もかもがはっきり見えるようになると心得るがよい。

カロン　言ってください。

ヘルメス
　これまであなたの目にかかっていた靄《もや》を取り払い、

---

(1)冥府を流れる河。名は死者を悼む「哀泣」の意。
(2)同じく冥府を流れる河。原語のピュリプレゲトンは「火で燃え立つ」の意。火葬を象徴するものか。
(3)パルナッソス山麓にある泉。

神と人間とを見分けられるようにしておいた。[1]

どうだ、よく見えるだろう?

カロン　抜群です。あのリュンケウス[2]だってわたしに比べりゃ盲人も同然。さあ、どんどんわたしに教え、尋ねることに答えてください。だけどわたしのほうもホメロスの言葉を使ってお尋ねするのがよろしいでしょうかね、わたしだってホメロスの詩にまんざら無縁じゃないってことを知っていただくために。

ヘルメス　ホメロスの詩なんか、いったいどこで知ったのだ。いつも舟に乗って櫓を漕いでいる身なのに。

カロン　ちょっとちょっと。そいつはわたしの商売への中傷ですぜ。わたしはあの人が死んで舟であの世へ渡したときに、詩を朗唱するのをたくさん聴いたもんでいまでもそれをいくらか憶えているんです。そのときけっこう大きな嵐にわたしたちは見舞われたんですけどね。あの人が同乗の客たちに向けてあんまり嬉しくない歌を何か歌い始めたときでした。ポセイドンが雲を集め、海中に柄杓のように三叉の鉾を突っ込んで掻き混ぜ、辺り一面疾風怒涛を巻き起こした、とね。このようにあの人が言葉の力で海を掻き廻したとき、突然の嵐と闇がわたしたちに襲いかかってきてほとんど舟を転覆させてしまうところでした。それであの人は船酔いにかかり、その詩のなかの多くの部分を、スキュラとカリュブディスとキュクロプス[3]に関わる箇所も含めて吐き出してしまいました。あの人が吐き出したなかの一部を再現するのは難しいことじゃありません。八　彼はこう言ったのです。

　さてあそこのあの頑健そうな、美々しくかつ大柄な男は何者か、身の丈と肩幅の厚さで衆に抜きん出たあの者は(4)？

ヘルメス　あれはクロトン出身の競技選手のミロン(5)だ。雄牛を肩に担いで競技場の中央を進んで行くのを見て、ギリシア人たちが拍手喝采している。

カロン　じゃわたしは、ヘルメスさま、皆からさらにどれほど褒められてしかるべきでしょうかね、あのミロンをすぐさま捕まえて舟に積み込むとすれば。彼は対戦相手の難敵中の難敵たる死神の投げを喰らって、それもどんなふうに身体を引っ繰り返されたか確《しか》とわからぬままにわが軍門に下るというわけです、が、そうなれば彼はわたしたちにきっと嘆いてみせるでしょう。勝利の冠と拍手喝采を思い出してね。いま彼は雄牛を肩に担ぐというので皆から驚嘆の目で見られていい気になっている。どうです？　彼がいつかは自分も死ぬと思っていることが考えられますか。

ヘルメス　いま奴はあれほど元気溌剌としているのに、自分が死ぬなんてことを考えたりするだろうか。

カロン　まあ見てなさい、まもなく舟に乗り込んできてわたしたちを笑わせてくれましょうから、雄牛はもちろん虻一匹だって担げない姿を見せてね。**九**　今度はあの男です。

（1）ホメロス『イリアス』第五歌一二七―一二八行。
（2）万物を見透す千里眼の持ち主。
（3）いずれもホメロス『オデュッセイア』に登場する怪物。スキュラはメッシナ海峡と思しき海峡の洞穴に棲む六頭十二足の女怪物。カリュブディスは海の渦巻を擬人化した女怪物。キュクロプスはシケリア島と思しき島に棲む一つ目の巨人族。
（4）ホメロス『イリアス』第三歌二二六―二二七行。トロイアの城壁からギリシア軍を観察するプリアモス王の言葉。「あの者」はアイアス。
（5）前六世紀初頭の南イタリア、クロトン出身の運動選手。

ではあのもう一人の堂々たる男は誰か？(1)

着ているものを見るとギリシア人ではないようですが。

ヘルメス　カロンよ、あれはカンビュセスの息子のキュロスだ。(2)以前はメディア人のものだった国をいまではペルシア人のものにしてしまっている男だ。さらに最近アッシュリアも勢力下に収めたばかりだし、バビュロニアも手中にしておるし、どうやらリュディアへも進攻の意図があるようだ。クロイソスを征圧してすべてを支配したいというわけでな。

カロン　クロイソスですって、彼はどこです？

ヘルメス　ほらあれを見ろ、三重の城壁を巡らせた巨大な城砦を。あれがサルディスだ。(3)クロイソスその人が黄金製の寝椅子に坐って、アテナイ人のソロンと話をしているのが見えるだろう。二人が何を話しているか聞いてみたいと思わぬか。

カロン　ぜひとも。

一〇　**クロイソス**　おおアテナイの友人よ、ご覧のとおり、わたしは富み栄え、財宝に満ち溢れ、量り知れぬ金塊もその他贅沢品も数々所有しておる。さあ言ってくれ、人間という人間のうちでいちばんの幸せ者はいったい誰と思われるかな？

カロン　ソロンは何と言いますかね？

ヘルメス　心配するな。まずいことは何も言わんよ、カロン。

ソロン　クロイソスよ、幸福な人間は数少ないものです。わたしが知るなかでクレオビスとビトン、あの女神官の二人の息子こそ最も幸福な人間だと思います。

ヘルメス　彼が言うのはあのアルゴスの巫女の息子たちのことだ。母親を車に乗せ神殿まで人力で引っ張って行き、そのまま一緒に死んだ息子たちだ。(4)

クロイソス　いいだろう。一番の幸福者は彼らであるとしよう。では二番目は誰だ。

ソロン　アテナイ人のテロスです。幸せな生涯を送り、祖国のために死んだ男です。

クロイソス　おいおい、わたしはどうなのだ、そなたにはこのわたしが幸せそうに見えないかね。

ソロン　クロイソスよ、人生の終わりに達しないうちはまだ何とも言えません。と申しますのは死こそそれを見分ける明確な試金石であり、最後まで幸せに生きたか否かを決めるものなのですから。

カロン　ソロンよ、おまえさんがわたしたち(5)のことを忘れないでいてくれるのは結構なことだ。そうしたことの判定がそれにふさわしい者に下されるのは、まさに渡し舟そのもののところでだぞ。――さてクロイソスが送り出すあの者たちは誰で、また彼らがその肩に担いで行くのは何ですか。(6)

---

(1) 右のホメロス『イリアス』第三歌二二六行以下の捩《もじ》り。
(2) アケメネス朝ペルシアの始祖。前六世紀後半。
(3) 小アジアの都市。クロイソス王の居城。
(4) クレオビスとビトンは母親をヘラの祭りに連れて行くのに、牛が間に合わなかったので、母を乗せた車を自分たちで曳いて行き、孝行息子と呼ばれた。母親は女神に子供らのために最高の幸せを祈願したところ、息子らは眠っているあいだに安らかに死んだ。
(5) 死と密接に関わるカロンと冥府の王プルトン。
(6) ヘロドトス『歴史』第一巻五〇以下参照。

ヘルメス　彼はピュティアへ神託のお礼に数多の金塊を奉納しようというんだ。その神託のためにそのあとすぐに身を滅ぼすことになるのだがね。彼の占い好きは常軌を逸している。

カロン　あれがその金ですかな、あの輝いているのが、赤味を帯びて薄く黄色っぽく光っているのが。いやいまはじめて見たものですから、話には聞いていましたがね。

ヘルメス　カロンよ、あれこそがそうだ。その名も高き諍いの的黄金だ。

カロン　じっさいわたしにはよくわかりませんね、あれのどこがよいのか、持つ人間がただ重い目をするだけのことですよ。

ヘルメス　そなた知らんとみえるな、あれのためにどれほど多くの争いや謀みや盗みや偽善や妬みや監禁や〈長い航海や〉商取引きや隷従がなされるものか。

カロン　あんなもののためにですか、ヘルメスさま、青銅とほとんど変わらんのに。わたしは青銅なら知ってますからね。ご承知のように冥府へ下ってくる連中一人ひとりから一オボロスずつ頂戴してますからね[1]。

ヘルメス　なるほどな。しかし青銅は腐るほどあるから誰もあまり熱心に欲しがらん、一方こちらは採掘人が地下の深いところから掘り出した稀少金属だ。それにこちらは鉛やその他の金属同様に大地の産物だ[2]。

カロン　おっしゃるとおりですと、人間とはとんでもない愚か者ということになりますな、あんな黄色で重い物を必死に欲しがるというのですから。

ヘルメス　だがカロンよ、あのソロンはそんなものを欲しがるようには見えぬ。見てのとおり彼はクロイソスを、あの異邦人の傲慢を嗤ったのだからな。思うに彼はクロイソスを問いただそうとしているのだ。さあ聞いてみようではないか。

一二　ソロン　クロイソスよ、お聞かせあれ、アポロンの神はなぜそのような金塊をお求めになるとお思いなのか。

クロイソス　神かけて申そう。それはデルポイにはこれまでそのような奉納品はいっさいなかったからだ。

ソロン　ではあなたは、神が他の品々とともに金塊をもお納めになれば至福を感じられると思われますのか。

クロイソス　どうしてそうではないと？

ソロン　クロイソスよ、あなたの言われるところによると天上はずいぶんと貧乏なさっておられることになる。手元不如意になればリュディアからまで黄金を取り寄せようということですから。

クロイソス　わたしが所有するほどの黄金がどこにまたとあろうか。

ソロン　ではどうです、リュディアに鉄は出ますか？

クロイソス　多量ではないが。

ソロン　ということはあなた方にはより価値のあるもののほうが欠けているわけだ。

クロイソス　どうして黄金より鉄のほうが優れているのだ。

ソロン　腹を立てずに答えてくだされば、おわかりになれます。

クロイソス　訊くがよい、ソロン。

（1）アケロン河の渡し賃として。

（2）青銅は人工的な合金（銅と錫の）。

ソロン　人を助ける者とその者によって助けられる者とではどちらが立派でしょうか。
クロイソス　そりゃ助けるほうに決まっている。
ソロン　さてそれでは噂されているように、もしキュロスがリュディアへ侵攻してきた場合、あなたは兵らに黄金の剣を装わせますか、それとも鉄の剣がふさわしいと思われますか。
クロイソス　とうぜん鉄の剣だ。
ソロン　ではもしその鉄が用意できなければ、あなたの黄金はペルシアの戦利品になってしまいましょう。
クロイソス　黙れ、おい。
ソロン　そんなことにならなければよろしいが。でもあなたは黄金より鉄のほうが優れていると、どうやらお認めになりましたな。
クロイソス　それではそなたは神にも鉄の塊を奉納して、黄金は返してもらえというのか。
ソロン　神は鉄もお求めではありません。青銅であれ黄金であれ奉納すれば、その奉納品は他の者たちの財産や賜り物となるのです。ポキスの人間やボイオティアの人間、あるいはまたデルポイ人そのものたち、また僭主の誰かや盗賊のね。神はあなたの黄金細工などには何の関心もないのです。
クロイソス　いつもそなたはわしの富を敵視し嫉妬するのだな。

一三　ヘルメス　カロンよ、あのリュディア人は真実をずけずけ言われるのに慣れていないのだ。貧乏人が卑屈にならずその身に起きたことを自由に話すというのが、彼には理解できないのだ。このあとすぐに彼はキュロスの捕虜となって火刑の薪の上に引き上げられることになるんだがね。そのときソロンの言ったことを思い出すだろうよ。実はわたしは以前、人間各自に割り当てられた運命をクロト[1]が読み上げるのを聞いたことがあるのだが、そこにはこうあった、つまりクロイソスはキュロスに捕えられ、そしてキュロスはあの向こうにいるマッサゲタイ族の女性の手にかかって死ぬとな。ほら見えるか、白い馬に乗っているあのスキュティア人の女が。

カロン　ええ。

ヘルメス　彼女《あれ》はトミュリス(2)といってな、キュロスの首を刎《は》ねて人血を満たした皮袋の中へそれを投げ込むことになる女だ。また彼の若い息子の姿も見えるかな。彼がカンビュセスだ。彼は父の跡を継いで王となるが、リビュアとアイトリアで不首尾を重ねたのち最後は狂気に陥り、アピス(3)を殺して自らも死ぬことになる。

カロン　まったくお笑い草ですな。しかしいま、誰が彼らにまともに目を向けようとするでしょうか、あれほどに他人を見下す連中を。いやいったい誰が信じましょうか、このあとすぐに一人はその身が捕虜となり、一人はその頭を袋の中の血の海に浸すことになるだろうなどと。**一四**　さてヘルメスさま、あれは誰ですか、紫色の外套をブローチで留め、王冠を被っている男、料理人が魚を開いて取り出した指輪を奉げているあの男です、

(1)運命の女神モイライの一人で運命の糸を紡ぐ女神。
(2)カスピ海の東に住むマッサゲタイ族の女王。ヘロドトス『歴史』第一巻二一四を参照。
(3)カンビュセスがエジプト遠征時に殺したエジプトの聖牛。ヘロドトス『歴史』の第三巻二七以下を参照。

海に囲まれた孤島で、彼は王であることを誇示しています。

ヘルメス　うまく捩《もじ》ったな(1)、カロン。おまえが見ているのはサモスの僭主ポリュクラテス(2)で、己をこの上ない幸福者と自認している男だ。しかし彼もまた側近の召使マイアンドリオスの裏切りにあって、ペルシアの地方総督オロイテスの手に落ち、磔《はりつけ》柱にかけられ、哀れ栄華の絶頂からあっというまに滑り落ちることになる。これもまたわたしがクロトから聞いたことだ。

カロン　クロトのご威光には感じ入るばかり。おお、優れた女《おみな》よ。彼らを燃やし尽くし、その頭を切り落とし、その身を磔になされよ、自分らが人間の身であることを知るように。彼らはあまりに高く舞い上がったんです。ですから高みから落ちて痛い目に遭うのです。わたしはそのときには笑ってやりますよ、彼らのそれぞれが紫色の衣もティアラ(3)も黄金製の寝椅子もなくして、裸のままわたしの舟に乗っているのを見つけたらね。

一五　**ヘルメス**　彼らの行く末はそうなるだろう。さてカロンよ、あの連中が見えるかね、海を航海している者たち、戦をしている者たち、裁判している者たち、百姓仕事をしている者たち、金貸しの連中、乞食の連中が。

カロン　見えます。ほんとに働きはさまざま、奴らの生活は混乱に満ちているし、その住む町はさしずめ蜜蜂の巣といったところですな。そこでは誰もが各自棘《とげ》を持っていて隣りの者を刺しています。そして何人かは、ちょうどスズメバチのように、自分より劣る者たちから略奪と搾取をやっています。

ところで彼らの周りを飛び廻っているあのはっきりと目に見えない群れはいったい何ですか。

ヘルメス　カロンよ、あれはな、希望、恐れ、無知、快楽、貪欲、怒り、憎悪、その他いろいろだ。このうちの無知は下にいる彼らと一緒になって生活を共にしている。いや憎悪も怒りも嫉妬も無学も困窮も貪欲も皆そうだ。恐れと希望は上方を飛んでいるが、恐れはときどき降りて来て人間らを脅かし、身をすくませる。一方希望のほうは頭上に懸かっていて、人間の誰かがこれを捕まえたと確信しても、飛びすさって行ってしまい、後に残された人間はただ啞然とするのみ。ほらおまえも知っていよう、あの冥府で水に翻弄されたタンタロス(4)と同じ目に遭うのだ。一六　目を凝らしてよく見ろ。見えるだろう、運命の女神たち（モイライ）も上方にいて人間たち各人に紡錘《つむ》を割り当てているのが。皆はそこから細い糸でただ吊り下げられているにすぎないのだ。ほら紡錘から各人の上に蜘蛛《くも》の巣のようなものが下りて来ているのが見えるだろう。

カロン　一人ひとりに細い糸が付いているのがはっきり見えます。でその糸は甲は乙、乙は丙というふうに幾重にももつれていますな。

ヘルメス　渡し守、そのとおりだ。つまりあちらの男はこちらの男によって殺されるように、こちらの男

（1）ホメロス『オデュッセイア』第一歌五〇行。元の句は「海に囲まれた孤島で辛苦を嘗めています」。以下の件はヘロドトス『歴史』第三巻三九以下に詳しい。
（2）クーデタによってサモス島の実権を握った男。
（3）ペルシア王が着用した頭飾り。元来ペルシア語。
（4）ゼウスとプルトの子。神々の宴に招かれ、そのときの秘密を人間に漏らしたため、冥府で飢えに苦しめられ、池中につかりながら水を飲もうとすると水が退くという罰を受けた。

はまた別の男によって殺されるように決められているのだ。そしてこちらの男はあちらの男の遺産を相続するように決められている。ほら、あちらの男の糸のほうが短いだろう。だがまたあちらの男もこちらの男の遺産相続人ともなる。糸が絡んでいるというのはそういうことだ。さて、細い糸で吊り下げられている者たちが見えるかね。そら、あちらの男は上方へ高々と吊り上げられ、そのあとすぐ糸が体重を支えきれずに、切れると落下して大音響をたてる。一方こちらのほうは地上からちょっとしか吊り上げられていないから、もし落ちるとしても音を立てずに落ちる。近くにいる連中にもほとんどその音が聞こえぬくらいに。

カロン　まったくお笑い草ですな、ヘルメスさま。

一七　ヘルメス　まったくだ、カロン、その可笑しさ加減といったらお話にならん。あの連中は法外な熱意とまた希望に満ちているその最中に最善なる神、死神に攫われて行くんだからな。この神の使者、召使たちが、ほら一杯いるだろう。悪寒、熱、衰弱、肺炎、剣、盗賊団、毒人参、裁判官、独裁君主。このうちのどれも、彼らが幸運に恵まれているあいだは、ます彼らの許を訪れたりはしない。しかし落ち目になると、オトトイとかアイアイとかオイモイとか嘆きの声に満ちることとなる。もし彼らが、自分たちは死すべき存在でありこの世に逗留するのはほんのわずかな期間で、地上での生活をすべて放擲してあたかも夢から醒めた人のように立ち去って行くのだということを最初から知っておれば、もっと利口な生き方ができるだろうし、死に際の悲嘆もずっと少なくてすむだろうに。ところがいま彼らは自分たちのいまある状態を永久に続けられると信じ込んでいて、「召使」が寝床の脇に立って呼び出しをし、熱か衰弱で絡め取って連行するときになってはじめて、己の生活から引き離されようとは思いもしなかったので、連行されていくことに腹を立てる。だってそら、あの男はどうするだろう、職人たちを指揮して熱心に家を建てているあの男だ。あの男が家が完成していざ住もうとしたときに、その家に住む楽しみを後継ぎに譲って立ち去らざるをえず、可哀そうにその家で食事をすることもできないと知ったとしたらばだ。

あちらの男もそうだ。妻が男の子を産んでくれたといって喜び、友人を招《よ》んで祝宴を催し、その子に自分の父親の名前をつけた男だ。ところがその子は七歳になったときに死ぬと知ったら、子供の誕生を喜んでおられるなんて思うかね。思うまい。そのわけはこうだ。彼には、オリュンピア［の競技祭］で優勝した運動選手の父親という、子供のことで幸福に浸っている男の姿は目に入るけれども、自分の子供を埋葬してくれる隣人の姿は目に入らず、また自分の子供がどんな糸に結ばれているか知りもしないからだ。ほらまた境争いをしている連中が見えるだろう、何とも数が多いが、それに金銭をかき集めた連中もな。奴らはそれを楽しむ前に、さっき言った使者とか召使によって呼び出されることになるのだ。

一八　カロン　すっかり見えています。つくづく考えさせられますなあ、彼らにとって人生の良きこととは何か、また奪われて腹が立つものとは何かということをね。たとえば誰でもいい、自分たちの王のことを考えてみればよい。彼らは——あなたのおっしゃるとおりなるほど運勢には不安定で不確かなところがありますが——この上なく幸せであると思われています。ところが実は彼らには楽しいことよりもずっと多くの心配事があるってことがわかるでしょうよ、恐怖、混乱、憎悪、陰謀、怒り、追従とね。これら全部が彼らには付いて廻るのです。人間を例外なく一様に支配している悲哀、患い、受難とはまた別にね。こういった連中の身の定めが辛いものであるとすれば、一般庶民のそれもはたしてどうなのか推しはかることができようというものです。

一九　ヘルメスさま、ちょっと言わせてください、人間とその全人生はいったい何に似ていると考えたらよいのでしょうか。あなたは水流が細かく壊れて出来た水中の泡を見たことがおありでしょう、集まって泡を作る水泡のことですよ。そのうちのあるものは小さくてすぐに壊れて消えてしまいますが、ずっと泡のままでいるものもあります。そしてそれに他の泡が加わるとふくれ上がって大きな塊になりますが、しかしそれもそのあとすっかり壊れてしまいます。他のものには決してなれないのです。人間の人生がこれです。他より大きくなるのも小さくなるのもすべて風次第なのです。そして前者は短命で息しているのも束の間ですし、後者は生まれると同時に消えてしまいます。とにかく彼らすべては壊れるのが定めなのです。

ヘルメス　カロンよ、うまくホメロスをなぞったな、ホメロスは人間の種族は木の葉のごとしと言ったのだったが。(1)

二〇　カロン　それで彼らはそういった者どもであるのに、ヘルメスさまご覧でしょ、彼らの所業がどんなものか、どれほど名誉欲が強いか、支配権をめぐり、名誉をめぐり、財産をめぐって互いに争いながらそのすべてを後に残し、一オボロスを握ってわたしたちのところへ降りて来ることになるのに。どうでしょう。わたしたちはいま高いところにいるのですから、ここから大声を出して彼らに忠告してやりましょうか、無駄な苦労はやめてつねに目の前に死をぶら下げて生きるべしと。こう言ってやりましょう、「愚か者らよ、そんなことになんで熱中するのだ。疲れるから止めよ。いつまでも生きられるわけではないだろう。この世で偉いとされるものに何一つ永劫に続くものはなし、また誰一人として死んでしまえば何一つ墓場へ持って行けるわけではない。いや裸の身一つで降りて行くことになる。家も畑も金銭も他人の手に渡り次々と持主を換えて行くことになる」とね。もしもわたしがこういったことを彼らに聞こえる範囲内で叫んでやると、彼らにはその人生での大いなる援けになって、いまよりずっと謙虚になると思いませんか。

二一　**ヘルメス**　愛い奴よ、知らないのか、彼らは何も知らされず、謀《たばか》られているのだ、だって彼らの耳は錐でだって開けられないのだから。耳には蠟が詰め込まれているのだ、あのオデュッセウスがセイレンの声を聞かせまいとして仲間の者たちに施したのと同じくらいの蠟が(2)。その彼らがどうやって音を聴くことができるというのだ、たとえおまえが胸が裂けるほどガアガア叫んでも。おまえたちのところではレテ(3)の支配下にあるものが、ここでは無知の手の内にある。だが彼らのうちわずかの者が耳に蠟を詰めることをしない。真実に立ち向かい、物事を鋭く見つめ、それがいったい何であるかを見つけ出す連中だ。

カロン　それじゃその連中に向かって呼びかけましょう。

ヘルメス　彼らが知っていることを彼らに向けて言うというのは二重手間だ。ほら見えるだろう、彼らは多くの者たちから離れて立ち、世間の出来事すべてを笑って見ている。彼らを喜ばせるものは何もない。い

(1) ホメロス『イリアス』第六歌一四六行。

(2) セイレンは上半身は人間の女性、下半身は鳥の姿をした怪物。メッシナ海峡と思しきところに棲み、近くを航行する船乗りをその美声で魅了して引き寄せ、身を滅ぼしめたと言われる。オデュッセウスは好奇心からその歌声を聴こうと思い、自分は船の帆柱に身を括りつけて引き寄せられないようにし、仲間の者には蠟で耳栓をさせて無事通過した。ホメロス『オデュッセイア』第十二歌三七行以下を参照。

(3) 忘却の女神。亡者はこの名の河の水を飲み、生前の記憶を忘れるとされる。

や彼らは明らかに生の世界を離れておまえたちの許へ赴きたいと願っている。じっさいのところ彼らは他の人間の無知ぶりを暴露するというので人々から憎まれている。

カロン　良き哉、おお高貴なる魂たちよ！　しかしまったくの少数派ですな、ヘルメスさま。

ヘルメス　これでも充分だ。さあ下へ降りて行こう。

二三　**カロン**　ヘルメスさま、もう一つ知りたいことがあります。それをわたしに完全にお示しくだされば、あなたの案内役としての仕事は果たされたことになりましょう。つまり彼らがその肉体を埋める場所をわたしは見たいのです。

ヘルメス　カロンよ、彼らはそれを塚とか墓とか廟と呼んでいる。町々の前にほら、盛り土や墓石やピラミッドが見えるだろう。あれら全部が死体を収めて安置する場所だ。

カロン　ところで彼らが墓石に花冠を巻き香油を塗るのはなぜですか。また塚の前に薪を積み上げ、溝を掘ってあんなたいそう豪華な食事を燃やし、溝の中へ酒と蜜と思しきものを注ぎ込んでいる者もおりますが。

ヘルメス　渡し守よ、あんなものが冥府にいる連中と何の関係があるのか、わしにはわからんな。まあ彼らは信じているんだろうよ、ああすればあの世から甦って来た魂が飛び廻りながら匂いと煙を賞味し、溝から蜜を飲むことができるとな。

カロン　頭蓋骨がすっかり乾からびたあの連中がまだ飲んだり食べたりするんですか。でも毎日彼らを下の世界へ連れて来るあなたに[1]こんなことを言うわたしはどうかしています。一度地下の住人となった者が甦ることができるかどうか、あなたはご存じですよね。だってヘルメスさま、わたしの立場はまったく結構なことになりますからな、少なからぬ面倒を背負い込むのです、彼らを下界へ降ろすだけではなく再び上の世界へ戻して飲ませることもしなければならぬとすれば、ね。

愚かな者たちよ、おまえたちは無知ゆえに死者の世界と生者の世界がどれほど大きな境界線で隔てられているか知らず、またわたしたちのいる場所がどんなところか知ってはいない。こういうところだ。

同じように死んでも墓のない者もいれば墓のある者もいる。
イロス(2)も支配者のアガメムノンも受ける名誉は同じ。
テルシテス(3)も豊かな髪のテティスの息子(4)に劣らぬ。
死者の力ない髑髏《どくろ》は皆同じ。
アスポデロスの咲く野(5)に裸のまま乾からびている。

二三　**ヘルメス**　ヘラクレス(6)！　これはまたホメロスの詩句をずいぶんと水増ししたものだな(7)。おかげで思い出したから、一つアキレウスの墓というのを教えてやろう。あの海の側《そば》にあるのが見えるだろう。トロ

(1) 五頁註(4)を参照。
(2) イロスはホメロス『オデュッセイア』に登場する乞食。
(3) トロイアへ従軍した兵士の一人、禿頭で跛でせむしの男。
(4) アキレウス。
(5) 死者の楽園。アスポデロスはユリ科の多年草。
(6) 驚きの間投詞。
(7) 上の詩句はそれぞれホメロスの詩句の捩《もじ》り。一行目は『イリアス』第九歌三二〇行、二行目は同第九歌三一九行および第一歌一三〇行、三行目は同第四歌五一二行。四行目は『オデュッセイア』第十歌五二一行、五行目は同第十一歌五三九行等々。

イアのシゲイオンの近くだ。そしてその向かいのロイテイオン[1]にアイアスが葬られている。

カロン　ヘルメスさま、墓は大きなものではありませんね。では下界で耳にしている有名な町を教えてください、サルダナパロスの町ニノス[2]、バビュロン[3]、ミュケナイ[4]、クレオナイ[5]、そしてイリオン[6]そのものも。わたしの記憶では、そこから大勢の人間を舟で運んだものです。丸十年間というもの舟を陸に引き上げて乾かすなんてことはなかったほどです。

ヘルメス　ニノスはな、渡し守よ、もう滅びてしまっている、跡かたもない。どこにあったかも言えぬくらいだ。バビュロン、あの美しい城塔をもち巨大な城壁に囲まれた町はそこにある。この町もニノス同様ほど遠くないうちにその在《あ》り処《か》が捜索されることになろうよ。ミュケナイとクレオナイをおまえに教えるのはちょっとはばかられるな。イリオンは殊のほかだ。なんとなれば、おまえがまた下界へ帰って行ったとき、ホメロスを大言壮語の罪でその頸を締め上げるだろうということがわしにはよくわかっているからだ。だがこれらの町も昔は栄えていた。しかしいまは死に果てている。というのは、渡し守よ、町もまた人間と同じように死ぬのだ。そして奇妙なことに、河も全部そうだ。イナコス河の河床はもうアルゴスに残ってはおらんのだ。

カロン　ああ、あの褒め言葉、ホメロスよ、あの「聖なる道広きイリオン」とか「家並みも見事なクレオナイ[7]」とかいう言い方はどうなった！　**二四**　ところで話の途中ですが、あそこの戦闘している連中は誰です、いやなぜ彼らは互いに殺し合っているんです？

ヘルメス　カロンよ、おまえが見ているのはアルゴス人とラケダイモン人で、あそこの半死の状態の将軍はオトリュアデス、ほら、戦勝記念碑に自らの血で文字を書きつけている男だ(8)。

カロン　ヘルメスさま、彼らが戦っているのは何のためですか。

ヘルメス　彼らがいま戦っているまさにその場所をめぐっての戦いだ。

カロン　ああなんたる愚行か！　彼らのうちどちらでもがペロポネソス全体を手に入れたとしても、アイアコス(9)のそばに一歩に足る土地もとうてい獲得することは不能だということを知らないだなんて。この平原にはいろいろな人間たちが入れ替り農を営み、たびたび土の下から鋤で戦勝記念碑を掘り出すことになるでしょう。

ヘルメス　そうなるだろうな。さてわしたちは下へ降りて、山々をそのあるべき場所に戻してから別れよ

---

(1) シゲイオンとともにヘレスポントス海峡の入口の東側に位置する場所。
(2) いわゆるニネヴェ。アッシュリアのティグリス河上流域の町。
(3) メソポタミアの町。
(4) トロイア攻めの総大将アガメムノンの王城。
(5) ペロポネソス半島北東部、コリントスの南に位置する町。
(6) トロイアの城砦都市。
(7) いずれもホメロス『イリアス』によく使われている表現。
(8) ヘロドトス『歴史』第一巻八二またプルタルコス『ギリシア・ローマ対比史話』三〇六Bを参照。アルゴスとラケダイモン（スパルタ）がテュレアをめぐって争ったときの話。双方三〇〇名ずつ選抜して闘ったがアルゴス方は二名、ラケダイモン方は一名だけ生存した。そのラケダイモンの一人がオトリュアデス。
(9) 冥府の入口を番犬ケロベロスとともに守る門番。また冥府の裁判官の名もアイアコス。いずれにせよ、冥府に土地を求めることは不可能であるということ。

う。わしはわしに課せられた仕事へ、おまえは渡し守の仕事へ、すぐにわしもおまえのところへ行って死体運搬をするよ。

カロン ヘルメスさま、お世話になりました。あなたはこの先ずっと善行者としてその名が書き残されましょう。あなたのお陰でわたしはこの旅から得るものがありました。まあほんとに不憫な人間どものやることときたら――王侯、金塊、埋葬の儀式[1]、戦争とね。だがカロンについては一言もなし[2]。

（1）Allinson の読みをとる。二二節を参照。

（2）格言めいた言い方。類似のものがアリストパネス『蛙』八七、一〇七、一一五行に見える。

哲学諸派の競売（第二十七篇）

一　ゼウス　〔従者らに向かって〕さあ、おまえは座席を配置して参会者のための場所を用意しなさい。またおまえは哲学諸派の連中を連れて来て順番に並べるのだ。まずは連中が美しく見えるように、そしてまたできるだけ多くの者を魅きつけるように化粧してやりなさい。さてヘルメス、おまえは呼び出し役となって皆を集めてくれ。

ヘルメス　幸運の名にかけて、競《せ》り場に買手の連中が集まって来てくれますように。さあ、哲学的生活形態のすべて、そのさまざまな信条の競売を始めるぞ。もし即金で支払えぬとあれば、保証人を立てて翌年払いでよろしい。

ゼウス　大勢集まって来たな。待たせて苛つかせることはない。さあ、競りを始めよう。

二　ヘルメス　最初にどれを引っ張り出しましょう？

ゼウス　そこの長髪のイオニア人だ。威厳ある顔つきをしているからな。

ヘルメス　そこのピュタゴラス派、出て来い、そして集まっている者たちによく顔を見てもらえ。

ゼウス　競りにかけろ。

ヘルメス　最高の生活形態を売りに出す。この上なく厳かなやつだ。買う者はいないか。人間以上の存在になりたいと思う者はおらんか。万物の調和を理解し、もう一度生まれ変わりたいと思う者はいないか。

買手　見た目は悪くない。だがこれがいちばんという知識は何です?

ヘルメス　算術、天文学、幾何学、詐術、音楽、妖術。目の前にいるのは最高の予言者だぞ。

買手　これを吟味してみてもよろしいかな?

ヘルメス　よいとも、うまくやりたまえ。

買手　出身はどこだ?

三　ピュタゴラス　サモス島(1)だ。

買手　どこで教育を受けたんだね?

ピュタゴラス　エジプトの賢者の許で。

買手　それで、もしわたしがおまえを買ったら何を教えてくれるのかね。

ピュタゴラス　教えることは何もしない。記憶を呼び起こすのだ。

買手　どんなふうに呼び起こす?

ピュタゴラス　まず魂を清め、それについている汚れを洗い流す。

買手　ではわたしは清められたとしよう。で記憶を呼び起こすのはどんなふうにしてやるのだ。

ピュタゴラス　まず長いこと静かにして沈黙を保つこと。そして丸五年間一言も喋らぬことだ。

(1) サモス島はピュタゴラスの生地。

買手　ねえきみ、きみはクロイソスの子供を教えたほうがよさそうだ。[1] わたしはお喋りだから彫像にはなりたくないからなあ。でその沈黙のあとは、五年後はどうするのだ。

ピュタゴラス　音楽と幾何学に励むことになる。

買手　いいことを言ってくれるねえ、まずわたしが弦楽器の演奏家になる、そうすれば賢くなれるというのなら。

四　ピュタゴラス　次いでそのあとは算術だ。

買手　数の計算ならいまでもわかっているぞ。

ピュタゴラス　どう計算する？

買手　一、二、三、四。

ピュタゴラス　いいかね、あんたが四だと思っているのは実は十なのだ。[2] それは正三角にしてまたわれわれの誓いでもある。

買手　その偉大なる誓い、四にかけて申し上げるが、わたしはこれよりも神的な、またずっと深遠な教義は聞いたことがない。

ピュタゴラス　ねえ、君、そのあとに君は大地、大気、水、火について、そしてそれらがどう変容するか、その形は何か、どんなふうに動くかを知ることになろう。

買手　火や大気や水が形を持つだって？

ピュタゴラス　さよう、明々白々だ。だって姿や形がなくては動けないからね。そしてさらに君は神とは数であり、心でありまた調和であることを知るだろう。

買手　驚くことを言うね。

五　**ピュタゴラス**　いま言ったことに加えて、君は知ることになる、君は自分自身を一個の存在と思っているが、見かけ上のと実際のと二つの存在だということをね。

買手　なんだって？　わたしはいまあんたに向かって話をしている人間ではない、別人だというのか？

ピュタゴラス　いまはその人間だ。だが、以前は君は別の人間の中に別の名前で現われ出ていたんだ。またしばらくすれば別の人間に移っていくだろう。

買手　それはわたしが不死の身となって数多くの形に流転していくということかね。六　だがこの話はもういい。ところであんた、食生活のほうはどうだ。

ピュタゴラス　わたしは生命を持っているものは食べない。だがそのほかは豆以外食べる。

買手　それはなぜだ。豆が嫌いなのか。

ピュタゴラス　そうではない。だが豆は神聖でその本性が驚嘆すべきものであるからだ。まずこれはまさに人間の種子だと言っていい。まだ青いうちにこれの殻を剝いてみると、その組織が男性の生殖器にそっく

（1）リュディア王クロイソスの子供の一人は聾唖者だった。ヘロドトス『歴史』第一巻三四、八五参照。

（2）一、二、三、四の総和は十ということ。また正三角形とは次のような図形である。

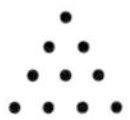

りであることを発見するだろう。その茹でたやつを夜中一定期間月の光に晒すと血が出来るだろう、さらに重要なのは、アテナイでは豆を使って公職を選任するのが決まりとなっていることだ[1]。

買手　あんたの説明はすべて適切でまた敬虔の念がこもったものだった。さて服を脱いでくれ、裸のあんたを見たいのだ。おお、これは！　こいつの腿は黄金で出来ている。こいつはそんじょそこらの人間じゃない、神さまと見た。何がなんでもこいつを買うぞ。こいつの売り値はいくらです？

ヘルメス　一〇ムナ。

買手　それで貰おう。

ゼウス　買った者の名前とどこの者かを控えておけよ。

ヘルメス　イタリア人のようです、ゼウスさま、クロトン、タラス[2]、それにその辺りのギリシア人町近辺に住んでいる連中の一人ですよ。しかも一人じゃありません。三〇〇人くらいの人間が共同購入者となりました[3]。

ゼウス　それは連れて行かせなさい。別のを持ち出すことにしよう。

七　ヘルメス　あのむさくるしい奴にしますか、黒海から来た？

ゼウス　よかろう。

ヘルメス　そこの革カバンを肩にかけている仁、袖無しの服を着ているおまえだ、出て来て部屋の中を一周してみろ。売ろうというのは男っぽい生活、最良の高潔なる生活、自由な生活だ。さあ誰が買う？

買手　触れ役さんよ、いま何と言いました？　自由な生活を売るですって？

ヘルメス　そのとおり。

買手　怖くないんですか、自由人売買の罪で裁判にかけられますぞ、いやアレイオス・パゴス(4)へ召還されますぞ。

ヘルメス　奴は売られることを何とも思っていない。自分はいつどこでも自由な身だと思っているからな。

買手　誰がどんなふうに使います、汚らしくてこんな惨めな状態にある奴を？　しかし土堀りか水汲み用には使えるかもしれんな。

ヘルメス　それだけじゃなく門番にすれば犬なんかよりずっと信頼できる。じっさい彼は犬とも呼ばれているんだ(5)。

買手　どこの出身《で》で、どんな職業を宣《のたま》おうというのです？

ヘルメス　本人に訊いてくれ。そのほうがいいだろう。

買手　彼の陰うつで伏し目がちな顔つきはどうも苦手ですな。近づくと吠えられるんじゃないか、いやゼウスにかけて、噛みつかれるんじゃないかとね。彼が棒切れを

（1）選抜のくじ引きに豆が使用されたことを示す。

（2）クロトン、タラスともに南イタリアのギリシア植民都市。

（3）マグナ・グラキエアと呼ばれる南イタリア一帯にピュタゴラス教が強い勢力を有していたことを示す。

（4）アレイオス・パゴスは重罪人を裁く法廷。

（5）犬儒派（キュニコス派）のこと。

振り上げて眉をしかめ、脅すように腹立たしげに睨め上げるのが見えるでしょうが。

ヘルメス　心配するな、よく馴れているから。

八　買手　ねえおまえさん、まず出身はどこだ？

ディオゲネス　天《あま》が下すべて。

買手　何だって？

ディオゲネス　いま君の目の前にいるのは世界市民だ。

買手　目標とするのは誰だ？

ディオゲネス　ヘラクレスだ。

買手　じゃなんで獅子の毛皮をまとっていないのだ。棍棒を持ってるところはヘラクレスらしいがな。

ディオゲネス　このマントがわしの獅子皮というわけだ。わしはヘラクレス同様に闘うが、その相手は快楽だ。他人から言われてするのではない、自らすすんでやるのだ、人生を清浄なものにする、これが第一だ。

買手　それは結構なことだ。だがあんたのいちばんよく知っていることは何かね。いやどんな技をお持ちかな？

ディオゲネス　わしは人間の解放者にして彼らの苦悩を癒やす者でもある。なべて言えば、わしは真実と自由な言論の代言者たらんと目論んでいるのだ。

九　買手　結構なことだ、代言者殿、で、もしわたしがあんたを買えば、どんな手法を教えてくれるのかね。

ディオゲネス　まず君を受け入れるとその贅沢な身なりを引き剝がし、困窮の中に閉じ込め、マントを着せる。そして苦労を嘗め辛い目に遭うようにさせる。寝るのは地面《じべた》、飲み物は水、食べ物は手に入る物で満足するというふうに。もし君が金銭を持っているなら、わしの言うところに従ってそれを海中へ投げ捨てることになる。結婚、子供、祖国に関心を持たなくなる。そんなことは全部無意味になる。そして父祖の家を捨て、墓穴か寂れた塔か酒瓶の中に住むようになる。君の革カバンは、ルピナス(1)と表裏両面に文字が書かれた巻子本で一杯になる。こうなったら君は自分が大王より幸せ者だと言うようになろう。もし誰かが君を鞭で打ったり拷問にかけたりしても、そんなもの何一つ辛いと思うことはないだろう。

買手　鞭で打たれても苦痛を感じないでおれるなんて、なんでそんなことを言うのだ。わたしは亀や甲虫のような皮膚をしているわけではないんだぞ。

ディオゲネス　あのエウリピデスの文句を少しばかり捩《もじ》って真似ればよい。

買手　どんなやつだ？

一〇　**ディオゲネス**　「そなたの心は痛むが、舌は何の痛みも感じまい」(2)とね。特別に身につけておかねばならぬのは以下の事柄だ。向こう見ずで大胆でなければならないし、また誰に向かっても、王侯にも一般人にも次々と毒舌を吐くことができねばならん。そうすれば皆はそなたに注目するし、君を男らしい男だと

（1）マメ科ハウチワマメ族の植物。
（2）「舌は誓えども心までは誓わず」。エウリピデス『ヒッポリュトス』六一二行の捩り。

思ってくれよう。言葉は異国風、声は耳ざわりなものでよいし、かつ犬の吠え声さながらに何の工夫も施さずともよい。顔の表情はアク強く、歩き方もその顔つきに合わせたものであるのがよい。そして全体的にすべてが荒々しく野性味たっぷりであるべきだな。恥とか率直さとか穏健なんてことはうっちゃっておけ。赤面なんてことにはいっさい関係ありませんっていう顔をしておくのだ。人がよく集まる場所へしょっちゅう出掛けて行け。そしてそういう場所では唯我独尊で人と没交渉であることを心掛け、友人とも見知らぬ人間とも付き合わぬがよい。それがすなわち束縛からの解放なのだ。人が個人的にはしないようなことを公開の場で思い切ってやるべし。そして肉欲の歓びのなかで最も滑稽なものを選べ。そして最後に、自分でよいと思ったら、生蛸かあるいは生の烏賊を食べてくたばるがよい(1)。わしが君に用意してやれるこれがその幸福だ。

一一　**買手**　失せろ！　あんたの言う生活は汚らしくて人間味に欠けるものだ。

ディオゲネス　だがね、おい君、簡単で誰にでもすぐできることなんだぞ。君は教育も教養も下らないお喋りも必要ない。で、これが君にとって名声に至るいちばんの近道なんだ。たとえ君が普通の一個人であるとしても、皮なめし職人とか魚屋とか大工とか両替商とかであっても、君が他人から驚嘆される存在であることを妨げるものは何もない、ただもう無恥と向こう見ずとが君の身に備わっており、他人をけなす術をよくわきまえていさえすればね。

買手　そんなことのためにわたしはあんたを必要とするのじゃない。だがあんたはひょっとしたら船乗りや庭師ぐらいにはなれるかもしれん。まあそれもこちらがあんたを目一杯がとこ二オボロスで売ってくれた場合だがな(2)。

ヘルメス　持って行くがよい。ほんと清々するからな、こ奴がいなくなれば。こ奴ときたら厄介な奴で大声で喚いたり、誰彼かまわず侮辱したり、罵倒したりといった調子だからな。

一二　**ゼウス**　次はキュレネの男を呼びなさい。紫色の衣をまとった、そして冠を被った男だ。

ヘルメス　さあ、張った、張った。モノは高価だ、文無しには用はなしときた。この生き方は甘美極まりない。三倍幸せになれる生き方だ。贅沢が欲しいのは誰だ。誰がこの豪奢を買う？

買手　こちらへ来てあんたの蘊蓄《うんちく》を聞かせてみろ。役に立ちそうなら買ってやろう。

ヘルメス　おいおい、彼を煩わせるのはやめろ、吟味するのはよせ。酔っ払ってるんだから。返事は無駄だ、ほら、舌が廻らないんだから。

買手　常識ある人間だったらこんなに堕落したたらしない奴隷を買いたいと考える者などいませんぜ。香水の匂いがぷんぷんしているし、足取りも千鳥足でフラフラしている。さあ、ヘルメスさま、あなたならどう言います。こいつの特徴は何か、生きる上で目標としているものは何か。

ヘルメス　概して言えば、生活を共にする価値はあるし、酒席を共にして充分だし、女好きで放蕩者の主人にとっては笛吹き女と乱痴気騒ぎをやる分には重宝する。これ以外には、彼は菓子に精通し、料理の名人

（1）ディオゲネス・ラエルティオスの『ギリシア哲学者列伝』のディオゲネスの項（第六巻七六）に、ディオゲネスが蛸の生食をしてコレラに罹って死んだとある。アテナイオス『食卓の賢人たち』第八巻三四一eも参照。

（2）第二十八篇『甦って来た哲学者』二二を参照。

で、さらに生活を快適にすること全般に長けている。教育を受けたのはアテナイだがシケリアで何人もの僭主に仕え、そこでたいへんな評判をとった。その行動基準の要点は、万物の軽蔑、万物の利用、快楽の万般にわたる収集だ。

買手　あそこの金持ち富豪連中のなかの誰か別の人間に目を付けられるがよろしい。わたしは楽しい生活を買うなんて柄ではありませんからね。

ヘルメス　ゼウスさま、こいつはどうやら売れ残りそうですよ。

一三　**ゼウス**　片づけろ。別のを連れて来い、そこの二人、アブデラ出身の笑っている奴と、エペソス出身の泣いている奴にしよう。この二人はコミで売りたいと思っているのだ。

ヘルメス　おまえたち、中央へ出ろ。これから売るのは最善の生活だ。すべてのうちでいちばん賢明なのを競りにかける。

買手　おお、真反対だな！　こっちのほうは笑いが止まらない。そっちのほうは誰か人の死を嘆き悲しむ様子。とにかく涙、涙だ。おいあんた、どうしたのだ。あんたは何がおかしいのだ。

デモクリトス　理由《わけ》を訊《き》きたいか？　それは君らのなすことすべてが、また君らそのものがわたしには面白おかしく思えるからだよ。

買手　何だと？　われわれ全員を笑い者にし、われわれのやることは一笑に付そうというのか？

デモクリトス　そのとおりだ。そこには真面目なものは一つもない。いっさいが空虚で原子［アトム］が無限に運動している。

買手　そんなことはない。あんたのほうこそ本当は空虚で無知なのだ。おお、なんたる増上慢！　笑うのを止めんか。一四　なあ、あんたのほうだ、なんで泣いているのかね？　あんたと話をするほうがずっとよさそうだ。

ヘラクレイトス　ねえ君、わしは人間界の出来事は哀れで惨めで、死に至らぬものは何一つとてないと思っている。だからこそわしは人間たちを哀れに思い泣いてやるのだ。現在遭っている悲しみは大きなものではない、未来に生じる悲しみこそ本当に辛いものだと思う。わしの言うのは大火、宇宙全体の壊滅だ。わしの嘆くのはそれだ。さらに確固たるものは何もなく、すべてが寄り集まって混ぜ合わされ、一つのものが喜びでもあり喜びでもなく、知であり知でなく、大きくてまた小さく、上下巡回し、永遠（アイオーン）に続くゲームのなかで交替することもだ。

買手　永遠とは何だ？

ヘラクレイトス　チェッカー(1)の駒を［集めたり］散らしたりして遊ぶ子供だ。

買手　人間とは何だ？

ヘラクレイトス　死ぬ定めにある神。

買手　神とは何か？

ヘラクレイトス　不死なる人間。

(1) 十二個ずつの駒を使って勝負を競う西洋碁。

買手　おいおい、わからんことを言うね、謎掛けしているのか？　ロクシアス[1]みたいに言うことがまったくわからんぞ。

ヘラクレイトス　諸君らのことは、わしはいっさい眼中にない。

買手　それだったら常識ある人間は誰もあんたを買ったりせんだろう。

ヘラクレイトス　わしは成人全員に、買ってくれようがくれまいが、泣くことを命令する。

買手　こいつの病毒は精神異常（メランコリアー）と大差ないな。ともかくわしとしてはこいつらのどちらも買う気はおこらん。

ヘルメス　この者ども売れ残りです。

ゼウス　他のやつを競売《せり》にかけろ。

一五　**ヘルメス**　あのアテナイ人のお喋り野郎にしますか？

ゼウス　それでよし。

ヘルメス　おいおまえ、ここへ来い。さあ善良で知的な生き方を売り出すぞ。この聖なることこの上ないのを買う者はいないか？

買手　いちばんの知識は何か、言ってみろ。

ソクラテス　わたしは少年愛者で、愛恋にかけては知恵者だ。

買手　じゃ、なんでまたあんたを買うんだ。欲しいのはうちの美少年の子供の先生だ。

ソクラテス　美少年と付き合うのにわたしよりふさわしい人間がどこにいよう。わたしは肉体を愛するだけではない、魂をも美しく育て上げるのだ。たとえ彼らがわたしと一つ外套（ヒーマティオン）にくるまって寝たってどうってことはない、わたしから何かひどい目に遭わされたなんてことは聞かされることはないよ。

買手 あんたの言うことは信用できんな。少年愛者でありながら魂以外のことには何もかかわらないだなんて。そうすることは充分できるのに、同じ一つの外套にくるまって寝るんだからね。

一六 **ソクラテス** いやわたしはあんたに犬とプラタナスにかけて誓って言う、そうすることは可能であると。

買手 おおなんと！ これはまた奇妙な神さまに誓ったものだな。

ソクラテス それはどういうことかな。君には犬が神であるとは思えんというのかね。エジプトのアヌビス[2]がどれほど偉大か、知らんのか。また天空のセイリオス[3]や地下のケルベロス[4]を。

一七 **買手** なるほどあんたのおっしゃるとおりだ。ところであんたはどんな生き方をしているのだ。

ソクラテス わたしは自分流に拵えた国に住んでいる。国制はよその国の国制[5]を使用し、法は自分の決めた法を至当と考えている。

（1）アポロンの別名。アポロンは予言の神。その予言は曖昧でしばしば解釈が分かれた。

（2）エジプトの死者の神。頭部は犬、身体は人間の姿をしている。

（3）星座の大犬座。

（4）冥府の入口の番犬。

（5）本全集第十四篇『本当の話』二-一七参照。そこでは「自分の拵えた国制（や法律）」となっていて、ここことは異なる記述となっている。

買手　法令の一つをお聞かせ願おうか。

ソクラテス　最も重大なのをお聞きあれ。女性に関してわたしが制定したものだ。女性たちの誰一人も一人の男性に属すべからず。それは婚姻を望む男性すべてに属すべしというのだ。

買手　そいつは姦通に関する法律を廃止しようってことか？

ソクラテス　そうだ。そんなどうでもよいことに関する法律はすべてばっさり。

買手　花の盛りの少年に関しては、あんたはどう思っているのかね？

ソクラテス　彼らもまた何か輝かしいこと、大胆なことを成し遂げた最も優れた人間に褒美として与えられ愛撫を受けようということだ。

一八　買手　なんて気前がいいんだ。であんたの知識の要点は何だ。

ソクラテス　イデア、つまり存在するものの範型［モデル］だ。君の目に見えるかぎりのもの、大地、地上にあるものすべて、天空、海、こういったものすべてのものの目に見えない像［イメージ］が宇宙の外側に存在しているのだ。

買手　どこに存在しているだって？

ソクラテス　どこにも存在していない。もしどこかに存在するとすれば、それは存在しないだろう。

買手　あんたの言うその範型［イメージ］とやらは、わたしには見えないが。

ソクラテス　もちろんだ。君は魂の目が盲《めしい》となっているからな。わたしにはすべてのものの像［イメージ］が見えている、目に見えぬ君とか、もう一人のわたしとか。つまりすべてがふたとおりに見えているのだよ。

買手　それならば買い得だな、賢くて目端《めはし》が利きそうだからな。［ヘルメスに］さあどうです、この男、いくらで売ってくれるんです？

ヘルメス　二タラントン。

買手　言い値で買った。銭は後払いですぜ。

一九　**ヘルメス**　名前は何と言う？

買手　シュラクサイのディオン(1)。

ヘルメス　さあ持って行け、幸運を祈る。次はエピクロス(2)、おまえだ。誰かこれを買いたい者はいるか？こいつはあの笑い男と酔っ払いの弟子だ、さっき競売《せり》にかけた奴らのな。ある点では彼らよりもこいつのほうがずっとよく知っている。こいつのほうが不敬なところがあるからな。さらに加えてこいつは愛想がよくてまた美食の友でもある。

買手　いくらです？

ヘルメス　二ムナ。

買手　さあ受け取ってくれ。だけど一つ知りたい、この男、食い物は何が好みです？

（1）シュラクサイの僭主ディオニュシオス二世の叔父、プラトンの門下生。ディオニュシオス二世に哲人教育を施そうとして。プラトンを招聘したがうまく行かなかった。

（2）エピクロス（前三四一頃―二七〇年頃）。サモス島の生まれ。のちアテナイで学園を開き、快楽主義的倫理学説を唱えた。

ヘルメス　甘い物だな、蜂蜜菓子や、とくに乾しイチジクが好物だ。

買手　それなら簡単だ、カリア産の果物菓子を買ってやりますよ。

二〇　ゼウス　次のを呼べ、あの髪を短く刈り込んだ男だ。陰気な顔したストア派を。

ヘルメス　よくぞおっしゃいました。とにかくあの男のことは、アゴラーに集まった連中の多くが待ち受けていたようですから。では徳そのものを競売《せり》にかけます。生き方のなかで最も完璧なのを。さあ、すべてを知る唯一の人間になりたいのは誰だ?

買手　それはどういう意味です?

ヘルメス　この男一人が賢い、美しい、正しい、男らしい、王である、雄弁家である、富んでいる、立法家である、さらにその他すべての者ということだ。

買手　それではまた唯一の料理人、そしてきっと唯一の皮なめし屋でありまた大工であり、またそういった類の人間というわけですな。

ヘルメス　そうなるな。

二一　買手　おいあんた、出て来てくれ。そして買手のわたしにあんたの素性を言ってくれ。そもそもあんた、売り飛ばされて奴隷となる身を恨んでいるのではないかね。

クリュシッポス[1]　いやぜんぜん。それらのものはわれわれの統御できないものだから。われわれの統御できないものはすべてどうでもよいものなのだ。

買手　あんたの言っていることはわからん。

クリュシッポス　なんだって？　君にはわからんのか、そういったもののうちで一方は是認されたもので、他方はそれとは逆に棄却されたものであることが？

買手　まだわからんな。

クリュシッポス　さもあらん。君はわれわれが使う用語に不慣れだろうし、表象を把握する能力を持っているわけでもないだろうから。しかし「論理学」を学習した学者はこのことだけではなく、範疇とは、また二次的範疇とは何かということ、そしてそれらが互いにどう異なっているかということを知っている。

買手　知性にかけて言うが、どうか物惜しみせんで言ってくれんか、範疇とは何で、二次的範疇とは何であるか。

クリュシッポス　いやわたしは物惜しみなどせんよ。もしもだね、ある跛の男がその悪いほうの足を石にぶつけて思いもよらぬ傷を受けても、彼はもうすでに跛という範疇のなかにいるから、それに加えて傷という二次的範疇を獲得することになるのだ。

二三　**買手**　おお、なんという機智だ！　その他に何か熟知していることがあるか？

（1）クリュシッポス（前二八〇頃―二〇七年頃）。小アジアのキリキア地方ソロイの出身。前二六〇年頃アテナイへ来て、ストア派の最初アカデメイア派のアルケシラオスに、次いでストア派のクレアンテスに師事。ストア派三代目の学頭となり、ストア哲学の体系的整備に尽力した。「クリュシッポスがいなければストア派は存在しなかったろう」（ディオゲネス・ラエルティオス『ギリシア哲学者列伝』第七巻一八三）とまで評された。

クリュシッポス　言葉の罠だ。それでもって対話の相手の足を縛り、相手の攻撃を遮り、否応なく轡《くつわ》をはめて相手の口を封じてしまう。いわゆる世に言う三段論法の力さ。

買手　なんとなんと！　そいつは強力で難攻不落だ。

クリュシッポス　さあ考えてくれ。君には子供がいるかね。

買手　いったい何だ？

クリュシッポス　その君の子が河のほとりにいるところを鰐が見つけてこれを捕まえ、君が本当のところを言い当てれば――というのは子供の返還について鰐がどう考えているかということだが――子供を返すと約束した場合、君は鰐の意中をどう忖度するかね。

買手　答えにくい質問だな。どちらをよしとして返答したものか迷うからな。いやお願いだ、答を明かしてうちの子供を救ってくれ、鰐が子供を呑み込む前に。

クリュシッポス　安心したまえ。もっとびっくりするような他のことを教えて進ぜよう。

買手　どんなことだ？

クリュシッポス　刈り入れ人、主人、それに何よりもエレクトラ、そして覆面男。

買手　覆面男とかエレクトラとか、それはどういう意味だ？

クリュシッポス　ほらあの有名なエレクトラだ、アガメムノンの娘の。彼女は同じ一つのことを知ってもいるしまた知らないでもいる。というのは彼女はオレステスが自分の横に立っているのにまだそれと気づかず、オレステスの骨を抱いていながら、オレステスが自分の弟だということは知っているが目の前の人間がオレステスだとは気づいていないからだ[1]。

また覆面男についてはほんとうにびっくりするような話を聞かせて進ぜよう。さあ答えてみてくれるかね、君は君自身の父親をご存じかな。

買手　もちろん。

クリュシッポス　ではどうだ。君の横に誰か覆面した男を立たせて、この人物を知っているかと尋ねたら、君は何と言う？

買手　もちろんわからんと。

二三　**クリュシッポス**　しかるにその人はまさしく君の父親だったのだ。となるともし君がその人を知らないとなると、君は自分の父親を知らないということが明らかになる。

買手　そんなことはない。覆面をとれば本当のことがわかる。まあそれはそれとして君にとって知の到達点とは何だ。いや徳の頂上を極めたときいったい何をしようというのだ。

クリュシッポス　そのときには人間の本性に最も適ったことに関わるだろう、つまり富、健康、またそういった類の事柄だ、だがまずわたしは大働きをせねばならん。細く書かれた書物で目の働きを刺激し、註釈書を集め、語法違反や無作法な言葉遣いをわが身に詰め込むといったことをまずしとかなきゃ。そしてこれが肝心だが、ヘレボロス[2]を続けざまに三回服用しなければ賢くなれないということだ。

---

(1) ソポクレス『エレクトラ』一一二六行以下参照。　(2) 精神病の薬。

買手　あんたのそのやり方は高尚でもありまたたいへんに雄々しいものでもある。だが欲ばりで高利貸しであることについては――というのはそういった性格もあんたに備わっているように見受けるからだが――何と言ったもんだろう。それはすでにヘレボロスを飲み、徳に到達した男ということだろうか。

クリュシッポス　そのとおり。金貸しという行為は賢者にだけふさわしいことだろう。というのは推論するというのは賢者の特性だし、金を貸して利子を得ることは推論することに似ていると思われるからだ。両者ともまさに学者にあてはまるものだろう。そして彼らは他の人間のように単に利子を取るだけではない、利子のまた利子を取るのだ。君、知らんのかね、利子にはまず最初の利子があり、次にちょうどそれから生じた、いわば第二の利子があるということを、君は三段論法がどういうことを言っているかご存じだろう。「もし人が第一の利子を得れば、彼は第二の利子も〔得るだろう〕。しかるに彼は第一の利子を得るだろう。ゆえに彼は第二の利子も〔得るだろう〕」。

二四　**買手**　それではあんたがその知識ゆえに若者たちから受け取る報酬についても同じことが言えるのではないか。そして明らかに学者だけがその徳のゆえに報酬を受け取るのだな。

クリュシッポス　よくわかっているね、なんとなればわたしが報酬を受け取るのはわたしのためではなくて、与えてくれるその人自身のためなんだからね。というのは世の中には出す人間と受ける人間とがいて、わたしは受ける側になるように訓練を積み、弟子は出すほうに訓練を積むというわけだ。

買手　いや反対に若者が受け取るほうの人間であるべきで、ただ一人金持のあんたのほうが出す人間であるべきでしょう。

クリュシッポス　おいおい、冗談だろう。君、用心したまえ、自明の三段論法を使って君を狙い撃ちにするぞ。

買手　その矢はどんな怖ろしいことを放つというんだ?

二五　**クリュシッポス**　混乱と沈黙と思考の歪曲だ。いちばん大きいのは、もしわたしがその気になれば、たちまちにしてわたしは君を石にしてみせるということだ。

買手　どうして石なんかに。ねえ、あんたがペルセウス(1)だなんて、とてもわたしには思えんがね。

クリュシッポス　こんなふうにしてだ。石は物体かね?

買手　そうだ。

クリュシッポス　ではどうだ。動物は物体ではないのか?

買手　物体だ。

クリュシッポス　で、君は動物かね?

買手　そのようだな。

クリュシッポス　それなら君は物体だから石だということになる。

買手　とんでもない。お願いだ、この身を解放してもう一度人間に戻してくれ。

---

(1)アクリシオスとダナエの子、見た者は石になるという怖ろしい怪物ゴルゴンの一人メドゥサを退治してその首を切り、持ち歩いて敵対する者を石にした。

クリュシッポス　簡単なことだ。そら、元の人間になるがいい。でどうかね、すべての物体は動物であろうかな？
買手　違う。
クリュシッポス　ではどうだ、石は動物かな？
買手　違う。
クリュシッポス　君は物体か？
買手　そうだ。
クリュシッポス　では君は物体でありながら、動物なのか？
買手　そうだ。
クリュシッポス　したがって君は石ではない、動物なのだから。
買手　やあ、ありがたい、わたしの脚はニオベ[1]のそれのように、とっくに冷たく硬くなっていたのだから。よし、あんたを買うぞ。［ヘルメスに向かって］これにはいくら払ったらいいんです？
ヘルメス　一二ムナ。
買手　さあ、受け取ってください。
ヘルメス　買手はおまえ一人かな？
買手　いいえ、ご覧になっているこいつら全部です。
ヘルメス　大勢だな、逞しい肩をして刈り取り人にぴったりだ。

二六　**ゼウス**　ぐずぐずするな。次のを呼べ。

ヘルメス　逍遙派、男前で金持ちのあんただ。[2]〔買手たちに〕さあ買った、この上なく利発で何もかもすっかり識りわけているやつだぞ。

買手　どんな人間です？

ヘルメス　穏健で、公平で、調和のとれた生活ぶり。最大の特徴は二重だということだ。

買手　どういうことです？

ヘルメス　外側から見るとある者に見えるが、内側から見ると別の者のように思えるのだ。だからもしおまえが彼を買えば、一方を顕教的、他方を秘教的と呼ぶように心得ておくがよい。

買手　彼が得意とするものは何ですか？

ヘルメス　三とおりの善があることだ。魂の善、身体の善、外界の善だ。[3]

買手　人間らしいことを考えていますな、いくらです。

ヘルメス　二〇ムナ。

（1）タンタロスの娘でテバイ王アンピオンの妻、アポロンとアルテミスの母親レトに対し、自分には多くの子供がいると誇ったため、アポロンとアルテミスによってすべての子供を殺され、悲痛のあまり石と化した。

（2）アリストテレスのこと。

（3）アリストテレス『ニコマコス倫理学』第一巻第八章一〇九八b参照。

買手　高すぎますな。

ヘルメス　そんなことはないよ、おまえさん、だって彼は小銭を持っていそうだぜ、衝動買いってことにはならんだろうよ。それに彼からすぐにいろんなことが聞けるぞ、蚋《ぶよ》はどれほどの時間生きるものかとか、海のどのくらいの深さまで太陽光線は達するものかとか、牡蠣《かき》の魂とはいったいどんなものだとかだ。

買手　おお、なんたる精密さ！

ヘルメス　もしおまえさんがそうしたものよりさらにずっと鋭利な観察の成果を聞くとしたら、精液について妊娠について、子宮内の胎児の形成について、また人間は笑うのにロバは笑わず、家を作ることも海を航海することもないといったようなことについて聞けるとしたら、どうだ。

買手　おっしゃったことはたいへん高尚でかつ有益な知識です。二〇ムナで彼を買いましょう。

二七　ヘルメス　よろしい。

ゼウス　残っているのは誰だ？

ヘルメス　この懐疑論者が残っています。ピュリアス、(1)前へ出ろ、そしてさっさと競売《せり》にかけられるんだ。もう皆帰ってしまって競売に参加するのはわずかだぞ。ま、仕方ないか、さて誰がこの男を買う？

買手　わたしだ。でも最初に言ってくれ、おまえさんはいったい何を知ってるんだ？

ピュリアス　何も知らん。

買手　それはどういう意味だ？

ピュリアス　何一つ存在するものはないとわたしには思えるということだ。

買手　それは、われわれは何かある存在物ではないということか？
ピュリアス　そんなこともわたしにはわからん。
買手　おまえさんが存在しているということもか？
ピュリアス　そのことについてはなおいっそうわからん。
買手　なんたる難問だ！　ところでその秤は何のために持っているのだ？
ピュリアス　これで議論を秤り、互いの平衡を取る、そして両者がきっちり同じに見え重さが同じになったとき、そのときに、だがいずれがより真実に近いのかわたしにはわからんのだ。
買手　その他には何だ、おまえさんの得意は？
ピュリアス　逃亡奴隷を追跡すること以外は何でも。
買手　それができんという理由は何だ？
ピュリアス　それは、ねえあなた、わたしには何物をも把握することができないからだ。
買手　なるほどな。おまえさん、見た目はのろまで間抜けに見えるからな。しかしおまえさんの学識の頂点はいったい何だ？
ピュリアス　無知と、聞かぬこと、見ぬこと。
買手　ではおまえさんは盲目でありまた聾啞であるということか？

（1）奴隷の名前。「赤毛」の意でトラキア出身の名前としてしばしば使用された。懐疑派哲学者ピュロンを捩《もじ》ったもの。

ピュリアス　そうだ、加えて判断力なし、感覚なしで、虫とまったく変わらん。
買手　それで買う価値がある。［ヘルメスに］この男、いくらの値をつけたらよろしいか？
ヘルメス　一アッティカ・ムナ。
買手　お受け取りを。［ピュリアスに］なあおまえさん、どうだい？　わたしはおまえさんを買ったのかね？
ピュリアス　疑わしいな。
買手　いやいや。買ったんだよ、銭を払ったからな。
ピュリアス　わたしはそのことについては判断を控えてじっと見ている。
買手　ともかく随《つ》いて来い、召使らしくせねばならんぞ。
ピュリアス　あなたの言っていることが真実かどうか、誰が知っていますか？
買手　呼び出し人と一ムナの銭とここにいる者たちが知っている。
ピュリアス　誰がここにいるというのです？
買手　おまえを粉碾《こなひ》き仕事に放り込んで、わたしが主人であることをふつつかながら言いきかせてやる。
ピュリアス　そのことについての判断を控えなさるがよい。
買手　いや決してせんぞ、もう判断は示したんだ。
ヘルメス　［ピュリアスに］抗弁するのをやめて買主に随いてゆけ。［その場の皆に］諸君はまた明日来てもらおう。一般の個人や職人や商人の生活の売り立てをする予定だ。

甦って来た哲学者（第二十八篇）

一　ソクラテス　石を投げろ、どんどん投げろ、あの悪漢に。土塊《つちくれ》を投げつけろ。陶器のかけらも投げつけろ。あの罪人を棒で打て。逃げないように見張れ。プラトン、おまえも投げろ。クリュシッポス、おまえもだ、またおまえもだ、そしてわれら全員彼に向かって楯を密集させて突撃だ。

皮袋が皮袋を助け、棒が棒を助けるように。(1)

なぜなら相手は共通の敵であるからだ。また彼に不遜な振舞いをされなかったような人間はわれわれのなかには誰一人いないからだ。ディオゲネスよ、おまえ以前に一度使ったことがあるのなら、その棒を使わんか。みんな、手を緩めてはならん。中傷者にはそれにふさわしい罰が必要だ。おい、どうした、もう疲れたのか、エピクロス、おいアリスティッポス、あってはならんことだぞ。

賢人たちよ、雄々しくあれ、烈しい怒りを思い起こせ。(2)

二　アリストテレスよ、急げ、もっと早く。うまいぞ、獲物は捕えた。

おい下郎、おまえは捕まった。すぐにもおまえは知るだろう、おまえが誹謗中傷していたわたしたちがいったいどんな人間であるかということをな。

さてこいつをどんなふうに処罰したものだろう？　われら全員が満足ゆくように、いろいろな死に方を考案してみようではないか。われわれ一人ひとりについて七回ずつ死んでもらうのが妥当なところだ。

哲学者一　わたしは磔《はりつけ》にするのがよいと思う。

哲学者二　いやそのとおり、だがまず鞭で打っておいてからだ。

哲学者三　いやまだその前に目をえぐり出す。

哲学者四　いや舌を切り取るほうがもっと先だ。

ソクラテス　エンペドクレスよ、君はどう思う?

エンペドクレス　噴火口の中に投げ込んだらどうだろう、そうすれば自分より優れた人間を非難してはならんということがわかるだろう。

プラトン　いやペンテウス(3)やオルペウス(4)のように「岩の上に身を引き裂かれて死んでいるのが見える(5)」というのがいちばんだ。われわれ一人ひとりが彼の身体の切れ端を持って行けるように。

(1)「一門のものが一門のものを助け、部族が部族を助けるように」(ホメロス『イリアス』第二歌三六三行)の捩り。

(2)「友らよ、雄々しくあれ、烈しい勇気を思い起こせ」(ホメロス『イリアス』第六歌一一二行)の捩《もじ》り。

(3)テバイ王。山中でバッコス教の信女らの祭儀を覗き見しているところを見つかり、その内の一人、母親のアガウエによって四肢を引き裂かれて死んだ。

(4)詩人、楽人。妻以外の女性を近づけなかったため、侮辱されたと怒ったトラキアの女たちによって八つ裂きにされて死んだ。

(5)すなわちペンテウスはバッコスの信女らに、またオルペウスはトラキアの女たちの手によって。出典は「作者不詳ギリシア悲劇断片」二九一(Nauck)。

三　パレシアデス(1)　滅相な、ヒケシオスさま(2)にかけて、どうかお助けを！

プラトン　決まった。もう逃れられん。おまえホメロスのこんな言葉を知ってるだろう。

獅子と人間のあいだには信頼できる約束はないのだから。(3)

パレシアデス　いやわたしのほうもホメロスを引いてあなた方にお願いいたします。というのはあなた方はおそらくホメロスの詩句を尊ぶお気持ちがおありでしょうし、その詩句を朗唱するわたしを軽んじたりはなさらないでしょうから。

決して賤しくはないこの男をお助けあれ、そしてそれにふさわしい身代金を受け取ってほしい。

青銅に黄金、賢人とて嫌がらぬというそれを。(4)

プラトン　ホメロス談義なら、おまえ相手にわれらなんら臆するところはない。さあ聞くがよい。

口達者な奴よ、一度わが手に落ちたら、たとえ黄金を言い立てても、

わが手から逃げられるなどと思わぬことだ。(5)

パレシアデス　ああ、なんという運の悪さだ。ホメロスが役に立たんとは、いちばん期待していたのに。ならエウリピデスへ逃げ込むとしよう。彼ならすぐにも助けてくれよう。

殺すなかれ。なんとなれば嘆願者を殺すことは御法度ゆえに。(6)

プラトン　なんだって？　こういうのもエウリピデスにあるぞ、

ひどいことを仕出かした者がその報いを受けるのは当然のことだ。(7)

パレシアデス　それではあなた方は言葉のゆえにわたしを殺すのですか？(8)
プラトン　そうとも。とにかくエウリピデス御本人がこう言っておる。
　放埒な口の利き方、
　規を越えた無分別、
　その行き着くところは身の不幸せ。(9)

四　パレシアデス　さて、あなた方はすっかりわたしを殺すことに心決めたし、わたしにそれを逃れる術はないとなったからには、ねえ、これだけは言ってくれませんか、あなた方はいったい誰なのか、そしてわたしからどんな癒しがたい傷を受けたがゆえに怒りを抑え切れず、死刑に処そうとするのか。
プラトン　この極悪人め、おまえがわたしたちにどんなひどいことを働いたか自分の胸に手を当てて訊ねてみるがよい。それにあのおまえのごたいそうな作品だ。そこでおまえは哲学そのものを悪しざまに言い募

(1) パレーシアー（自由な物言いの意）からの造語。「率直に物を言う人」くらいの意味。作者ルキアノスの分身と見てよい。
(2) ヒケシオス（嘆願者を護るの意）はゼウス神にかかるエピセット。ここではゼウスと同義。
(3) ホメロス『イリアス』第二十二歌二六二行。
(4) ホメロス『イリアス』第六歌四六、四八行、また第二十歌六五行も参照。第十歌三七八行、第十一歌一三一行などに似た言い回しがある。
(5) ホメロス『イリアス』第十歌四四七―四四八行の捩《もじ》り。
(6) エウリピデス「断片」九三七（Nauck）。
(7) エウリピデス『オレステス』四一三行。
(8) エウリピデス「断片」九三八（Nauck）。
(9) エウリピデス『バッコス教の信女たち』三八六―三八八行。

り、また市場で売り立てをするがごとくにわれら知性溢れる人間、何よりも自由な人間に対して無礼な真似をしてくれた。それがためにわれらは腹を立て、ハデス(1)に暫時の猶予を願い出ておまえのところに罷り越したのだ。このクリュシッポス、エピクロス、それにわたしプラトン、あのアリストテレス、この物言わぬピュタゴラス、そしてディオゲネス、さらにおまえが作品のなかでくさした連中すべてだ。

五　パレシアデス　やれ、生き返ったぞ。だってもしあなた方が、わたしがあなた方に関してはどのような存在であるかを知れば、わたしを殺したりはせぬでしょうからね。だから石を捨てなさるがよろしい。いや持ってるほうがよろしいか、それを必要とする者に使えましょうからね。

プラトン　馬鹿な。おまえは今日死なねばならん。すぐにも

汝の犯せし悪業のゆえに、汝石の衣を身にまとうべし(2)。

パレシアデス　ねえ、ご立派な方々、あなた方はこの世でただ一人褒めるべきであった人間、あなた方の仲間、心根の優れた人間、同じ考えの持主を殺すことになりますよ。こう言ってよければあなた方のお仕事の擁護者たる人間を殺そうとしているんだと、とくとご承知ください、もしもあなた方のために能《あた》うかぎりの労を惜しまなかったこのわたしを殺そうというのでしたらね。いいですか、あなた方だけは昨今の哲学者の多くのように、善いことをした人間に対して感謝もせず、腹を立て、知らぬ顔を決め込むといったような姿は見せぬようにと願います。

プラトン　おお、なんたる恥知らず！　おまえの悪業に感謝をもって報いよというのか。おまえは本当に

奴隷とでも話をしているつもりなのか。それともおまえはそんなにも思い上がり酔っ払いのような物の言い方をしておきながら、われらに対して善根を施してでもいるつもりなのか。

六　パレシアデス　わたしがいつどこであなた方に対して無礼な真似をしました？　わたしはいつだって哲学に驚嘆の目を向け、あなた方の存在を最大限に褒めそやし、あなた方の残した言葉に親しく交わってきていますのに。わたしが話す言葉そのものが、あなた方から受け取って——蜜蜂が花から蜜を掠め取るのと同じです——世の人々に分かち与えているもので、それ以外の供給源があるわけではありません。

すると人々は感心し、わたしがその花をどこから、誰から、どんなふうにして集めてきたのかそれぞれに知るのです。そして人々はこのわたしの花束に対して言葉の上では感嘆を惜しみませんが、本当のところはあなた方を、あなた方の花野を褒めているのです。その多種多様な色彩の花を咲かせたのはあなた方ですからね。それがあってこそ花を選び出し、編み、一本一本ばらけないように結び合わすことが可能となるのです。そんなふうにあなた方から恩恵を蒙っておきながら、その人たちのお蔭で一人前の人間として世間に通用しているのに、その恩人の悪口を言おうとする人間がいるでしょうか。生まれつきタミュリス(3)やエウリュトス(4)のような人間で、歌を習った師のムーサに対抗して歌ったり、あるいはアポロンに対抗して弓で闘いを

(1) 冥府の王。プルトンに同じ。
(2) ホメロス『イリアス』第三歌五七行。
(3) 歌と竪琴の名手。ムーサたちと技を競い、敗れて盲目とされ、その技能も失った。
(4) 弓の名人。弓術でアポロン神に勝ると自慢したためアポロン神に殺された。

挑んだり――弓術を伝授してくれた師にあたる人なのに――そういうことをする輩は別ですけれど。

七　プラトン　その論やよし、なあおまえさん、弁論家なみだぞ。だがやっていることは正反対だ。これでもし不正に忘恩まで加われればおまえの向こう見ずはもっとひどい様相を呈するぞ。だっておまえは、おまえの言ったとおりわれわれから矢を授かっておきながら、それを今度はわれわれに向けたんだからな、われわれ全員を非難すること一事を標的にして。これが、われわれがおまえから受けた返礼だ。こちらはおまえのためにあの牧場を開けてやり、自由に花を摘んで懐を一杯にして帰るに任せてやったんだがな。こうなったらおまえさん、殺されても至極当然ということになろうぜ。

八　パレシアデス　よろしいですか。あなた方は怒りにまかせて聞き、正しいことは何一つ目に見えていません。しかしわたしは思ってもみませんでしたね、プラトン、クリュシッポス、アリストテレス、それにその他の皆さんの怒りがどれほどのものか、いや、あなた方だけはそんなものとは縁遠いと思っていたんです。しかしとにかく、ねえご立派な方々、裁判にもかけず、判決も出さずにわたしを殺すような真似はしないでください。あなた方はこうも言ってたんじゃなかったんですか、力ずくの強権政治をしてはならない、交互に議論を交わし、正義に則ってお互いの相違点を明確にすべしとね。ですからあなた方のほうで裁判官を選んでください、あなた方全員でもよいし、全員を代表する誰か一人を選び出してもらっても結構です。そうすればわたしはその訴訟に対して弁明しましょう。それでもしわたしの不正が明らかになり、法廷がわたしにそれを評決したら、もちろんわたしはそれをふさわしいものとして受け容れます。あなた方はいっさい暴力に訴えてはなりません。それでもしわたしが審判を受けてあなた方の目に一点の曇りなく非難の余地なしと映ったら、裁判官はわたしを放免するでしょうし、あなた方はあなた方を欺し、わたしへの怒りを扇り立てた者たちにその怒りを振り向けたらよろしい。

九　プラトン　それは例の「馬を野に放つ[1]」というやつだ。おまえは裁判官を煙に巻いてずらかろうってわけだ。いずれにせよ世間ではおまえは弁論家、法律家、言葉の妖術師ということになっている。それでおまえはどんな人間に裁判官になってもらいたいのだ？　おまえたちがよくやる手だが、おまえの有利になるように不正投票してくれと賄賂を送ってうんと言わせる、そんな輩では困るぞ。

パレシアデス　その点は心配ご無用です。そんな疑わしくて曖昧な審判者はふさわしいとは思いません。わたしに一票売ろうというような輩はね。よろしいですか、わたしはピロソピア[2]その人を裁判官にしようというのです。あなた方と一緒にですよ。

プラトン　ではわれわれが裁判官役に廻ったら、誰が告訴する側になる？

パレシアデス　あなた方ご自身が告訴もし、判決も下してください。

(1)「騎兵が馬を操作するのに広野を求めるごとく、裁判官は法廷を求める」の意。プラトン『テアイテトス』一八三Dに似た言い回しがある。その箇所につけられた田中美知太郎先生の註釈を借用させていただく。「古注によると、この言葉は何かの技術において自分より優越している人をその競技に誘うときに用いられ、また『騎馬を平野に誘う』とも書かれて、人をちょうどその希望しているものへ誘う場合に用いられるという」（『プラトン全集２』岩波書店、一九七四年、三〇九頁）。

(2) ここで哲学（ピロソピアー）は擬人化されている。

何ら恐れるには及びません。正しさの点ではわたしのほうがずっと優れていますし、弁明する種に欠けることはありませんから。

一〇　**プラトン**　ピュタゴラス、そしてソクラテス先生、どうしたものでしょう？　この男、ちゃんと召喚されて審理を受けるだけの価値はあるように思えますが。

ソクラテス　さっそく法廷へ出掛けよう、ピロソピアを迎え入れ、この男がいったいどんな弁明をするか聞こうじゃないか。予断で審理するというのはわれわれの流儀ではない。それは恐ろしく無能なやり方だ。そいつは力は正義だとする血の気の多い連中のやり方だ。

われわれは、自己弁明も許さずに人を石打ちの刑に処せば、それを非難しようと待ち構えている連中によい口実を与えることになるだろう。それもわれわれ自ら正義の行為を喜ぶと言っておきながらだ。わたしを告発したあのアニュトスとメレトス(1)について、われわれは何と言ったものだろう？　いやあのときの裁判官たちについてもだ、もしもこの男が弁明する時間をまったく与えられずに(2)死刑となるとするなら。

プラトン　ソクラテスよ、ご立派なご意見です。ではピロソピアのところへ参りましょう。あの人に判定してもらいましょう。わたしたちのほうは何であれあの人が決定したものを、よしとすればよいのです。

一一　**パレシアデス**　結構です、賢人の皆さま方、そうするのが一段とよろしく、また一段と法に適っているというものです。先に申し上げたとおり、まあ石はそのままお持ちください。すぐにも法廷で入用になりましょうから。

さてピロソピアはいずれに見えます？　わたしはあの方がどこにお住まいか存じ上げないものですから。

いや、お会いしたいと思ってあの方の居所を捜すのに、けっこう長い時間あちこち引き廻されました。そうしているうちにその本人のところから来たという短いマントを羽織り、濃い鬚を垂らした人たちとたまたま出会ったので、彼らならよく知っているのじゃないかと思って訊いてみたのです。ところが彼らはわたしよりも遥かにずっと無知で、いっさいわたしに答えようとしませんでした。自分らが無知であることが証明されないように要心したのです。そしてわたしをこっちだあっちだと次々にたらい廻ししました。今日に至るまでまだあの方の住居を見つけることはできていないのです。

二 何度もわたしは自分でも推測し、また人に案内してもらったりして、きっと見つけられると強く希望を抱いていくつかの戸口に当たってみようとしました、出入りする人の数で決めようとしたのです。どれもこれも皆厳《いかめ》しげで、身のこなしは行き届いており、また顔つきは思慮ありげな人たちです。わたしも彼らと一緒に押し込まれて中へ入りました。するとひと癖ありげな小娘が目に入りました。身づくろいは質素で着飾ったところもないのですが、しかし飾り気のない髪も明らかに無造作にそうしているのではなく、また羽織っている上着も決して無技巧に羽織っているのではないことは、一目見てすぐにわかりました。彼女はそうすることで着飾っているのであり、見た目は手抜きをしているように見せかけてじつはお洒落をして

(1) 二人はソクラテスを告発したアテナイ市民。プラトンの対話篇『ソクラテスの弁明』にその間の経緯が詳しく述べられている。

(2) 文字どおりには「まったく水を受け取ることなしに」。水とは法廷で弁論の時間を計る水時計のこと。すなわち「弁明の時間も与えられずに」の意となる。

いることは明らかでした。下から白粉や紅が顔を覗けています。その言葉遣いはまさに白拍子（ヘタイラー）のそれです。そして彼女を恋い焦がれる者から美しいと褒められて嬉しそうにしています。誰かが贈り物をすると躊躇なく受け取り、彼女を恋い焦れる人のなかでもより金銭《かね》を持っている者たちの傍らに坐り、金銭のない連中のほうは見向きもしませんでした。彼女がよく何気ない様子で上着を脱いだとき、わたしは彼女が鎖よりも太い黄金のネックレスをしているのを見つけました。それを見てわたしはただちに引き返しました、彼女に鼻ならぬ鬚を摑まれて引き廻され、イクシオン(1)のようにヘラの代わりに幻と交わっているあの不幸な連中を憐れみながら。

一三　**プラトン**　おまえの言うとおりだ。戸口は決して明らかではないし、誰にでも知られているわけではないからな。しかし別に彼女の家まで行かねばならんこともない。このケラメイコス区(2)で彼女を待つことにしよう。彼女はアカデメイア(3)を出て、画廊（ポイキレー）(4)を逍遥する(5)ためにもうおっつけやって来る頃だろう。毎日そうするのが彼女の習慣なのだ。言うよりも早い、あそこへやって来る。ほらどうだ、あのよく整った身体つき、優しげな眼差し、何か考え事をしながら静かに歩を運ぶ姿。

パレシアデス　身体つきや歩き方や外套などの点ではよく似た人をたくさん見ます。でもそのなかでも真実のピロソピアはたしかにこの方一人です。

プラトン　そのとおりだ。さあ、彼女がどんな人間か、彼女自身の口から言ってくれるぞ。

一四　**ピロソピア**　まあまあ、これは！　プラトンにクリュシッポス、アリストテレス、またその他の皆さま方、わが教義の精髄たる方々、この地上でいったい何をなさっているのです。どうしてまたこの世に甦ったのです？　冥府で何か嫌なことがあったのですか？　どうやらお腹立ちのようにお見受けしますが。一緒に連れて来たその男は誰です？　たぶん追剝か人殺しか神殿荒らしかでしょうけれど。

プラトン　ピロソピアよ、神かけて申し上げますが、こいつはすべての神殿荒らしのなかでもいちばんの不敬者、神聖この上ないあなたを、そしてまたあなたから学んだものを後の時代の人たちに伝え残したわれわれのような人間すべてを誹謗中傷しようとした男です。

ピロソピア　それではあなた方は人から詰《なじ》られて腹を立てているわけですね。あなた方はわたしがディオニュソス神の祭で上演される喜劇のきつい冗談を聞きながら、それでもあの女《ひと》［喜劇］のことを友だちと考え、法に訴えたりもせず、面詰もせず、祭に固有の習慣としてやっているのだと、ふざけるままに放っておいたのを心得ているはずなのに。わたしには冗談から何か具合の悪いことが起こったりはしないことはわかっています。いや反対にむしろ良いことが起きる、ちょうど汚れを打ち落とした黄金のようにいっそう輝

(1) プレギュアスとペリメレの子。親族殺しをした罪をゼウスによって浄められたのに、その恩を忘れてゼウスの妻ヘラを犯そうとした。怒ったゼウスはヘラの代わりに雲から作ったヘラの似姿をイクシオンに与えたところ、イクシオンはこれと交わりケンタウロス族を儲けた。

(2) アテナイ市内の行政区の一。アクロポリスの北西にあり、一部は市壁の外に出ており、そこは墓地として使われていた。アゴラー（中心広場）は市壁内のケラメイコス区に属する。

(3) アテナイ郊外にプラトンが創設した学園。

(4) アテナイのアゴラーにあった柱廊で、そこの壁面は著名な画家たちのフレスコ画で飾られていた。ストア派のゼノンはここで学派を創始した。

(5) ペリパテイン。アリストテレスの逍遙派（ペリパトス派）を含意するものか。

きを増し、いっそう目に映えるようになるのです。でもあなた方は、ねえ、どういうわけで腹を立て不機嫌になっているのです？　なぜその男の喉を締めつけたりしているのです？

蘇生者たち　この男が己の所業にふさわしい罰を受けるようにと、今日一日の猶予を願い出てこの男の許へと出て来たのです。それというのも、この男がわれわれのことであることないこと言い触らしているという噂がわれわれの許に聞こえて来たからです。

一五　**ピロソピア**　では裁判にもかけず弁明もさせずに殺そうというのですか？　どう見ても何か言いたがっているように見えますけどね。

蘇生者たち　いえいえ、わたしたちはあなたにすべてお任せします。あなたによいと思われるとおりに裁判を進めてください。

ピロソピア　［パレシアデスすなわちルキアノスに向かって］おまえはどうです？

パレシアデス　わたしも同じです、女主人のピロソピアさま。あなただけが真実を見つけ出すことができるお人です。わたしはずい分と要請した結果、やっとのことで裁判があなたの管轄下に置かれるようになったのです。

蘇生者たち　この悪党め、いまになっておまえはこの人のことを女主人だなどと呼ぶのか？　つい昨日までおまえはピロソピアをこの上ないまでも辱めていたくせに、あれほどの数の人間の面前でこの方の教義のそれぞれの型を順に二オボロスの価をつけて売り立てをして。(1)

ピロソピア　いえ、あのね、この男はピロソピアではなく、わたしの名を騙《かた》って多くの唾棄すべきことを仕出かした詐欺師たちを公然と非難したのです。
パレシアデス　もしわたしの弁明を聞くおつもりがあれば、すぐにでもわかっていただけましょう。
ピロソピア　皆してアレイオス・パゴス[2]へ行きましょう、いえいっそのことアクロポリス[3]そのものへ行きましょう、そこから鳥瞰して市中のことが全部明らかになるように。一六　で、皆さん、あなた方はそのあいだ画廊（ポイキレー）でぶらぶらしていてください。裁判を終え次第あなた方の許へ出掛けて行きますから。
パレシアデス　ピロソピア、その人たちは何者です？　そちらもまたたいへんお行儀のよい人たちに見えますが。
ピロソピア　こちらの男のような感じの人がアレテ〔徳〕、あちらがソプロシュネ〔節度〕、そしてその隣がディカイオシュネ〔正義〕です。先頭に立っているのはパイデイア〔教育〕、身体の色が薄ぼんやりとしてはっきりしないのがアレテイア〔真実〕です。
パレシアデス　そのおっしゃっている方がわたしには見えませんが。
ピロソピア　あのお化粧っ気のない人が見えませんか？　裸のままの姿で、いつも逃げてばかりいて、人

(1) 第二十七篇『哲学諸派の競売』を参照。
(2) アテナイのアゴラーの南にある小さな丘。古来ここは重罪裁判が行なわれる場所だった。
(3) アテナイのアゴラーの南側に横たわる海抜一五六メートルの岩山で城砦の意。アレイオス・パゴスはその玄関口の前面に位置している。

の手からするりと抜けて行く人が。

パレシアデス　どうにかこうにか見えてきました。でもなぜあなたは審議の委員の頭数が揃って完璧なものになるよう、その方々を一緒に連れて行かないのですか？　わたしはアレテイアがわたしの弁護人として裁判の席に臨席することを望みます。

ピロソピア　たしかにね、［その他の者に］あなた方も随《つ》いて来てください。審議を一つこなすくらい大したことありませんからね。殊にわたしたちに関係があるこの案件は。

一七　**アレテイア**　［仲間に向かって］あなた方は行ってください。わたしは以前からそれがどんなものか知っていることをいまさら聞く必要はありませんから。

ピロソピア　でもアレテイア、あなたも審議に加わって個々の点でご教示くだされればありがたいのですが。

アレテイア　ではわたしの家に一緒に住んでいるこの二人の召使も連れて行っていいですか？

ピロソピア　ええええ、お望みの人数だけ。

アレテイア　エレウテリア［自由］とパレシア［直言］、わたしたちと一緒に来なさい。わたしたちの信奉者で、しかもまったく正当ならざる理由で身が危険に晒されているこの可哀そうな人間をなんとか救ってやりましょう。でもエレンコス［吟味］、おまえはここで待っていなさい。

パレシアデス　いや決して、ご主人さま、もし誰かが随いて行くものならこの人も行かせてやってください。と言いますのは、わたしが戦う相手というのが、行き当たりばったりの畜生どもではなく、口論しても一筋縄ではゆかぬペテン師の人間、いつも逃げ口上を捜しているそんな奴だからです。ですからエレンコスにぜひともいてもらいたいのです。
エレンコス　わたしはぜひとも必要です。それに、もしアポデイクシス［証明］も一緒に連れて行けばさらに好都合です。
アレテイア　みんな随いておいで、審理にはおまえたちが必要みたいだから。
一八　蘇生者たち　ご覧ですか？　ピロソピア、彼はわたしたちと戦うためにアレテイアを味方にしましたよ。
ピロソピア　ではプラトン、クリュシッポスにアリストテレス、あなた方はアレテイアたるものがひょっとして彼のために虚言を弄しはしないかと恐れているんですか？
蘇生者たち　そうではありません。でも彼はとんでもない悪党でおべっか使いです。ですからアレテイアを言いくるめてしまうでしょう。
一九　ピロソピア　ご心配ご無用。ディカイオシュネが同道しますから不都合なことは何も起こらんでしょう。さあ参りましょう、でも教えてください、あなた、お名前は？
パレシアデス　わたしですか？　パレシアデス［直言居士］です。アレティオン［真実］の息子、またエレンクシクレオス［令名高き吟味者］の息子でもあります。
ピロソピア　お国はどちら？
パレシアデス　シュリアのエウプラテス河畔です、ピロソピア。でもそれがどうしました？　ここにいるこのわたしを目の仇にしているお方たちのうちの何人かは、素性を質せばわたしと同じ異国生まれだってことがわかってますからね。もっともその立居振舞いや教養はソロイ[1]やキュプロス[2]やバビュロン[3]やスタゲイラ[4]の連中とは違いますがね。でもたとえ言葉がギリシア語でなくても、言っていることが真当で正しいと思われるものであれば、とにかくあなたにとって何ら支障はないはずですが。

二〇　**ピロソピア**　もっともです。訊かなくてもよいことでしたね。ではあなたのお仕事は何ですか？　これは知っておいてよいことですからね。

パレシアデス　自慢家を憎み、詐欺師を憎み、偽りを憎み、虚栄を憎み、かつまた穢れた人間どものそういった姿すべてを憎む者です。ご存じのようにこの種の人間は一杯いますからね。

ピロソピア　ヘラクレス[5]！　何でもかんでも憎むお仕事ですのね。

パレシアデス　そうです。それでほら、多くの者から憎まれ、そのために危ない目にも遭っているというわけです。

しかしわたしはこれと正反対の仕事にもよく通じています。つまりそれは愛に始原を持つ仕事です。真実を愛し、美を愛し、質朴を愛し、かつまた愛に関係するものは何もかも愛するのです。ところがこの仕事に関わるに価する人間はじつに数が少ないのですねぇ。むしろそれとは反対のほうに位置する人間、憎悪するほうがふさわしい人間がごまんといるのです。ですからわたしは一方の仕事のほうは暇にかまけて危うく忘れてしまいそうな体たらくなのに、もう一つの仕事のほうはなかなかのエキスパートになってしまったかもしれません。

ピロソピア　それはいけませんね。あれもこれもけっきょくは同じ一つの仕事と世間では言いますからね。

ですから二つの仕事を別々に分けてはなりません。見た目は二つでも実質は一つなのです。

パレシアデス　ピロソピア、あなたはよくわかっていらっしゃる。ともかく悪しき輩を憎み立派な人たちを褒め讃え愛するというのがわたしのやり方です。

二一　ピロソピア　さあ、目的の場所にやって来ました、それではこのポリアス(6)の女神の神殿の前で裁判を行なうことにいたしましょう。女神官、わたしたちの坐る場所を決めてください。とりあえずは女神さまに礼拝いたしましょう。

パレシアデス　おお、ポリアスさま、詐欺師たちと闘う同志としてわたしの許に立ち現われたまえ、そしてあなたが彼らから毎日どれほどの偽誓を聞かされているか思い出していただきたいものです。彼らのやっていることは、高いところにお住まいのあなたお一人がご覧になっておられます。いまこそあの者どもを懲らしめるべきときです。もしわたしがやり込められて黒票が多数を占めるのをご覧になったら、あなたの一票をわたしに投じてわたしを救ってください。

二二　ピロソピア　それでよし。さあわたしたちは腰を下ろしてあなた方の議論を聞く準備ができていま

(1) クリュシッポスの出身地。小アジアのキリキア地方にある町。
(2) ストア派の創始者ゼノンの出身地。
(3) ストア派のディオゲネスの出身地。
(4) ギリシア北方マケドニアの町。アリストテレスの出身地。
(5) 驚きの間投詞。
(6) ポリスの守護女神すなわちアテナの呼称。

す。あなた方は誰か一人いちばん上手に告発できると思える人を選んで、告発し非難させるがよい。全員が一度に発言することはなりませんよ。その後に、パレシアデス、あなたが弁明するように。

プラトン　さて誰だろう、わたしたちのうちで裁判にいちばん向いている者は？

蘇生者たち　それはプラトン、あんただ。思惟の驚くべき広さ、すばらしく美しいアッティカ風の話し振り、魅力的で説得力に満ちた調子、知性、正確さ、臨機応変の表現力、これらすべてが一つになってあんたには備わっているのだから。

だから代弁者の役を引き受けて、われら全員のためにきちんとしたことを言ってください。そら、以前やった議論を全部思い出してそれを一つにまとめるんです、あんた、ゴルギアスやポロスやプロディコスやヒッピアス相手に議論したことがあったでしょう、あれですよ。この男はもう一段手強そうですからね。そこで皮肉（エイローネイアー）を振りかける、あの優雅な一連の問いかけをする、そしてもしいけるとなったら次の一節を差しはさんでもよい、「天上に翼ある馬車を駆る偉大なるゼウス」[1]はお腹立ちになろう、もしこやつが何の罰も受けぬとあらばと。

二三　**プラトン**　いや駄目です、もっと強い人を選ぼうじゃありませんか、ここにいるディオゲネスさんとか、アンティステネスさん、あるいはクラテスさん、いやクリュシッポスさん、あんたがいい。だっていまの時点で必要なのは、美しい文体とか珠玉の文章力ではなく、論戦や法廷論争への対処だからね。このパレシアデスは弁論家ですぞ。

ディオゲネス　ではわたしが訴追人になろう。わたしの思うところ、そんなに長い議論にはならんだろう。

それにわたしは先般二オボロスで売立てを喰らうという諸君ら以上の侮辱を受けた男だから(2)。

プラトン　ピロソピアよ、このディオゲネスがわれわれを代表して議論してくれましょう。だけどねえ君、いいかね、訴追の場では自分のことばかりをいちばんに考えるのではなく、皆に共通することを視野に入れてやってくれよ。われわれの教義が互いに喰い違うような場合は、君はそれを検証してはいかん。誰のほうが真実に近いかなど口に出してはいかん。とにかくパレシアデスがその論中で侮辱し非難したピロソピアその人のために怒れ。互いに違うわれらの学派のことは棚上げにして、われら全員に共通すること、そのことのために戦ってくれ。いいか、君一人をわれらは擁立するんだ。われらの言説すべての存亡が君の双肩にかかっているんだぞ、それが最も神聖なる教義であると認められるのか、あるいはこの男が明らかにしたことのほうが信頼に価するのかがね。

二四　**ディオゲネス**　心配ご無用、決して引けは取らんよ。皆のために弁じてやる。たとえピロソピアが彼の議論に言い負かされて——というのは彼女はその品性優しくて温厚だから——彼を無罪放免したいと考えても、こちらはこちらの義務を果たすつもりだ。伊達に棒っ切れを持っているんじゃないってことを奴に見せてやる。

ピロソピア　それは駄目、それよか口でやりなさい。棒っ切れよりずっとましです。さあ躊躇しないで。

---

(1) プラトン『パイドロス』二四六E。

(2) 第二十七篇『哲学諸派の競売』一一を参照。なお本篇二七も参照。

もう水が注がれました[1]。法廷全体があなたに注目しています。

パレシアデス　ピロソピア、他の連中は着席させて、あなた方と一緒に投票するようにしてください。告発の弁を述べるのはディオゲネス一人にしてください。

ピロソピア　あなた恐ろしくないの？　皆あなたに反対投票するかもしれませんよ。

パレシアデス　ぜんぜん。ともかくわたしは多数の者に打ち勝ちたいと願っているのです。

ピロソピア　それはご立派。ではあなた方、席につきなさい。ディオゲネス、始めなさい。

二五　ディオゲネス　ピロソピア、われわれが在世中どのような人間であったか、あなたはよくご存じで申し上げるまでもありません。わたしのことはさておくとしても、ここにいるピュタゴラス、プラトン、アリストテレス、クリュシッポス、また他の連中にしたって、どれほどすばらしいものをこの世にもたらしたか知らぬ者はおりますまい。そうした人間のわれわれに対して、ここにいる札付きの悪党パレシアデスが犯した侮辱の数々をこれから申し述べましょう。

世間では彼は弁論家だということになっていますが、法廷とそこで獲得した名声を捨て、弁論において編み出した才知と力のかぎりをわれらの上に集めて、われらを詐欺師だとかいかさま師だとか言って非難中傷し、一般大衆を説いてわれらを笑い者にし、取るに足らぬ奴と軽蔑するようにと訴えて止みません。それどころかとうとう彼は大衆にわれわれとピロソピア、あなたとを憎むようにと仕向けるまでにしたのです、あなたの教義をば戯言だ、無駄話だと言い、あなたがわれわれに教えてくれた至極真面目なことを嘲笑の対象にしてね。その結果彼は聴衆から拍手と賞讃を受け、われわれのほうは侮辱を受けることになったわけです。

大衆の多くは本性そうしたものです。彼らはからかったりののしったりする連中を歓迎するのです。とりわけ神聖と思われているものがくさされたときがそうです。たとえば以前彼らはアリストパネスやエウポリス(2)の作品で、そこにいるソクラテスが舞台上でからかわれたりソクラテスを題材にとんでもないお笑い劇が作られたりするのを喜んだものです。(3)

しかし彼ら［喜劇詩人］がそんなことをしたのはたった一人の人間に対してであって、しかもディオニュシア祭で許されたものとしてやったものであり、おふざけは祭の一部として認められていたのです。

［ディオニュソス］神も笑いの好きな方だからおそらく喜んでおられたのだろう。(4)

二六　しかしこの男は優れた人間を一堂に呼び集め——それは長い時間かけて考えを練り、準備を整え、その悪口をきっちり巻いた一巻の書に書き込んでからのことですが——大声でプラトンやピュタゴラス、そのアリストテレス、あちらにいるクリュシッポス、それにわたしやその他全員を非難したのです、祭で許可されたわけでもなく、またわれわれから個人的に何か不当な目に遭わされたというわけでもないのに。もし彼が自分から先に手を出すのではなく己の身を守るためにやったことなら、この件は彼に赦される点はあるでしょう。

---

(1) 陳述の時間を計る水時計の水が注がれたというのである。

(2) アリストパネス、エウポリスともに前五世紀後半から前四世紀初頭にアテナイで活躍した喜劇作家。

(3) たとえばアリストパネスの『雲』。

(4) 出典不明。

ところで最大の問題点は、この男はこうしたことをやるのにピロソピア、あなたの名前を隠れ蓑《みの》に使い、われわれの召使であるディアロゴス〔対話〕に取り入ってこれを助手に使い、またわれわれに対する交渉役にし、さらにはわれわれの仲間のメニッポス(1)を説き伏せてしばしば自分と一緒に喜劇を演じさせたことです。彼だけです、ここに来ず、われわれ共通の問題に背を向けてともに告発することもしないのは。

二七　以上の理由でこの男は断罪されてしかるべきなのです。それともこの男は神聖きわまりないことを無茶苦茶にしておいて、これほどの証人がいる前で何か弁明することができるのでしょうか。こうすることはこの手の連中に有効なのです、もしもこの男が懲らしめられるところを見れば、以後は誰一人哲学者を馬鹿にする者はいなくなるでしょうからね。というのは騒ぎ立てず侮辱を我慢するというのは、自制心があるからではなくて、むしろ臆病でお目出たいからだと思われるのがオチでしょうから。この男が最近しでかしたことは誰に我慢できるでしょうか。まるで奴隷のようにわれわれを市場へ連れて行き、口上役を立てて競売《せり》にかけたという話です。ある者たちは高値で、何人かの者は一アッティカ・ムナで、そしてこの悪党ときたらわたしに二オボロスの値を付けたのです。その場に居合わせた者は皆大笑いでした。

こうしたことに怒り心頭に発してわれわれはこの世に立ち帰って来たのです。そして多大な侮辱を受けたわれわれのために復讐してくださるよう、あなたにお願いする次第です。

二八　**蘇生者たち**　いいぞ、ディオゲネス、皆のために言うべきことは全部うまく言ってくれた。

ピロソピア　これ、拍手喝采するのはおやめなさい。弁明者側に水を注ぎなさい(2)。では今度はあなた、パレシアデス、お話しなさい。水が流れ出しましたよ。さ、どうぞ。

二九　パレシアデス　ピロソピア、ディオゲネスはわたしのこと全部を告発したわけではありません。大部分、それもより重大なところほど、どういうわけでか知りませんが、残してしまいました。わたしは自分の言ったことを言った覚えはないなどと否定するつもりは毛頭ありませんし、また弁明のために下準備をした上でここに来たわけでもありません。むしろあの人が黙って言わずにいたこと、またわたしが以前に言わずにすませたことが何かあれば、いまはそれをお示しすることがよかろうと思います。そうすることであなたはおわかりになるはずです、わたしがどんな人間を競売にかけ、詐欺師だペテン師だと言って非難したかということがね。ただ一つ、わたしが彼らについて本当のことを言うかどうかだけ、注目してください。もしわたしの言うことに非難めいたことや乱暴な調子があると思われたなら、あなたはわたしではなく彼らのほうこそ——とわたしは思うのですが——非難してしかるべきなのです、そのようなことをやったのは彼らですからね。

わたしは弁論家にはどれほど多くの厄介事が付いて廻るものかということを知るや否や、——それはごまかし、嘘、ずうずうしさ、騒々しさ、押しつけ、その他諸々ですが——当然のごとくこれを避けました。そしてピロソピア、あなたの気高さを一途に求めて、わたしに残されたかぎりの人生をちょうど嵐の大波から波静かな港へ入るように、あなたの保護の下に生き抜こうと期待したのです。

（1）イスラエルの地ガダラ出身の犬儒派哲学者で、前三世紀に活躍。その著作（散逸）で哲学者の言行を批判し、ルキアノスらの先達者になった。
（2）時間を計る水時計の。

三〇　わたしはあなた方の教義にチラッと目を遣ったとたん、驚嘆したのです、あなたに――これは当然ですが――そしてここの連中の皆にも。この人たちは最高の人生を送るための立法者であり、それを求めて寄って来る者に手を差し伸べ、この上なく立派でこの上なく有効な助言をします。もしもそれを座視したり見逃したりせずに、あなた方が定めた基準をしっかりと見つめてその基準に合わせて自分の人生を設計しようとするならばね。誓って申しますが、そんなことができるのはあなた方ご自身のなかでもわずかしかおりませんよ。

三一　ところで多くの人たちは哲学に愛を抱いているのではなく、単にそうすることによって生まれる評判を求めているにすぎないこと、またごく日常的、一般的なことで誰でもすぐに真似ができて優れた人物らしく見える――鬚とか歩き方とか服装とかのことです――が、その生活と行動の点では見た目とはぜんぜん違って、あなた方とは正反対のことをやり、哲学という仕事の尊厳を穢すような真似をしていることを知ったものですから、わたしは怒ったのです。その様子は、わたしの見るところ、ちょうど悲劇の俳優が本来温厚で女性的な人間なのに、アキレウス[1]やテセウス[2]やヘラクレス[3]までも演じるのはまあよいとして、しかし歩きぶりも叫び声もちっとも英雄らしからず、そういった人物の仮面の下でおろおろしているのと同じです。いえヘレネ[4]やポリュクセネ[5]にしたって、彼が自分らに似せる似せ方が極端すぎればちょっと我慢ならんでしょう[6]。美しき勝利者たるヘラクレスなんかはたちまちその棍棒を振るって俳優と仮面の双方を打ち壊してしまうと思われます。彼に女形みたいな演技をされて面目を潰されたということで。

三二　わたしはあなた方が彼らからこんな反応を受けたのを見て、真似事の持つ恥ずかしさを正視できませんでした。猿のくせにおこがましくも英雄の仮面を着ける、あるいは獅子の皮を被って己を獅子であるとしたあのキュメのロバの真似をする、といった体《てい》のものです。あのロバは何も知らぬキュメの人間たちにはとにかく激しく威嚇するように嘶《いなな》いてみせたのですが、とうとうよそから来たある人が、それまで獅子もロバも何度も見ていた人なので、彼の正体を見抜き棒で叩いて追い払ってしまったものです。

でもピロソピア、わたしがいちばん驚いたのは次のことです。つまり人々は、もしこうした連中のうちの誰か一人が悪しき行為、恥ずべき行為、また不道徳な行為を仕出かしたのを見ると、ただちにピロソピアその人やクリュシッポス、プラトン、ピュタゴラス、また彼に名前を騙《かた》られ学説を真似られたその人を非難したことです。そして人々はその人間がよからぬ生活を送っているのを見て、とっくの昔に死んだあなた方についてよからぬ当て推量をしたのです。というのは人々はあなた方が生きているときに彼を吟味することはできなかったのですが、あなた方がいなくなってから彼がひどいこと、品のないことをやらかしているのを

(1)トロイア戦争に参加したギリシア軍随一の英雄。
(2)アテナイの英雄。アマゾネス族の女王ヒッポリュテを妻とし、その死後はクレタの王女パイドラを妻とした。
(3)ギリシア神話伝承中随一の英雄。世界各地、冥府までも冒険して歩いたが、なかでも十二の難行と言われるものが有名。最後は昇天して神となった。
(4)絶世の美女でスパルタ王妃。トロイア王子パリスに恋してトロイア戦争の因を作った。
(5)トロイア王女。アキレウスの慰霊のために人身御供にされた。
(6)ギリシア劇に女優はいなかった。すべて男の俳優が女性役を演じた。偽物が真似ることで本物になろうとすることへの嫌悪感を表明するものか。

はっきりと見て取ったものですから、その結果あなた方は欠席裁判を受けて、彼と同様の中傷に巻き込まれなければならなかったからです。

三三　少なくともわたしはこの様子を見て我慢できず、彼らをよく吟味し、あなた方とは別扱いとしたのです。ところがあなた方は、本当は褒めてしかるべきこのわたしを法廷の場へと引っ張り出したのです。もしもわたしが誰かが双つ女神(1)の秘儀の作法を禁止されているのに暴露し、踊りの形で見せているのを目撃して腹を立て、責めるとすれば、あなた方はわたしのことを不敬な奴とお思いになるでしょうか。いやそれは不当でしょう。じっさい劇の審判役たちだって俳優を鞭打つことはあります。もし俳優がアテナやポセイドンやゼウスの扮装をしながら上手に神にふさわしい演技ができないとあればね。でも神は彼らに腹を立てたりはなさらぬはずですよ、神の仮面と扮装をしたままの姿で鞭打ち人に引き渡して打たせたとしても。いえ、むしろ鞭で打たれるのを喜ばれたと思いますねぇ。と言いますのは召使や使者役ならうまく演じられなくても大したミスではありませんが、ゼウスとかヘラクレスが観客にそれらしく見せられないというのは、恥ずべきこととして避けなければなりませんから。

三四　さらにまた次のことはまったく異常なことです。すなわち彼らのうちの多くはあなた方の学説を読み学ぶのは単にそれと反対のことをするためであったかのような生き方をしているということです。彼らは、富や名声を侮るべし、ただ美しき善きことのみを思念すべし、怒るなかれ、華やかな人士は恐れるに足らず、彼らと対等に話をすべしと言っています。おお神よ、彼らは本当に立派で賢くて讃嘆すべきことを言ったものです。ところが彼らはそうしたことを金銭ずくで教え、金持ちを讃美し、お鳥目に目がなく、犬っころ以上に怒りっぽく、野ウサギよりも臆病で、猿よりも人に媚びるのが上手《うま》く、ロバよりも淫乱で、イタチより盗癖が強く、雄鶏よりも喧嘩好きときています。こうして彼らは自分で自分を笑い物にしてしまうのです、いま述べたようなことに競って群がったり、金持ちの家の門前で互いに肘で突っ張り合ったり、大宴会に顔を出して、そこで人をやたらに褒めまくったり、不作法にガツガツ詰め込んだり、分け前が少ないとあからさまに文句を垂れたり、杯を乾しながら仏頂面して調子はずれの哲学を語ったり、生酒を飲んで轟沈するといったことを演じてね。その場に居合わせた一般の市民は当然笑います、そして哲学に向かって唾を吐きかけますよ、こんな碌でなしを育てるのならってね。

三五　何よりも恥ずべきことは、彼らはそれぞれ自分は無一物でありたいなどと言い、ただ賢者一人が富むべしと公言しながら、その口の下で人々に寄って行って物乞いをし、断わられると腹を立てることです。それはちょうど誰か人が王侯の服装をして頭飾り（ティアーラー）を真直ぐに立て、髪紐やその他さまざまの王であることの印を身に帯びながら、自分より劣った者に物乞いをする乞食を演じるようなものです。

彼らが他人から貰い物をしなければならないときには、千万言を費やして所有物の共有性を説き、富がいかに不要なものであるか、金銀が何だ、浜辺の石と何ら変わらぬではないかと言い募ります。ところが昔馴染みの仲間や友人がやって来て援助を頼み、たっぷりあるなかからほんの少しでいいから分けてくれと言うと、逆にだんまりを決め込み、ためらいがちになり、知らぬ存ぜぬを通し、日頃の言い分の撤回をはかる始

（1）デメテルとその娘ペルセポネを指す。二人はエレウシスなどギリシアの秘教の地で祀《まつ》られる女神であった。

末です。友情についての彼らのあの多くの言葉、そして徳、美、あれらは皆いったいどこへ飛んで行ってしまったのでしょう。あれは本当に羽の生えた言葉で、それを彼らは毎日のお喋りのなかで無駄に戦い合わせていたのです。三六　彼らのそれぞれは互いのあいだに金や銀が入って来ないあいだ、それまでは友人同士です。ところが誰かが一オボロスでも置いたが最後、平和は失われ、協定も布告もなしの戦争状態になり、書いたものは消され、徳は逃げてしまいます。これは犬たちの真中に骨が投げ入れられたときに犬たちが経験するのと同じ状態です。互いに跳びかかって嚙み合い、先に骨を奪った犬に吠えかかります。

こういう話があります。あるときさるエジプトの王が猿に戦闘踊りを教えました。すると猿は、人間の真似が大変上手いので、たちまちにしてそれを覚え、身には紫色の衣をまとい、顔には面をつけて踊ったところ、長期にわたって評判の見世物となったのですが、あるとき見物人の一人に頓知のある男がいて懐にクルミの実を持っていたのを猿たちの真中に投げ入れた。それを見るや猿たちは踊りはそっちのけで、元の木阿弥、戦闘踊りどころではなく、面をくしゃくしゃにし、着ていたものを引き裂き、互いに果実の取り合いを始め、踊りの列はめちゃめちゃになり、見物人は大笑いしたということです。

三七　この人たち〔自称哲学者たち〕の遣り口もそれです。わたしはこの人たちのことを非難しました。この先もこの連中をけなし茶化すことをやめるつもりはありません。しかしあなた方やあなた方と近しい人たちについては――と言いますのは、哲学を真実考究しあなた方の世界の法律を遵守している人たちがいるものですから――どうかわたしはこれを誹謗したりまた不吉な物言いをしたりするほどに血迷ったりしないでいたいものです。いえ、言わずもがなです。だってあなた方がそんな生活をしてきたなんてことがどうしてありえましょうか。しかしあの詐欺師たち、神に敵対する連中は憎んでしかるべきだと思われます。さあどうです、ピュタゴラスにプラトン、クリュシッポスにアリストテレスさん、ご意見ありますか。こんな連中があなた方と同類だとおっしゃいますか。いや人生の処し方においてあなた方の同居人もしくは親戚のような顔付きをしているとおっしゃいますか。まったく、これは世間で言う「ヘラクレスと猿」(1)もいいところですよ。それとも彼らが鬚を生やし、哲学していると自称し、陰鬱な顔つきをしているからといって、この連中があなた方と同類だと言わねばならないのでしょうか。もしも彼らが見かけ上だけでも説得的なところを見せてくれたら、わたしも我慢できたでしょう。ところがいま彼らが哲学者を真似するよりも禿鷹が夜鶯を真似るほうがずっと容易でしょうよ。

わたしは自分について思いのたけをすべて述べました、さあ、アレテイア、以上が真実であるかどうか彼らに対して証言してください。

三八(2)　**ピロソピア**　パレシアデス、身を引きなさい、もっと離れて。

さてわたしたちはどうしたものでしょう。この男の言い分、あなたにはどう思われました？

アレテイア　ピロソピア、わたしはこの人が話をしているあいだ大地の下に身を隠してしまいたいと思っていました。それほどに彼の述べたことはすべて真実でした。じっさいわたしは彼の話を聞きながら、あん

（1）世間一般は獅子の皮を被った猿をヘラクレスと見なしがちだということか。第三十四篇『嘘好き人間』五を参照。

（2）三八節は Harmon で読む。

なことをやっている連中の一人ひとりを識別し、言われていることに当てはめてみました、これはこの男、あれはあの男というふうに。つまり彼はあの人間たちをすべてはっきりと色分けしたのです、まるですべての相を絵に描いたように。それも肉体ばかりでなく精神もこの上なく明瞭に似せて描いたのです。

アレテ　わたしアレテも恥ずかしくて顔が赤くなりました。

ピロソピア　で、あなた方の言い分は？

蘇生者たち　彼を詰問の場から放免し、わたしたちの友人としてまた恩人として記録する以外にないでしょう。わたしたちはあのイリオンの市民とまったく同じ目に遭ったのです。わたしたちはトロイアの不幸を歌った悲劇役者を己が身の上に振り向けたのです。彼に歌ってもらいましょう。そしてこの神に敵対する者どもの悲劇を作ってもらいましょう。

ディオゲネス　わたしも、ピロソピア、この男を高く評価します。非難は撤回します。いや立派な男だ、友だちづきあいをさせてもらいますよ。

三九　**ピロソピア**　結構でしょう、パレシアデス、さあこちらへ。わたしたちはあなたを非難するのを止めます。あなたはすべての説を支配下に置きました。これからはわたしたちの仲間と思って結構です。

パレシアデス　とりあえず、まずはひれ伏しましょう。いやそれよりももっと悲劇仕立てにしたほうがよさそうだ。一段と神聖なことですからね。

　おお偉大にして聖なる勝利の女神よ、
　どうかわが生涯を統べたまい、

栄冠を授けるのをお止めになりませぬよう。(1)

アレテ　さてそれでは二つ目の混酒器に手を付けましょうか。(2)あの連中を呼び出しましょう。われわれに対して無礼を働いた罰を受けてもらわねばなりません。パレシアデスが一人ひとりを糾弾してくれましょう。

ピロソピア　アレテ、おっしゃることはごもっとも。さておまえ、シュロギスモス〔三段論法〕、身を屈《かが》めて街中を眺め、哲学者たちを呼び出しなさい。

四〇　**シュロギスモス**　〔市中へ向かって〕さあ聞くのだ、黙って。哲学者たちはアクロポリスまでやって来い、アレテとピロソピアとディケの前で弁明するためだ。

パレシアデス　ほらご覧なさい。布告を聞き知って登って来るのはごく少数です。ディケを怖れているのはあの連中だけです。他の多くの連中は金持ち連中にくっ付くのが忙しくて暇がないのです。もし全員に来させようとのおつもりなら、シュロギスモスさんよ、こんな風に布告されては――

シュロギスモス　いやわたしではなく、パレシアデスよ、そなたがそなたの思うとおりに布告してみてくれ。

四一　**パレシアデス**　お安いことです。さあ、黙って聞いてもらいたい。哲学者を自称する者、哲学者という名前が自分に合っていると思うものは皆、分配品を受けにアクロポリスまで登って来るように。各自に

(1) エウリピデスの『フェニキアの女たち』、『オレステス』『タウロイ人の地のイピゲネイア』の末尾の合唱隊の言葉。

(2) 審議が次の段階に移ることを宴会になぞらえて言ったもの。

二ムナずつ、それに胡麻菓子が与えられるぞ。長い鬚を生やしている者には乾しイチジクの菓子のおまけがつく。誰も節度や正義、自制を心掛ける必要はない。そんなものは、もしなくても大したことではないんだから。だけど五つの三段論法はとにかく持って来るように。だってそれがなくては賢明であるとは言えないからね。

場の中央には二タラントンの黄金が置いてある。
論争の覇者にこれを与えよう(1)。

四二　ピロソピア　おおこれはなんという数だ！　登り道は二ムナと聞いたとたん、それを目当てに押し合いへし合いする群集で一杯だ。ペラスギコン(2)沿いにやって来る者もいれば、アスクレピオス神殿の境内(3)を通って来る者もいる。またアレイオス・パゴス(4)方面からはもっと大勢の者がやって来るし、タロスの墓場(5)を抜けて来る者も何人かいる。またある者たちはアナケイオン(6)に梯子を架け、ホメロス風の言い方をすれば(7)、葡萄の房状になった蜂の群れさながらにまさにブンブン唸りながら這い上がって来る。あちらからも、こちらからも多数の者たちです。

さながら春に萌え立つ葉や花のごとき数多の人群れ(8)。

アクロポリスは「がやがやと坐り込む人たちで(9)」たちまち一杯です。至るところ革袋、追従、鬚、恥知らず、棒、食い意地、三段論法、貪欲だらけ。けれど最初のあの布告に応えて登って来た少数の者は隠れて目立たず、他の多数の連中にまぎれ込んでしまい、その連中と姿形の見分けがつかなくなっていますね。

パレシアデス　ピロソピア、これは問題ですぞ。これではあなたはこっぴどく非難されます、あなたはこの連中に識別する印を何もつけておかなかったと言ってね。この詐欺師たちのほうが本当の哲学者よりもしばしば本物らしく見えるのですからね。

ピロソピア　すぐにそれはやりましょう。それよりさあ彼らを受け入れましょう。

四三　プラトン派の者　われらプラトン派がまず最初に報酬を得るべきです。

ピュタゴラス派の者　いいや、われわれピュタゴラス派だ。ピュタゴラスのほうが先輩だぞ。

ストア派の者　馬鹿な！　われらストア派のほうが優れている。

逍遥派の者　とんでもない、金銭に関してならわれら逍遥派がいちばんだ。

エピクロス派の者　われらエピクロス派の者にはケーキとイチジクパイとをいただきたい。お金のほうは、いちばん最後になっても結構です。待っています。

学園派の者　二タラントンはどこです？　われら学園派は他派よりも論争に長けているところを見せつけ

（1）ホメロス『イリアス』第十八歌五〇七―五〇八行の捩《もじ》り。
（2）先史時代のアクロポリスの城壁。
（3）アクロポリスの南斜面下。
（4）アクロポリスの西、正面玄関の前にある岩場。
（5）タロスは名工ダイダロスの甥。その業を嫉妬したダイダロスによってアクロポリスから突き落とされて死んだ。ディオニュソス劇場の背後の岩石群がその墳墓と見なされている。
（6）ディオスクロイ（カストルとポリュデウケス）を祀《まつ》る神殿。アクロポリスの北側にあったとされる。
（7）ホメロス『イリアス』第二歌八七行以下参照。
（8）ホメロス『イリアス』第二歌四六八行の借用。
（9）ホメロス『イリアス』第二歌四六三行の借用。

てやりますぞ。

ストア派の者　ここに控えしわれらストア派には敵わぬであろうがな。

四四　**ピロソピア**　喧嘩はおやめなさい、ほらあんたたち、犬儒派、棒で互いに打ち合ったりしてはいけません。他に目的があったから呼ばれたんですよ。さていまからわたくしピロソピアとそこのアレテ、それにアレテイアとが、いったい誰が真当に哲学しているかを判定します。それでわたくしたちの基準に沿って生きていると見られた人たちこそが最も優れた者と認定されて幸運を授かるでしょう。しかし詐欺師やわたくしどもといっさい無関係な連中は不埒者としてそれにふさわしい仕方で成敗してやります。ペテン師のくせに自分の身以上のものを主張するような真似をさせぬためです。おや、どうしました？　逃げるのですか？　いやはや、多くの連中が崖下へ跳び降りてしまった。アクロポリスはがら空きだ。いるのは判定を恐れずに残ったわずかな者だけ。**四五**　供の者、犬儒派が逃げ出すとき投げ捨てて行った革袋を拾っておいで。さあ、何が入っているか見せてごらん。たぶんルピナス[1]の種か、本か小麦粉だけのパンかでしょう。

〈供の者〉　いえいえ違います、ほら黄金、香水、鬚剃りナイフ、それに鏡とサイコロです。

ピロソピア　まあ、ご立派だこと！　それがおまえさんの苦行の必需品だったんだね。それでもってすべての人間を非難し、他人を教育できると考えたんだね。

パレシアデス　あの連中は、まあこういったものです。さあ、あなた方はよく考えなければなりません、どんなふうにすればこんなことが世間に知られないままでいるのを止《と》められるか、また彼らと出会った人たちが、彼らのうちの誰が立派であるか、また誰がそれとは別の人生を送っている者であるかを知り分けられるようにね。

ピロソピア　ねえ、アレテイア、あなた考えてくださいな、きっとあなたの為になりましょうから。あなたがプセウドス〔虚偽〕に力負けしないように、また人々のアグノイア〔無知〕ゆえに、つまらぬ連中があなたの目を逃れて優れた人間の真似をすることのないように。

四六　アレテイア　もしよろしければそれはこのパレシアデスにやってもらいましょう、頼み甲斐がありそうですし、わたしたちに対しても好意を持ってくれているようですから、とくにあなたを、ねえ、ピロソピア、讃嘆している男ですから。彼と一緒にエレンコス〔吟味〕を連れて行かせて哲学者を自称している連中と対面させましょう。で、本当に哲学をやっていると実証された者にはオリーブの若枝の冠を被せ、プリュタネイオン(2)の食事に招《よ》んでやりましょう。だがもし——こっちのほうは人数が多いでしょうが——哲学者の真似をしているだけの厭な奴ということがわかったら、着ているものを剝ぎ取り、山羊の毛を刈る刀で鬚を根元から刈り取り、額に印をつけるか眉間に焼き印を入れてやりましょう。焼き印の模様は狐か猿としましょう。

ピロソピア　よくぞ言ってくださった、アレテイア。さあパレシアデス、吟味は、ほら鷲は太陽を直視するかどうか試されると言われますね、あの方法でやりなさい。いやじっさいは、彼らが光を直視する仕方で

(1)マメ科ハウチワマメ属の植物。
(2)アテナイ市の公会堂もしくは迎賓館的建造物。国家に功労のあった者はここで食事が供された。

試験するのではなく、黄金や名誉や快楽を彼らの目の前においてそれを無視しまったく心動かさない者がおれば、その者にオリーブの冠を授けてやるのです。けれどもそれにしっかり目を止めて黄金に手を伸ばす者は、先に決めたとおりまず鬚を落とし、それから焼き鏝《ごて》のところへ連れて行くのが最上です。

四七　パレシアデス　そのようにします、ピロソピア。すぐにご覧になれますよ、狐印や猿印をつけた多くの連中を。冠を貰うのは少数でしょうねぇ。お望みとあらば、何人かの者をここに連れて来ましょう。

ピロソピア　何ですって？　逃げた連中を連れて来るですって。

パレシアデス　ええ、もしも女神官があのペイライエウス(1)の漁師が奉納した釣糸と釣針とをしばらくのあいだ貸してくれましたらね。

女神官　さあ、お取りなさい。竿も付けましょう、一式揃うように。

パレシアデス　それから、女神官さま、乾しイチジクをいくつかと黄金を少々大急ぎで願います。

女神官　さあどうぞ。

ピロソピア　この男、何をするつもりだろう。釣針に乾しイチジクと黄金を着けて城壁の上に腰を下ろし、街中へ釣糸を垂らした。パレシアデス、それは何の真似です？　まさかペラスギコンの壁(2)の石を釣るつもりではないでしょうね。

パレシアデス　お静かに、ピロソピア、獲物をお待ちください。さ、あなた釣りの神ポセイドン、それに愛しのアンピトリテ(3)よ、われらにたっぷりの魚を送ってください。四八　おやビッグサイズのオオカミウオが掛かったようだぞ、いや金斑魚(4)だ。おっと違った、鮫だ。口を開けて釣針に近づいてくる。黄金の匂いを嗅ぎつけたのです。すぐ近くまで寄っています。つついてます。喰いつきました。引き上げましょう。あんたも、エレンコス、引っ張って。エレンコス、そら、あんたも釣糸を一緒に引っ張ってくれんと。

エレンコス　上がったぞ。さあ見てみよう、ねえ魚君、おまえさんは誰だね。おっとこいつは犬鮫[5]じゃないか。なんという歯だ。君、これはいったいどうしたことだ。岩の周囲でがつがつしていて捕まったのか、潜り込めば見つからんだろうと思ったんだな。ところは今後は鰓《えら》でぶら下がった姿を衆目に晒すことになるんだぞ。針と餌を外してやろう。何とまあ、呑み込んじまっている。針は空っぽだ。乾しイチジクも黄金も、もう腹の中に収まってしまっている。

パレシアデス　何がなんでも吐き戻させなさい、他の連中の餌にも使うんですから。それでよし、ディオゲネス、さあどうです？　おわかりかな、これが誰だか、あなたとどんな関係にある男だか？

ディオゲネス　いや、さっぱり。

パレシアデス　ではどうです、この者はどれほどの価値があると言うべきでしょうかね。わたしは先日二オボロスと値踏みしたところですがね。

ディオゲネス　それは高すぎる。不味いし、見た目も悪いし、硬いし、何の価値もない。岩場から真逆さ

（1）サロニカ湾沿いにあるアテナイ市の外港。
（2）アクロポリスの北側の壁を言う。九三頁註（2）参照。
（3）ポセイドンの妃、海の女王。
（4）辞書には「両目のうえに黄金色の斑点がある魚」とある。同定不能。
（5）犬儒派を皮肉ったもの。

まに投げ落とすに限る。さて、釣針を投げ入れて別のを釣り上げてくれたまえ。ほらほら、パレシアデス、竿がしなって折れそうになってるぞ。

パレシアデス　大丈夫ですよ、ディオゲネス。軽いもんです、鰯（アピュエー）[1]よりずっと引きが弱い。

ディオゲネス　まったく間抜けな（アピュエース）奴だ、でもまあ上げてくれ。

四九　**パレシアデス**　ご覧なさい、また別のが、半身のように平べったい（プラテュス）[2]魚がやって来ますぜ。平目かな、釣針めがけて口をあんぐり。呑み込んだぞ。掛かったぞ。上げるんだ。獲物は何です？

エレンコス　プラトン派を名乗る奴だ。

パレシアデス　この悪党め、おまえも黄金目当てか？　プラトンさん、ご意見は？　こいつをどういたしますかな？

五〇　**プラトン**　この者もさっきと同じ岩場から、だな。次だ、糸を垂らしてくれ。

パレシアデス　何だかとてつもなくきれいなのが寄って来るのが見えますぜ、深みにいるところから判断すると、表面は色とりどりで、背中には金色の筋が入っている。エレンコス、見えますか？

エレンコス　あれはアリストテレス派をもって任じている奴だ、来た。いやまた去って行った。あれこれ考えているんだ、きっちりと。また来たぞ。口を開けた。捕まった。引き上げろ。

アリストテレス　パレシアデス、この男のことはわたしには訊かないでくれ。どんな人間か知らないのだから。

パレシアデス　じゃこいつも、アリストテレス、岩場から下への組ですな。**五一**　さて、ほらご覧なさい、それぞれが同じ色をした魚が一杯いますよ。刺《とげ》が出ていて表面がざらざらしていて、手に取るのにウニよりもっと厄介な奴(3)です。こいつらには引き網を使ったものでしょうかね。

〈ピロソピア〉　でもそんなものはありません。群のうちでどれか一匹引き上げられれば充分です。きっといちばんの向こう見ずが釣針に寄って来ますよ。

エレンコス　よければ糸を垂らしてくれ、だがまず糸のかなりの長さの部分を鉄で巻くんだ。黄金を呑み込むとき歯で噛み切られんように。

パレシアデス　垂らしました。さてポセイドンさま、釣り上げは早いとこ行くように願いますよ。おっとっと、餌の取り合いだ。皆一緒になって乾しイチジクをかじっている者もけっこうおれば、また黄金にぶら下がっている連中もいる。よしよし。とびきりの大胆者が針を呑み込んだぞ。さあ知りたいもんだ、おまえさんいったい誰の名前を騙ろうというのだ。もっとも魚に口を利かせようというのは、われながら笑止だがね。連中は声無しだから。ではエレンコス、あんたに言ってもらいましょう、こいつの先生は誰か。

エレンコス　ここにいるクリュシッポスだ。

パレシアデス　わかりました。名前の中に黄金という文字が入っているから(4)と言うわけですな。

---

(1)「アピュエー［鰯］」と次の「アピュエース［間抜けな］」とを掛けた地口。

(2)右と同様に「プラテュス［平べったい］」と次のプラトンとを掛けた地口。

(3)ストア派を指す。

(4)黄金はクリューシオン、それとクリュシッポスとを掛けた。

さあクリュシッポス、アテナ女神にかけて言ってくれませんか、あなたはこの連中をご存じですかな。それともこんなことをするようこの連中に勧めたというわけですかな。

クリュシッポス　ゼウスに誓って言うが、パレシアデス、そのお尋ねは無礼きわまる、こんな連中がわれらと同類だと決めつけるのは。

パレシアデス　いや結構です、クリュシッポス、あんたは立派な方だ。だがこいつは他の者と同様に頭から真逆さまだ。刺だらけですから、誰か食べて喉を破るようなことがあってはなりません。

五二　**ピロソピア**　パレシアデス、釣りはもう充分でしょう。どれかが——そんな連中は多いのですが——あなたから黄金と針を引ったくって行き、あとであなたは女神官にその弁償をする役目に陥るとも限りませんからね。さあわたしは逍遙のために出掛けましょう。あなた方［哲学者たち］も元来たところへ戻りなさい。決められた時限を越えないように。あなた方二人、パレシアデスとそれにエレンコス、あなた方は各所を巡り歩いて彼らの許へ出向き、さっき言ったように冠を被せるか、焼印をつけるかするのです。

パレシアデス　そうしましょう、ピロソピア、それに衆に優れし方々よ、ご機嫌よう。われわれは、エレンコス、街へ降りて行って命じられたことを果たすこととしよう。

エレンコス　まず最初はどこへ行ったもんだろう。アカデメイア(1)かストア(2)かな。［それとも］リュケイオン(3)から始めようか。

パレシアデス　大して変わらんよ。どこへ行ったって冠はちょっとで、焼き鏝ばかり入用になるのはわかっているもの。

（1）プラトンの学園。

（2）ストアは柱廊。ストア派の開祖ゼノンが柱廊で講義したところから。

（3）アリストテレスの学園の在所。

二重に訴えられて（第二十九篇）

一　ゼウス　多くの哲学者どもが幸福は神々にのみ存すると言っておるが、そんな奴はくたばってしまうがいい。われらが人間のためにどれほどの迷惑を蒙っているか、それを知ったら、彼らも盲目の詩人、あのペテン師のホメロスの言うところを信じて、われらがネクタル[1]を飲みアンブロシアー[2]を食べているがゆえに幸せであるなどとは言わぬだろう。あのホメロスは、地上のことすら見えぬくせに天上のことに口出しして、われらを幸福だとほざいているのだ。手近かなところでは、このヘリオスは車に馬を繋ぎ火の衣を着て明るい光を放ちながら、一日中天空を巡り歩いている。耳を掻く暇もないとよく世間で言うが、まさにそのとおりだ。もしほんの少しでも注意力を欠くと、馬たちは手綱どおりに走らなくなり、道からはずれ、何もかも焼き尽くしてしまう。セレネ［月］も夜眠らず巡り歩いて、飲み騒ぐ者たちや遅くに宴会から戻る者たちに光を与えている。アポロンだって世話焼きの技を持っているばかりに、予言をしてくれと騒ぎ立てる連中のために耳が聾になりかねない有様だ。いまはデルポイ[3]に居なきゃならんが、次にはコロポンへ走る。そこから今度はクサントスへ移る。それから再びデロスかあるいはブランキダイへ駆けつける。要するにだ、彼の巫女が聖なる泉の水を口に含み、月桂樹の枝を噛み、三脚台を揺らす[4]ところはどこでも、彼は躊躇なくただちに姿を現わして神託を述べなきゃならないのだ。そうしないと彼の予言術の評判は台なしになってしまう。皆が彼の神託を試すために仔羊の肉と亀の肉を一緒に煮たりしてどれほど策を講じたかは、まあ言わないでおく。もしも彼の鼻が利かなかったら、あのリュディア人[5]は彼を嘲って立ち去ったろうよ。病人に悩まされるアスクレピオス[6]は、「恐ろしいものを見、嫌なものに触れ、他人の不幸に対処して自らは苦悩を刈り取る」[7]。植物の成長を助け、船を進ませ、籾殻を吹き分ける箕に吹きつける風のこと、あるいは万人の許へ飛んで行く眠り、また眠りとともに夜を過ごしその中味を告げる夢、これらについてなぜわしが言及する必要があろう。なぜといってこれらすべては神が人間を愛するがゆえに作り出したことなのだから。それぞれ地上の生活のためによかれと思ってな。

二　だが他の神々はまだよい。ところがこのわしときたら万人の王であり父であるというのに、どれほど多くの悩みに曝されていることか。まず最初に他の神々の仕事ぶりを吟味せねばならん。どの神も手を抜かずにわしの統治に協力してやってくれているかどうかをな。次には、自分でも細かいがゆえに摑まえるのに往生する多くの事柄をやらねばならん。それは、雨、霰、風、稲妻といったわしの管轄下の管理の中枢をわが手で制禦し整理しておけば各部分への配慮はせんでもよい、というだけでは済まんのだ。とんでもない、わしはそれを全部せねばならんのだ。そして至るところに同時に目配りして何もかも見張らなければならん、

(1) 神のものとされる飲み物。
(2) 神のものとされる食べ物。
(3) アポロンの神託所で有名な町。以下の地名も同様。
(4) アポロン神より神託を受けるために巫女が用いた方法。
(5) リュディアの王クロイソス。彼は神託の信憑性を試すためにさまざまな策を講じたという。右の「仔羊の肉……」もその一つ。ヘロドトス『歴史』第一巻四六―四九を参照。
(6) 医神。
(7) ヒッポクラテス『体内の気について』一―六。

あのネメアの牛飼い(1)のようにな。盗人、偽誓者、犠牲を捧げる者、また誰か灌奠《かんてん》を行なっている者がいるかどうか、どこから匂いと煙が上がってくるか、病気中の者、航海中の者のなかの誰がわしの名を呼ぶか、をな。なかでいちばん辛いのはオリュンピアでの百頭牛の犠牲（ヘカトンベー）(2)への臨席と、バビュロンでの戦闘(3)の監視、またゲタイ人(4)らの住む地域で霰を降らし、エティオピアでの宴席で馳走になるのを一時かつ同時に行なわねばならぬことだ。

こんな風では周囲からの非難を避けるのは容易なことではない。しょっちゅう「他の神々や馬の毛を飾りにつけた勇士たちは一夜ぐっすり眠っているのに、ゼウスたるわしが熟睡できず(5)」に居るのだ。ほんのちょっとでもまどろむと、あのエピクロスの主張(6)がたちまち本当になってしまう、つまりこの世の出来事はわれわれ神の予想を超えて起きる、とな、もし人間どもがこれを信じるとなると、その弊害は軽視できぬ。われわれの神殿には花が供えられなくなり、炉端に犠牲の匂いが立ち昇ることもなく、混酒器から灌奠の酒が注がれることもなく、祭壇は冷えびえとし、犠牲もお供えもすっかり途絶えてしまってわれらは喉が乾上がってしまう。それだからこそ、わしは船の舵取り同様に手に舵を握って一人高々と艫《とも》に立っているのだ。で、乗客はひょっとして酔っ払って寝込んでいるのに、わしのほうは眠らず物も食べず、皆のために「胸でまた心で思慮を巡らせている(7)」のだ。船長だと見なされることだけを名誉として。三　わしは哲学者連中に訊いてみたい、彼らは神々だけが幸せに暮らしていると言っているが、仕事をごまんと抱えているわれわれにネクタルを飲みアンブロシアーを食べてぶらぶら閑つぶしをする時間がいったいいつあると考えているのかを。

ほら、暇がないためだぞ、黴《かび》で汚れ蜘蛛の糸にまみれた古い訴訟沙汰をこんなに一杯われらが抱え込んでいるのは。とくにある種の人々に対して知識や技術を用いてなされたものがけっこうある。そのなかでもいくつかはまったく古いものだ(8)。連中は四方八方からぎゃあぎゃあ喚き、怒り、訴訟を起こし、わしを遅延の罪で訴えるのだ。審問に時間がかかりすぎたのはこちらの怠惰のせいではなく、われらが享受していると連中が思い込んでいる幸福のせいだということを知りもしないでな。連中がわれらを指していう幸福とは、この暇なし状態のことだ。

四　ヘルメス　ゼウスよ、わたしも地上での不平不満を一杯聞いておりますが、あなたには敢えて申し上げずにおりました。しかしあなたがそれを口に出されたからには、わたしも申しましょう。父上、連中は怒り心頭に発しています、不平たらたらです、表立って言うことは敢えてしませんが、額を寄せ合ってぶつくさ言い、遅延を非難しています。連中はとっくの昔に自分たちの状況を認識して各自判決に服するべきだったのです。

（1）全身に目を持つ巨人アルゴスのこと。
（2）一六五年のオリュンピア競技祭との関連を考えてもよいかもしれない。
（3）一六二―一六六年の第六次パルティア戦争との関連が考えられる。
（4）ドナウ河下流域南部に住む部族。
（5）ホメロス『イリアス』第二歌一―二行の捩《もじ》り。
（6）エピクロス（前三四一―二七〇年）。エピクロス派の始祖。デモクリトスの原子論を継承。無神論的傾向が強い。
（7）ホメロス『イリアス』第二歌三行の捩り。
（8）一三節のポレモン、ディオニュシオスに関する訴訟を指す。

ゼウス　ヘルメスよ、おまえどう思う？　彼らに審理の場を提供したものだろうか、それとも布告は来年にしたほうがよいと思うかね。

ヘルメス　いやそれは駄目です、いますぐにも開廷しましょう。

ゼウス　ではそうせよ。下へ飛んで降りて告げるのだ、以下の要領で審理の場を設けるとな。訴訟を起こしている者は全員本日アレイオス・パゴス(1)へ参集すること、そしてその場所でディケ〔正義〕が罰の軽重を考慮して、全アテナイ市民のなかから陪審員を選出すること、もし誰か審理が不当だと思うものがいれば、わしまで訴え出てまったく審理されなかった者としてあらためて審理されうること。

〔ディケに向かって〕娘よ、おまえは尊厳なる女神らの傍らに坐って陪審員を選出し、審理の行くえを監督しなさい。

五　**ディケ**　もう一度地上へですか？　彼らから追い出されるため、「不正」の嘲笑に耐えきれず地上の生活から再び逃げ出すためにですか？

ゼウス　最高のものを希望すべきだぞ。いまはもうすっかり哲学者たちが「不正」よりもおまえのほうを尊重するように彼らを説得している。とくにソプロニスコスの息子(2)は正義を褒めそやし、それが善の最大のものであることを明らかにしたよ。

ディケ　まったくあなたのおっしゃるとおり、わたしに関する話はあの男の役に立ちました。彼は「十一人衆(3)」に引き渡され牢獄にぶち込まれたあげく、哀れ毒人参を飲んだのです。アスクレピオスに雄鶏を返すこともままならずに(4)。彼とは反対に「不正」の哲学を主張した彼の告発者たちのほうがそれだけ彼より優っていたというわけです。

六　ゼウス　あの頃は哲学に関することは多くの人間にとって馴染みがなく、哲学をしようという連中も数が少なかった。だから法廷がアニュトスとメレトスの言うこと[5]に傾いてしまったのもまあ当然だった。ところが昨今では、どれくらいの多くのマント、杖、革袋[6]があるか、見えないかね。どこを向いても長い鬚、左手に抱えた書物、そして猫も杓子もおまえについて哲学の講釈をし、また遊歩道は列をなし群をなして互いに行きかう人々で一杯だ。そして徳の養い子と見られたいと願わぬような輩は誰一人いないのだ。いやじっさい多くの連中がそれまで長く従事していた仕事をおっぽり投げて革袋とマントへ走り、身体をエティオピア人風になるまで陽に焼いて靴屋や大工から俄か仕立ての哲学者に変身し、おまえとおまえの徳を褒め讃えつつうろつき廻っている。諺にあるとおりだよ、おまえの目が見える範囲で哲学者を見損じするよりも、船材に触れずに船に乗り込むほうが易しいくらいだ。

七　ディケ　ところが、ゼウス、彼らは互いに争い、わたしについての議論のなかでも無分別な真似をするのでわたしを驚かせるのです。彼らのうちの大多数は、言葉の上ではわたし風を気取っておりますが、行

(1)アクロポリスの玄関口の西にある岩場。
(2)ソクラテスのこと。
(3)アテナイの警察機関を表わす。
(4)「クリトンよ、わたしはアスクレピオスに雄鶏一羽借りがある。忘れないでお返しをしてくれ」というのがソクラテスの臨終の言葉とされている。プラトン『パイドン』一一八A参照。
(5)いずれもソクラテスの告発者。プラトン『ソクラテスの弁明』参照。
(6)いずれも哲学者を象徴する持ち物。

動の点では決して家の中へ迎え入れようとせず、もしわたしが彼らの家のドア口《ぐち》に行こうものなら閉め出そうとするのは明らかだと、世間では言っています。なぜなら、ずっと以前彼らのところでは「不正」が手厚くもてなされていたからです。

ゼウス　娘よ、全員が問題だというわけでもないぞ。たとえわずかでも価値ある者に出会えれば充分だ。だがもう行くがよい、たとえ少数でも今日中に審理できるように。

八　**ヘルメス**　では行こうディィケ、こちらの方向だ、スニオン(1)へ向かって真直ぐ、ヒュメットス(2)の麓の近く、パルネス山(3)の左側のあの二つの丘(4)があるところだ。どうやらあなたは昔行った道を忘れてしまった様子だ。ところでなんでまた涙を流したりぶつくさ言ったりしているのです。恐れることはない。世間はすっかり様変わりだ。かつてあなたが怖がったあのスケイロン(5)、ピテュオカンプテス(6)、ブシリス(7)、パラリス(8)といった連中は死に絶えて、いまではソピア［知］とアカデメイア(9)とストア(10)とがすべてを支配している。そして彼らはどこへ行ってもあなたを追い求め、あなたについて議論しているんだ、どこかからあなたが再び自分たちのところへ飛び降りて来てくれるんじゃないかと口を大きく開けてね。

ディケ　ヘルメス、あなただけはわたしに本当のことを言ってくれるでしょうね。だって多くのことで彼らと関わりがあるし、体育場やアゴラーで一緒に過ごす時間が多いのですから――あなたはアゴラーの主でありまた集会での触れ役でもありますから――彼らはいったいどんな人間か、またわたしが彼らのなかにたった一人でいることができるかどうか、ね？

ヘルメス　もちろんですよ、姉さんであるあなたにいじわるをして言ってあげないということはいたしません。彼らの多くは哲学から少なからぬお蔭を蒙っているのです。というのは他のことはさておき、自分のやり方への慎しみ心が罪を犯すにしてもまあまあのところに止めているからです。しかしながらあなたは彼らのなかの何人かのならず者には出会うでしょう――本当のことは言っておかなくちゃなりません――それにまた半分利口で半分馬鹿という連中にも。というのはね、知恵が彼らを受けいれて染め上げたとき、たっぷりと染料を吸った連中は他のものと色が混じらずたしかにちゃんとしたものに仕立て上げられて、あなたを受け入れる用意ができています。ところが以前の汚れが残っているために、染料でまるまる染め込まれなかった連中は、他の連中よりはまだましとはいえ、未完成で表面は白色が混じったり、まだらになったり、斑点が出来たりしています。ところが鍋の外側から指先でちょっとだけ触れてススで汚れ、これで自分たち

(1)アッティカ地方最南端の岬。
(2)アテナイ東部の山。
(3)アテナイ北部の山。
(4)アテナイ市中のアクロポリスの丘とリュカベットスの丘。
(5)メガラの海岸の岩場に住み、旅人を海中に蹴落として大亀に食わせていた男。テセウスに退治された。
(6)コリントス地峡に住む盗賊。二本の松の木を曲げ、その間に旅人を結び付け、放して殺すのを常とした。ピテュオカンプテスとは「松曲げ男」の意。テセウスに退治された。
(7)エジプト王。外国から到来する人間をゼウス神に捧げるのを常とした。ヘラクレスに殺された。
(8)前六世紀半ばのシケリア島アクラガスの僭主。残虐で知られた。
(9)プラトンが創設した学園。
(10)ゼノンが創始した哲学学派。アテナイのストアー・ポイキレー(絵画で飾られた柱廊の意)で講義したところからこの名がある。

もたっぷり染まったと思い込む連中がいるのです。けれどもあなたがいちばん優れた連中と時を過ごすだろうことは明らかです。

九　さてお喋りしているあいだにもうアッティカの里に近づいて来ました。さあスニオンを右手にあとにして、アクロポリスに降りましょう。降り立ったらあなたはアレイオス・パゴスの岩場のどこかその辺りにプニュクスの丘(1)に面して坐り、わたしがゼウスからの布告を告げるまで待っていてください。アクロポリスへ登れば皆に聞こえやすいですから簡単に人集めできましょう。

ディケ　いえヘルメス、行く前に言ってちょうだい、あそこへやって来るのは誰か、あの角を生やし、笛を携え、両脚が毛むくじゃらな男は。

ヘルメス　何ですって？　パン(2)を知らないんですか、ディオニュソスの召使のうちでいちばん陽気なあいつを。彼は以前はパルテニオン山(3)に棲んでいたんですが、ダティス(4)が来航し蛮人どもがマラトンに上陸したときに、招《よ》ばれたわけでもないのに味方としてアテナイへ来訪し、そのとき以来アクロポリスの麓の、ペラスギコン(5)の少し上のところのそら、あの洞穴(6)を借り受けて棲んでいます。在留外人用の税金はちゃんと払ってね。それでいまわれわれの姿を真近かに見て、挨拶しようとしてやって来るのでしょう。

一〇　**パン**　ご機嫌よろしゅう、ヘルメスさまにディケさま。

ヘルメス　おまえもな、パン、全サテュロス(7)のうちでいちばん音楽好きでいちばん陽気で、アテナイではいちばん戦い好きな者よ。

パン　ヘルメスさま、ここへいらしたのはどんなご用事で？

ヘルメス　こちら［ディケ］がすべて話してくださろう。わたしはアクロポリスへ登って布告をしに行くところだ。

ディケ　パンよ、陪審員を選び出すようにとゼウスがわたしを派遣したのです。ところでアテナイでの生活、おまえにはどんな具合です？

パン　全体としてここではうまく行ってませんな。期待していたよりはずっと悪いです。わたしはあの蛮人どもによるあれほどまでの大混乱を片づけてやったのですがね。そのくせ皆さんが登って来るのは年に二度か三度。ものすごく臭いまだ去勢されていない山羊を選んでわたしに生贄として捧げ、そのあと肉をご馳走におなりになる。まあわたしをお楽しみ会の証人に仕立て上げ、ただ大騒ぎするだけで崇め奉っておこうということですな。だけど連中の笑い声やおふざけぶりがわたしの心をなごませてくれることはたしかです。

二　ディケ　他の点ではどうです、パンよ、哲学者のお陰で、皆徳のある生活へと向上していますか？

パン　どの哲学者のことをおっしゃってるのです？　あの伏し目がちにしている連中、皆一緒に固まって、

(1)アクロポリスの西に位置する小丘。アテナイの民会がここで開催された。
(2)ペロポネソス半島中央部アルカディアの牧神。上半身は人間、下半身は山羊の姿で、鬚を生やし、額には角、足には蹄がある。
(3)アルカディアにある山。
(4)ペルシア戦争時、マラトンの戦闘の折のペルシア軍の将。
(5)アクロポリス西北斜面の一部の名称。ヘロドトス『歴史』第五巻六四参照。
(6)アクロポリス西北斜面にある洞穴。
(7)山羊の形状をした山野の精。ここではパンに同じ。

わたしと同じ顎鬚を蓄えた、おしゃべり野郎どもですかい？

ディケ　そうです。

パン　連中の言っていることはさっぱりわかりませんし、その知恵のほども測りかねますな。なにしろわたしは山棲みの輩で町方のお上品な言い回しは不案内ですのでね、ディケさま、賢人とか哲学者なんていう仁は、アルカディアではどこを押せば出て来ましょうや？　横笛、縦笛までならわたしもちょっとしたものです。でもそれ以外では山羊番、踊り手、それにもし望まれれば戦士といったところが関の山。しかしながらわたしは、彼らがしょっちゅうがあがあ騒ぎ立て、徳や想念、本質、実体の無いものといったわたしの知らぬどこの言葉やらわからんものを喋っているのを聞いています。彼らは初めのうちは平和裡にお互い議論を交わし始めます。議論の場が進むにつれて、喋る言葉が声高かになっていって、ついにはキイキイ声にまでなる。その結果、声を引っ張り上げすぎ、また一時に話そうとするものだから顔が真赤になり、首筋が膨れ上がり、血管が浮き上がる。その様子ときたら、笛吹きが詰まった笛に息を吹き込もうと気張ったときさながらだ。かくて議論が錯綜し、当初の論題が混乱して、多くの連中は互いに非難し合い、額の汗を曲げた指で拭い取って立ち去って行くのです。そして彼らのうちで他より声が大きく、またより勇猛果敢、そして解散する際最後に立ち去った者が、勝者であると見なされるのです。ところが一般大衆は彼らに感心するんですねえ。とくに当面切羽詰まった生活はしていないといった連中はね。彼らは厚かましさと大声にぞっこん参ってその場に立ち尽くすという塩梅です。以上の点からすると彼らはどうやらペテン師と見てよろしい。鬚が似ているところがわたしにはなんとも癪にさわるところです。しかし連中の叫び声のなかに何か公共の役に立つものがあったかどうか、連中の言葉から彼らに何か善きことでも生まれてきたかどうか、――これはちとむずかしいところですな。しかしながら本当のところを包み隠さず言えとおっしゃるのであれば申しますが――ご覧のようにわたしは見晴しのきくところに住んでおりますからな――これまでにもよく見てきましたぞ、黄昏どきに連中の多くが――

一二　ディケ　ちょっと待って、パン、ほら、ヘルメスの布告が始まるところですよ。

パン　そのようですな。

ヘルメス　皆の者、聞くがよい。われらはエラペーボリオーンの月の第七日(2)の今日、世のよき巡り合わせの下、裁きの場を設けようと思う。訴訟を起こした者はすべてアレイオス・パゴスに参集すべし。そこでディケが陪審員を選出し、自らも審理の場に立ち会うことになる。陪審員は全アテナイ市民のなかから選ばれる。報酬は一件につき三オボロス(3)である。陪審員の数は告訴に応じる。告訴はしたものの審理に入る前に死亡した者はすべて、アイアコス(4)、これを地上へ送り返すべし。もし不当に審理されたと思う者がいれば、その者は控訴できる。控訴はゼウスに宛ててなされることになる。

(1) 原語はソピステース。ルキアノスの時代では「弁論術に通じた教養人、知識人」の意。

(2) 現行の暦で言えば四月初旬の頃。

(3) 貨幣基準の一。本篇の場合より時代はずっと遡るが、前五世紀のアテナイでは一ドラクマ（六オボロス）あれば、標準家庭で二、三日生活ができたという。なお民会出席の日当も同じく三オボロスであった。

(4) 冥府の裁判官。

パン　おお、なんという騒ぎだ。ディケさまよ、彼らとてつもない声を挙げたもんです、で、またなんという慌てっぷりでしょう。アレイオス・パゴスに通じる斜面目がけて互いに引っ張り合いながら駆け登って来ますぜ。ヘルメスさまもすでにここにいらっしゃる。それではお二人さんは審理に取りかかって、陪審員を選出し、慣例どおりに審理してください。わたしは洞穴へ戻って愛の歌の一節でも吹き鳴らすとしましょう。いつもエーコー［木霊］をからかうときに吹いているやつです。アレイオス・パゴスで訴訟している連中の声を毎日聞かされているわたしとしては、審理の傍聴も陳述ももう結構です。

一三　ヘルメス　さあ、ディケよ、呼び出しをしよう。

ディケ　いいでしょう。ほらほら、連中群をなしてやって来ます。大騒ぎしながら、まるで蜂のように丘の頂きの周りをぶんぶん唸りながら。

アテナイ市民　捕まえたぞ、この下司野郎。

他の市民　おまえはゆすりだ。

他の市民　おまえはいずれ罰を喰らうだろうぜ。

他の市民　おまえが大罪人であることを証明してやる。

他の市民　わたしをまずいちばんに選出してくれ。

他の市民　碌でなしめ、おれに随《つ》いて法廷へ出て来い。

他の市民　首を締めるのはやめてくれ。

ディケ　これどうしたらいいかわかりますか、ヘルメス。その他の案件は明日に繰り下げることにして、今日のところは技術や生活態度や知識の点[1]で人間に対して起こされた案件だけに限りましょう。その類の訴状をこれにくださ い。

ヘルメス　［訴状を読み上げていく］大酒《たいしゅ》対アカデメイア。ポレモン[2]誘拐事件。

ディケ　陪審員の割り当ては七人。

ヘルメス　ストア派対悪しき快楽。彼女の恋人ディオニュシオス[3]を誘惑した罪。

ディケ　五人で充分です。

ヘルメス　アリスティッポス[4]の件、贅沢対徳。

ディケ　この件も五人で当たらせましょう。

ヘルメス　両替対ディオゲネス[5]、亡命の件。

---

(1) 三節参照。

(2) はじめ酒に身を持ち崩していたが、一念発起してアカデメイアで哲学に励み、のちにクセノクラテスの後継者となった。ディオゲネス・ラエルティオス『ギリシア哲学者列伝』第四巻第三章参照。

(3) はじめストア派のゼノンの弟子であったが、眼病を患ったことも一因となってのち快楽主義のキュレネ派に転じ、あらゆる快楽をおおっぴらに味わったとされる。ディオゲネス・ラエルティオス『ギリシア哲学者列伝』第七巻第四章参照。

(4) ソクラテスの弟子。のちに快楽主義を旨とするキュレネ派の祖となった。ディオゲネス・ラエルティオス『ギリシア哲学者列伝』第二巻第八章参照。

(5) シノペ（黒海南岸）の人ディオゲネスの父親は両替商であったが、通貨偽造行為がばれて獄死した。ディオゲネス自身はアテナイに亡命した。ディオゲネス・ラエルティオス『ギリシア哲学者列伝』第六巻第二章参照。

ディケ　選出は三人だけでよろしい。

ヘルメス　絵画対ピュロン(1)、持場放棄の罪。

ディケ　九人で審理。

一四　ヘルメス　ディケよ、昨日弁論家に対して提出されたあの二つの案件にも陪審員の選出を希望しますか。

ディケ　まずは古いのから済ませてしまいましょう。それの審理は後廻しにします。

ヘルメス　だけどこれらも同じような案件で、新しいとはいっても訴えは以前に陪審員を選定した件と似たり寄ったりです。だから一緒に審理すべきですよ。

ディケ　ヘルメス、あなたは願いを聞いてやりたいようですね。でもそれがいいと言うのなら選出しましょう。ただしその二つの案件だけですよ。もうたっぷり選出しましたからね。訴状をこちらへ。

ヘルメス　レトリケ［弁論術］対シュリア人(2)。悪辣行為について。またディアロゴス［対話］対同人。暴慢について。

ディケ　その者は誰です？　名前が書いてありませんね。

ヘルメス　弁論家シュリア人と、あるがままで陪審員を選出してください。名前なしでも一向にかまいますまい。

ディケ　え？　それでは外国の案件もアテナイのアレイオス・パゴスで陪審員を選ぶのですか、それらはエウプラテス河のあちらで審理するのが妥当でしょうけど。でもまあ十一人選出しなさい。その十一人で両方の案件に当たるのです。

ヘルメス　ディケ、裁判費用を使いすぎないようにとの節約ぶり、お見事ですな。

一五　ディケ　最初のアカデメイア対大酒の件の陪審員たちは着席してください。［ヘルメスに］あなたは水を注ぎ込んでください。(3)大酒、まずあなたから陳べなさい。なぜ黙ったまま頭を振るのです。ヘルメス、傍らへ行って調べてください。

ヘルメス　「陳述はできない」と言っています。「生酒を飲んで舌が廻らん、法廷中の笑い者になるから」と。ご覧のとおり立っているのもやっとという塩梅で。

ディケ　では誰か腕の立つ弁護人を出廷させなさい。三オボロスでさえも声張り上げようという輩はたくさんいますから。

ヘルメス　でも公けの席で大酒のために弁護しようという者は一人としておりますまい。それはともかく大酒の要求はもっともです。

ディケ　どんな要求です。

ヘルメス　「アカデメイアはいつでも議論の双方に対応していて、反対の意見も適確に陳べられるように

(1)懐疑派の哲学者。最初画家であったが、のちに哲学の門に入った。ディオゲネス・ラエルティオス『ギリシア哲学者列伝』第九巻第十一章参照。

(2)ルキアノスを指す。

(3)法廷で弁論の時間を計るための水時計に。

しているんです。だからアカデメイアに」と大酒は言っています、「まずわたしのための弁護をさせ、そのあと自分自身のための陳述をさせてください」とね。

ディケ　そんな前例はないのですが、まあいいでしょう。アカデメイア、双つの議論をやってみなさい、わけないことでしょう。

一六　アカデメイア　陪審員の皆さん、まずは大酒のための弁護論をお聞きください。これから流れる「水時計の」水は大酒の水です。

哀れにも大酒はこのわたしアカデメイアによって多大な不正を働かれたのです。優しくて信頼できる唯一の奴隷、命令されたことを何一つ恥ずかしいとは思わなかった奴隷のかのポレモンを奪われたのです。彼は昼日中にアゴラーじゅうで浮かれ歩いています。ハープ弾きを連れて朝から晩まで歌を唄っています。いつも酒浸りで宿酔いで頭には花冠を被ってね。これ、本当です。アテナイの全市民が証人ですよ、一度として素面《しらふ》のポレモンを見たことがないってね。ところがこの不幸な男が、どこででもやるようにアカデメイアの門前で大騒ぎをやらかしたときに、アカデメイアは彼を拉致し、大酒の手の内から力ずくで奪い取り、自分の家へ連れて行って無理矢理水を飲ませ、酒に浸らぬよう教育を施し、花冠を剝ぎ取り、そして横臥して飲んでいるべきときに、複雑に込み入った、嘆きを催すような、多くの思索に満ちた用語を教え込んだのです。かくしてそれまでずっとその頰を染めていた赤味に代わってその哀れな男は顔青ざめ、その肉体は硬直し、歌という歌はすべて忘れ去り、ときどき飲まず食わずで宵の半ばの頃まで坐り込み、このわたしアカデメイアが教えるとおりの埒もないことを喋り散らしています。いちばん重要なことは、彼はわたしの教唆によって大酒を非難し、大酒に関する無数の害毒を算え上げていることです。大酒のために言うべきことはほとんど言い尽くしました。これよりはわたし自身の弁論をします、これから後はわたしのための水を流してください。

ディケ　いまのに対して何を陳述するのでしょう？　でもまあ今度も同じ量の水を流してください。

一七　アカデメイア　陪審員の皆さん、お聞きのとおり大酒のためになされた弁護はまったく理に叶ったものでしたが、もしこのわたくしの言い分も公平に聞いてくだされば、わたしが大酒のために何ら不正を働いてはいないことがわかってもらえるでしょう。

というのも、大酒が自分の奴隷だと言っているこのポレモンは決して資質劣等でもなく、また生まれついて大酒癖があるというわけでもない。性格はわたし似なんです。それを大酒がまだ若くて柔軟な状態のときにいつもたいてい大酒に協力するあの快楽の助けを借りて早々と手をつけたのです。そしてあの可哀そうな男を乱痴気騒ぎや遊女らに無条件で引き渡して堕落させたのです。恥のかけらも残らないほどまでにね。大酒が先ほど自分自身のために言われたと思ったものは、あれはむしろわたしのために言われたのだと思っていただきたい。あの可哀そうな男は朝っぱらから頭に花冠を被り、酔っぱらって徘徊したのです、アゴラーの中を笛の伴奏を受け、素面とは程遠い状態で、皆の前で騒ぎ立て、先祖や市全体にとっては傲慢な態度をとり、他国の人間の笑い者になりながら。

ところがその彼がわたしのところへやって来たとき、わたしはいつもやっているとおり、戸を開け放して来合わせていた仲間たちに徳と節制についていくばくかの話をしているところでした。彼は笛と花冠を携えて押しかけて来て、まずは大声を挙げ、その大声でかき乱してわたしたちの集会を混乱に陥れようとしました。ところがわたしたちは彼のことを一顧だにしなかったものですから、少しずつ――というのは完全に酩酊していたわけではなかったので――酔いが醒めてこちらの話に耳を傾け、花冠を取り、笛の音を止めさせ、着ている赤紫色の外套を恥じ、そしてちょうど深い眠りから覚めたときのように己の姿がどんな風であったかを見、以前の生活を悔い改めたのです。そして大酒による顔の赤味は消えて隠れてしまい、今度は自分のしたことが恥ずかしくなって顔を赤らめたのです。そしてけっきょくその場で大酒を捨て、わたしのところへ逃げて来たのです。彼が言うようにわたしが招いたのでもなければまた強制したわけでもありません。そうするのがよいと自らすすんで考えてのことです。

さあ彼をここへ呼んでください。彼がわたしの力でいまどんな風になっているか、わかっていただけますよ。陪審員の皆さん、わたしは酒のために声を挙げることも立っていることもできず、世間の笑い者になっていた彼を改心させて素面に戻し、奴隷ではなく正規の節度ある、そしてギリシア人として大いにふさわしい人間としたのです。そして彼自身も、また彼の親戚の者たちも、こうしたことのためにわたしに感謝しているのです。

わたしの陳述は終わりです。さああなた方、彼がわれわれのどちらと関係を結ぶほうがよいか、ご高配いただきたい。

一八　ディケ　さあ、ぐずぐずせずに投票しなさい。起立！　まだ他にも審議が控えています。

ヘルメス　一票を除いた全票でアカデメイアの勝ち。

ディケ　大酒に一票投じたものがいてもおかしくはない。一九　さて、ストア派対快楽の愛人に関する件の判定を担当する者たちは着席してください。水が注がれました。多彩な色に色どられたあなた[1]、さあ話しなさい。

二〇　ストア派　陪審員の皆さん、わたしは自分が美しい顔をした人[2]に対して反対意見を述べねばならぬということ、なのにあなた方の大部分があの人に目が釘付けになって微笑みかけているのに対しわたしのほうは頭を刈り込み、男のような風貌で、陰険な感じがするというので軽蔑の目で見られているということは知らないわけではありません。ではありますが、それでももしあなた方がわたしの陳述を聞きたいとおっしゃるのなら、あの人よりもずっと正しいことを言うだけの自信はあります。

いま起こされている告訴は次のようなものです。つまりあの女は遊女のように身を装い、外見の魅力でわたしの愛人、その当時はまだ健全だったディオニュシオスを丸め込んで、自分の家へ引っ張り込んだのです。そして皆さんの前任者がアカデメイアと大酒とにまつわる訴訟を審議したその訴訟は、いまのこの訴訟の姉妹に当たるものなのです。と言いますのは、いまの場合、吟味を要するのは、わたしたちが豚のように大地に顔をうつむけて暮らすべきで、快楽に陥って尊厳とはほど遠く大いなる志も持たずともよいのか、それと

（1）ストア派を指す。ストア派の名称については一一一頁註（10）を参照。ここではその絵画列柱との関連からこう言われている。

（2）以下で「あの人」、「あの女」と言い換えられているが、すべて「快楽（ヘードネー）」（女性名詞）を擬人化したもの。

も快きものは善きものの次に置いて、自由人らしく自由に哲学し、苦難を克服しがたいものと恐れたりせず、また甘美なるものに唯々諾々と就いたりもせず、蜂蜜と乾しイチジクのなかに幸運を捜し求めたりしないで生きるべきかということです。彼女はこのような餌を無思慮な連中に差し出し、苦痛をもって脅かしながら彼らのうちの多くの者を自分の方へ引き寄せるのです。そのなかの一人、かの不幸な男を病気(1)になるまでじっと待って、わたしたちの手綱を振り切って逃げ出させたのです。健康であったらあの女の言うことを信じたりしなかったでしょうから。

しかしなぜわたしがあの女に対して腹を立てる必要がありましょうか。あの女は神々に対しても容赦なく、神々の意とするところを非難しているのです。ですからもしあなた方に分別があるなら、あの女を不敬の罪で罰していただけましょう。聞くところによると、あの女は自分の弁論の準備もせず、エピクロスを弁護人に起用しようとしているということです。これは法廷軽視です。でもあのことはどうでしょう。あの女に訊いてみてください、もしもヘラクレスやあなた方のところのテセウス(2)が快楽に身を委ねて苦痛を逃れたとしたら、彼らはいったいどういったふうになったとお考えかと。というのは彼らの苦労がなければ、地上に悪がはびこるのを防げるものは何もなかったでしょうから。

長々と喋るのは好みませんからこれで終わりにします。もしもあの女がわたしから質問を受けてちょっとでも回答しようという気持ちを起こせば、ただちにあの女は中味が空っぽであることが暴露されましょう。しかしながら、どうかあなた方は誓いの言葉をよく思い出して、神々はわれわれのあいだで起きることはいっさい見ていないというあのエピクロスの主張は信じないで、誓いに則って投票してください。

ディケ　席を変わりなさい。エピクロス。快楽について述べなさい。

二二　エピクロス　陪審員諸君、手短かに申し上げよう。多言は要しないからね。

もしも快楽が、ストアが自分の愛人だと称するディオニュシオスを何か呪《まじな》いとか媚薬を使って無理やりストアから離反させ、自分のほうを向かせるようにしたのであれば、快楽は当然魔女と見なされ、他人の愛人に魔法をかけた廉《かど》で罪ありと判定さるべきです。しかしもし誰か自由人が自由な都市で、法律による禁止を受けずに、ストアとの生活の味気なさを嫌って幸福は苦労の総仕上げなりというその主張を無駄なお喋りと考え、曲がりくねった迷宮式の議論を逃れ、人間らしく真面目に考え、苦労はあるがままに苦しいもの、快楽は楽しいものと考えて、ちょうど足枷を断つように論理の絡み綱を断ち切り、自ら好んで快楽へと逃げ込んだのであれば、そのことのためにこの男を排斥する必要があるでしょうか。

それはちょうど難破した船から港へ向けて泳ぎつつ凪を求めている者を頭から労苦の海へ突き落とし、哀れにも難儀に立ち向かわせるのと同じです。そしてまたこれは、慈悲の神の祭壇へ嘆願に来た者のごとく快楽へと逃げ込んで来た者を、坂道を汗びっしょりになりながら登って来たあげくに世に名高い徳を目にするために、(3) また長い苦闘の人生を送ったのちの死後に幸せを摑むために、困難に立ち向かわせるのと同じです。

(1) 一一七頁註(3)を参照。
(2) テセウスはアテナイを代表する英雄。
(3) ヘシオドス『仕事と日』二八九—二九〇行を参照。「神は徳の前に汗を据えた、／それに達する道は遠くかつ急な坂」とある。

しかしこの男よりいったい誰がより正しい判定者と目されましょうか。この男はストア派の教えをほかの誰よりもよく知り、以前は美しきものだけが善きものと考えていたのに、労苦は悪なりと学び直し、双方のうちのよいほうを試して選んだという人間です。どうやら彼は見たのです、これらの者が労苦を耐え忍ぶことについて多言を弄しながら、個人的には快楽に奉仕し、議論の場では若者のごとく振舞うが家に帰れば快楽の法則に基づいて生活し、調子が緩んで教義に反しているように見えたらこれを恥じ、哀れにもタンタロスの責苦[1]を味わうことになり、密かに安全に規律を破れそうなところではがつがつと快楽を詰め込んでいるのを。もし誰かが彼らに、それをはめれば姿が見えなくなるというギュゲスの指輪[2]か、あるいは闇（ハーデース）の兜[3]を与えれば——わたしにはよくわかります——彼らは労苦には長の暇を告げて快楽の許に馳せつけよう、そして皆がディオニュシオスの真似をするだろうということが。ディオニュシオスは病気になるまでは、我慢についての教義が自分に何らかの利益になるだろうと期待していたのです。ところが身体に不調を感じて病気になり、苦しみがじっさいに身に迫ったとき、自分の身体がストア派の教えとは調和せずそれとは反対のことを主張するのを見て、彼らよりも自分自身を信頼し、自分は人間であり人間の身体を持つ存在だということを認識し、人間を彫像のように扱い続けることはやめました。他の説を説き快楽を非難する者は

言葉を弄んでいるだけで、本心ではそう思っているのです[4]。

であるということを知ったものですから。

陳述を終わります。以上のことを念頭において投票をお願いします。

二三　ストア派　いや、待った。若干質問することを許可願いたい。

エピクロス　承わりましょう。お答えします。

ストア派　あんたは労苦を悪とお考えなのかな。

エピクロス　そうだ。

ストア派　では快楽を善と？

エピクロス　そのとおり。

ストア派　それでは「物質的なもの」と「非物質的なもの」、また「認可されたもの」と「認可されないもの」が何であるかご存じか(5)？

エピクロス　もちろん。

ヘルメス　ストア派よ、陪審員たちはこの二つの質問はわからんと言っている。静かにしていろ。投票中

(1) 罪を犯して冥府に落ちたタンタロスは飢渇に苦しめられ、池の水を飲もうとすれば水は退き、枝に実る果実を食べようとすれば枝は反れた。

(2) リュディアの王。その所有する金の指輪は人の姿を隠す力を持っていた。

(3) アテナ女神の被る兜。これも人の姿を隠す力があった。

「闇（ハーデース）」とは不可視ということ。

(4) エウリピデス『フェニキアの女たち』三六〇行。

(5) いずれもストア派哲学のテクニカル・ターム。訳出困難な用語。ここでストア派の意図するのは、快や苦は「非物質的なもの」で、それが徳の達成のための努力を援けも妨げもしないゆえに、「認可」も「非認可」もされないものということ。

だから。

ストア派　もし第三の「証明不可[1]」によって質問していれば、勝てたろうに。

ディケ　どちらが勝ちましたか？

ヘルメス　全票で快楽です。

ストア派　わたしはゼウスに控訴する。

ディケ　幸運を祈ります。ヘルメス、他の者たちを呼びなさい。

二三　ヘルメス　アリスティッポスに関するアレテ［徳］対トリュペ［贅沢］の件、アリスティッポス自身も出廷せよ。

アレテ　まずわたし、アレテから先に発言すべきです。アリスティッポスは、その言辞行動が示すように、わたしのものですからね。

トリュペ　いや駄目だ、わたしトリュペのほうが先だ。彼はわたしのものだから。あの冠や紫紅色の外衣、香油などから見てもわかるでしょう。

ディケ　喧嘩するんじゃありません。ゼウスがディオニュシオスの件に判決を下すまでこの件は延期しましょう。これもよく似たもののようですから。快楽が勝てばアリスティッポスはトリュペが手に入れましょうし、ストア派が勝てばアリスティッポスはアレテのものと判定されましょう。他の連中を出廷させなさい。ところでこの者たちは裁判報酬を受け取ってはなりません。担当の裁判は未決のままですから。

ヘルメス　それじゃ老いの身でこんな高いところまで登って来たのに無駄だったということですか。

ディケ　三分の一貫えれば充分です。お行きなさい。怒らないでね。あなた方にはまたのちほど審理してもらいます。

二四　ヘルメス　シノペ[2]のディオゲネスの出廷時間だ。さあ両替、おまえ陳述しろ。

ディオゲネス　もし奴がわたしの邪魔をするのをやめないなら、おおディケよ、奴がわたしに対して起こす告訴は逃亡[3]なんかではなく、無数の深い傷に対してということになりましょうぞ。すぐにもこの杖で存分に打ちのめしてくれる――

ディケ　これはどうしたことです。両替は逃げ出し、ディオゲネスは杖を振り上げて後を追っている。可哀そうにあの両替、容易ならぬ禍を蒙りそうです。ピュロン[4]を呼びなさい。

二五　ヘルメス　グラピケ〔絵画技術〕はここにおりますが、ディケよ、ピュロンは端《はな》から上がって来ていません。彼らしい遣り口です。

ディケ　なぜです、ヘルメス。

ヘルメス　彼は真の判断基準は存在しないという考えですから。

(1) それ自身自明であって証明を必要としないというクリュシッポスのいわゆる「証明不可」は五つある。その三番目ということ。
(2) 黒海南岸の町。
(3) 父親の通貨偽造事件に連座して自身アテナイへ亡命したことを指す。一一七頁註(5)参照。
(4) 懐疑派の祖。無判断の徹底によってアタラクシアー（何ものにも煩わされない平静不動の境地）を達成したとされる。

ディケ　それでは欠席裁判で彼の裁決を下させてください。演説作家のシュリア人(1)を呼びなさい。彼に対する告発状は昨日提出されたばかりで、すぐに判決を下さなくてもよいのです。だけどまあよい折ですからレトリケ〔弁論術〕の一件を先に出してください。おやおや、なんとまあ大勢の人間が傍聴に集って来たものでしょう。

ヘルメス　当然ですよ、ディケ。この件は古いものじゃありません。新品の珍しいもので、おっしゃるとおり昨日届け出されたものです。皆はレトリケ〔弁論術〕とディアロゴス〔対話〕とが順に論難し、両者に対してシュリア人が弁明するのを聞きたがっているんです。これが多数の者を法廷に引き寄せた原因ですよ。それではレトリケよ、陳述を始めるがよい。

二六　**レトリケ**　アテナイ人(2)の皆さん、まずもってわたしはすべての男神女神に祈りを捧げたい、わたしがこの町と諸君全員に抱き続けている好意と同じだけの好意を、この件に関して皆さんからわたしに対して与え給うようにと、そしてまた次には何にも増して正しいこと、すなわちわたしの相手に沈黙することを命じ、わたしが選び欲するがままに論難することを許すよう神々が皆さんに実行させ給うようにと。わたしが経験したこととわたしが聞いた弁論とを考えてみたとき、わたしが知るところのものは同じではない。というのは、この男が皆さんに対して言わんとする言葉はわたしの言葉とそっくりなものであろうけれども、その行為のほうは、彼から何か不都合な目に遭わされないように配慮しなければならぬほどのものであったことを皆さんはいずれ目にされるはずです。さてもう水が勝手に流れ出しているのだから、長々と前置きするのはやめて、論告を始めましょう。

二七　陪審員の皆さん、わたしはこの男がまだほんの青二才で、話す言葉にもまだ異国訛りがあり、シュリア風のカフタン(3)を着てイオニア辺りをほっつき歩き、まだわが身が何か認識できていないのを見て、これを引き受けて教育を施してやりました。それで彼はよく学びもし、わたしにじっと着目もしていたので、――当時彼はわたしに傅《かしず》き、仕え、わたしだけを褒め讃えていたのです――わたしはわたしに求婚していた他の多くの、金持ちで美男で家柄もよい連中を振って、このがさつで貧乏で名もない若造と婚約し、少なからぬ持参金すなわち多くの讃嘆すべき弁舌を授けてやったのです。それから彼と結婚し、わたしの同族の者たちのなかへ違法に登録し、市民としたものですから、わたしと結婚し損なった者たちは窒息死せんばかりの様子でした。彼が結婚生活の幸せを見せびらかすために旅をして廻ろうと思ったとき、わたしは彼から離れず、その後に従ってあちこちどこでも随《つ》いて廻りました。そして彼の身を飾り服装にも凝って名を売り歌にも歌われるようにしてやりました。ギリシアやイオニアでの旅廻りはそこそこでしたが、イタリアまで旅をしたがる彼にわたしも随いてイオニア海を渡り、ついにはケルト人の地(4)まで旅をして彼を金持ちにしてやりました。

(1) 作者ルキアノスを指す。
(2) 以下はデモステネス第十八弁論『冠について（クテシポン擁護）』一四一および第三弁論『オリュントス情勢、第三演説』一の冒頭部分の捩《もじ》り。弁論術に対するルキアノスの皮肉な見解の表出か。
(3) 西アジアの帯付き、丈長、袖付きの衣服。
(4) ガリア地方（現在のフランス、ベルギー、オランダ一帯）。

彼は長いあいだ何でもわたしの言うことを聞き、いつもわたしと一緒にいて、一夜たりともわたしと離れて眠ることはありませんでした。二八　ところが兵糧も充分となり、名声も付いて来たと見て取ると、横柄になり、わたしを見下して無視し、いやそれどころか完全にわたしを放り出してしまい、自分勝手にあの鬚面の凝った身なりの男、ピロソピア〔哲学〕の息子だという触れ込みのディアロゴス〔対話〕という彼より年上の男にぞっこん惚れ込んで、同棲している始末です。そして恥かしげもなく自由気ままなわたしの演説を分断して、短いこまごまとした質問に自分を閉じ込め、自分の言いたいことを大きな声で言う代わりに、短い文章を編み上げて綴りましたが、聴衆からは賛成や拍手喝采は得られず、ただ微笑と控えめな手振り、軽いうなずき、自分の言ったことへの嘆息といったものしか得られませんでした。なのにかの御仁はわたしを軽蔑して、こういったことに夢中になったのです。でも噂では彼はこの恋人ともうまく行っていないとのことです。きっと彼にも暴君ぶりを発揮しているのでしょう。

二九　こんな男がどうして恩知らずではなく、また虐待の罪に問われずにすむというのでしょうか。この男はそのお陰でたっぷりとしたものを貰い受け、有名にもしてもらった正妻をかくも無法に捨て去り、目新しいものを追いかけたのです。いまではすべての人がわたし一人を自分たちの保護者として讃仰し記録にとどめているありさまだというのに。ところがわたしはこうした人たちのわたしを恋い求める行為にじっと耐えて、扉を叩き大声にわたしの名を呼ぶこの連中に扉を開くことも耳を傾けることもしようとしないのです。それは彼らがその声以上のものは何も持っていないことを知っているからです。しかしこの男はこんなふうになってもわたしの許へ帰って来ず、恋人にじっと目を向けたままです。おお神よ、彼はその恋人からいったいどんな利益を得られると思っているのでしょうか。恋人は短い上着以外何も持っていないということを知っているはずなのに。

弁論を終わります。陪審員の皆さん、もし彼がわたしの弁論の仕方を使って弁明しようとしたら、それはどうか許さないでいただきたい。わたしの刃をわたしに向けて研ぐというのはいただけませんからね。彼の恋人ディアロゴス［対話］のやり方で弁明させてください、可能であればね。

ヘルメス　それは駄目だ。レトリケ［弁論術］よ、彼一人でディアロゴス［対話］形式で弁明するというのは無理だ。彼にも一席ぶたせよう。

三〇　**シュリア人**　陪審員の皆さん、わたしの相手はわたしがあの人から話をする能力を授かりながら長話をするとなると怒りますから、あなた方には多くを語りません。非難を受けたなかから主要な点だけに反論し、あとのすべてはあなた方のご判断にお任せすることにいたします。あの人がわたしについて語ったことはすべて真実です。たしかにあの人はわたしに教育を施し、わたしと同行して旅に出、わたしをギリシア人として登記し、そして少なくともこのことのためにわたしはあの人と結婚したことを感謝しているのです。ではなぜわたしがあの人の許を去ってこのディアロゴス［対話］に走ったのか、陪審員の皆さん、まあ聞いてください。そしてわたしは何も利益のために嘘を言うのではないことをお心得いただきたい。

三一　わたしはあの人がもはや慎しみ深くもなく、またかつてかのパイアニア[1]の人があの人を妻に迎えた

（1）デモステネスのこと。パイアニアはアテナイ市の行政区の一。

ときにしていたような装い方もしておらず、着飾って髪の毛の整え方も遊女のようだし、紅を塗りたくり、アイシャドウを施しているのを見て、ただちに怪しいと見て取り、いったいどこへ目を向けているのかと観察しておりました。他のことはまあいいでしょう。ところが毎夜われわれの路地は酔っぱらった恋人連中があの人目当てに集って一杯になり、扉を叩き、ときには無秩序に乱入しようとさえしたのです。あの人は笑ってこの行為を喜び、しばしば恋人たちの誰彼がしわがれ声で歌を唄うのを耳にして屋根の上から覗き見したり、わたしは知らぬと決め込んで扉をそっと開け、彼らと戯れ密やかに情を通じたのです。わたしはこれに耐えられず、またあの人を姦通罪で訴えるのもどうかと思われたので、近所に住んでいるディアロゴス［対話］のところへ行って、彼に受け入れてもらうのがよかろうと思ったのです。

三二　これがわたしがレトリケ［弁論術］に対して行なった大いなる罪業です。いやともかく、たとえこうしたことが彼女によってなされなかったとしてもです、わたしはもう四〇歳にもなろうという歳ですから、あのような騒ぎや裁判沙汰からは身を引いて陪審員諸氏を煩わさずに済まし、僭主に対する弾劾や貴人への讃辞を避け、アカデメイアかリュケイオン(1)へ出掛けてこの立派なディアロゴス［対話］とゆっくり歩き廻りながら対話し、賞讃も拍手喝采も求めることはしないというのが結構なことかと思います。

申し上げたいことは多々ありますが、このあたりで止めにします。皆さん、誓いのとおりに投票をなさってください。

ディケ　誰が勝ちました？

ヘルメス　一票を除き全員がシュリア人の勝ちとしました。

ディケ　反対票を投じたのは弁論家の誰かでしょうね。

三三　**ヘルメス**　ディアロゴス〔対話〕に同じ陪審員に対して論じさせてください。〔陪審員に向かって〕おまえさんらは残ってくれ。双方の審理で二倍の賃金が支払われようから。

ディアロゴス　陪審員諸君、わたしは諸君に長話をするつもりはない。慣習に従って手短かにやる。とはいうものの、法廷での作法どおりに論告をすっかりやってのけるつもりだ。こんなことには素人で何の腕もないがね。以上が諸君に対するわたしからの前置きだ。

わたしがこの男から蒙った不正と無礼な仕打ちは以下のとおりだ。すなわちわたしは以前は厳かな存在で、神のこと、自然、また宇宙の巡りに思いをいたし、雲の上高々と歩みを進め、[2]――そこの天空では偉大なるゼウスが翼ある馬車を駆りつつ進んでいたが――、[3]すでに天頂に飛翔し天空の背の上に登りつめていたのだが、そのわたしをこの男は引きずり降ろし、翼を壊して一般大衆と同水準とし、あの生真面目な悲劇の仮面をわたしから剝ぎ取り、それとは別のほとんど滑稽と言っていい喜劇の、サテュロス劇の仮面をわたしに被せた。それから彼はわたしを冗句やイアンボス、犬儒主義、エウポリス、[4]アリストパネス、すなわち厳かな

(1) 前者はプラトンの、後者はアリストテレスの学園。

(2) アリストパネス『雲』二二五行のソクラテスの言葉「わたしは空中に歩みを進め、太陽を観察する」を踏まえているか。

(3) プラトン『パイドロス』二四六E、「さて天界においては、まずここに、偉大なる指揮者ゼウス、翼ある馬車を駆り」（藤澤令夫訳）を踏まえているか。

(4) 次のアリストパネス同様、前五世紀後半に活躍したギリシア古喜劇の作家。

事柄を冷やかし正しき事柄を嘲笑するとんでもない連中と同じところへ連れて行って閉じ込めたのだ。あげくの果てにメニッポス(1)とかいう男——これは旧世代の犬儒派の一人でどうもよく吼えるらしく、また鋭い歯の持ち主なのだが、これを掘り出して来てわたしに押し付けた。こいつはじっさい恐ろしい犬で知らぬ間に噛みつく。なにしろ笑いながら噛みつくのだから。

このわたしがどうしてひどい目に遭っていないと言えるのだ、もはや自分本来の場を捨てて、喜劇役者を演じ、道化を演じ、彼のために異様な筋書きを演じて見せているという始末なのに。何よりもいちばん馬鹿ばかしいことに、わたしは珍妙な雑種にされてしまって散文にも韻文にも属さず、半人半馬のケンタウロス(2)さながらの合成された異様な姿のものと聴衆には見えるだろうと思う。

三四　ヘルメス　シュリア人、これに対しておまえは何と言うかね?

シュリア人　陪審員の皆さん、皆さんの前でわたしがいま闘っているこの訴訟はわたしには思いもよらぬものです。まったくのところ、わたしはディアロゴス〔対話〕がわたしのことをこんなふうに言うとは思っても見ませんでした。わたしが彼を受け容れたときには、彼はまだ多くの人から拗者《すねもの》だと思われており、また絶え間ない質問を受けて憔悴しきっておりました。ですから一見威厳があるように見えましたが、とても一般大衆から好かれたり受けたりすることはなかったのです。そこでまず最初にとにかく人間らしく地上を歩くように習慣づけ、次には大量の垢を洗い落とし、笑顔をすることを強制し、彼と出会う人間に好感を与えるようにさせ、総仕上げとして彼を喜劇と組ませました。こうして彼を聴衆から大いなる好意をもって迎えられるようにしてやったのです。聴衆はこれまでは彼のうちに含まれた棘を恐れ、雲丹のように彼を手に取ることを警戒していたのでした。

しかしながらわたしは彼がいちばん嫌がったのは何か、知っています。それはわたしが彼と対面して坐り面倒かつ微妙な問題を論じることが少なかったせいです。たとえば「魂は不死であるか」とか、「神が宇宙を創造したとき、すべてのものを混合する混合器の中へ何杯の不純物の入らぬ性質不変の物質を入れたか[3]」とか。「弁論術は政治学の一部分の幻影すなわち食客的存在の四番目のかたちであるか[4]」とかの問題です。どういうわけかわからないのですが、彼はそうした問題を云々することを、ちょうど痒いところを好んで掻く人のように、好むのです。そしてまた物事を考えることが好きで、そのイデアについての鋭い観察が万人とは違うと言われると大得意なのです。

彼はこういったことをわたしからも求めているのです。そしてあの翼を要求し、視線を上に向け、足許は見ないのです。これ以外のことでは彼はわたしのことを、ギリシア風の外套を引き剝がして異国風のを着せたといって非難することはできますまい。たとえわたし自身が外国人だと思われているにしても。だって彼に対してそんな風に不法行為を働き彼のお国の服を脱がしてしまえば、わたしは不正をなすことになりま

(1) 前三世紀、ガダラ(イスラエル)生まれの犬儒派哲学者。散文韻文混合体の文章で哲学者や一般人の愚行を鋭く批判した。
(2) 腰から上が人間、下が馬というギリシア神話上の怪物。
(3) プラトン『ティマイオス』三五A、四一Dで論じられている問題。
(4) プラトン『ゴルギアス』四六三B、D、四六五Cで論じられている問題。

しょうから。
わたしは精一杯の弁明をしました。諸君は以前と同じく投票をしてください。
三五　ヘルメス　こいつはすごい！　おまえさんまるまる一〇票取っちゃった。さっき反対票を入れた仁は今度も皆と同じ票にしなかった。いやこれはもう習慣だな、どのケースでも穴のあいた円い板を投じる仁がいるものだ。(1)立派な人間に嫉妬するのをやめられないというなら、それもよかろう。さておまえたち、帰ってよろしい。ごきげんよろしくな。残りの件は明日裁くとしよう。

(1)各陪審員には、真中に円筒状の軸が垂直に埋め込まれた円板が与えられていた。無罪の場合のものはその円筒の中身が詰まっているが、有罪の場合のものは円筒が管状になっていた。「穴のあいた円い板」を投じるとは、すなわち有罪宣告になる。

供犠について（第三十篇）

一　愚かな連中が供犠の席や祭りの折に、また神を讃える行列でどんな行動を取るか、また彼らが神に何を請い、何を願い、神々についてどんなことを考えているのかということを見聞きしたときに、彼らの愚行を目にして、笑いとばせないほどに落胆し悲嘆にくれているような仁がいるとはちょっと思えない。いやわたしの思うに、彼は笑うよりも先に自問するだろう、そういう連中を敬虔であると呼ぶべきかあるいは逆に神に敵対し悪意を抱く輩と呼ぶべきであろうかと。少なくとも連中は神のことを卑賤かつ下賤なもので、そのため人間の力を必要とし、追従されると喜び無視されると腹を立てる存在と解しているようだからと。

さてアイトリアでの悲惨な事件、カリュドンの人々の蒙った禍、メレアグロスの破滅[1]――こういったことすべてはオイネウスの催した犠牲式に招《よ》ばれなかったことに不満を抱いたアルテミス女神の仕業ということになっている。犠牲式での不手際がそれほどまでに深く彼女を傷つけたのだ。わたしには、そのとき彼女が他の神々がオイネウスのところへ行ったのに天上に一人残されて、祭りごとに寄せてもらえなかったことで腹を立て不平を並べている様子が目に浮かぶようだ。

二　一方またエティオピア人は至福の民、三度幸運を授けられた民と言う人もいることだろう、もしもゼウスが本当に彼らから、受けた好意の返礼をするならばだ。「ホメロスの詩篇の初めのところにあるが[2]」彼らは十二日間ぶっ通しでゼウスを饗応したのだ。しかもこのときは他の神々もゼウスに同行していたのだった。

どうやら神々のやることはどれ一つとっても無報酬でやることはない。いや彼らは善や福を人間どもに売りつけるのだ。それでうまくゆけば人間は神々から仔牛一匹で健康を購うことができるし、牛四頭で財産を買い取れるし、ヘカトンベー［百頭の牛の犠牲］で玉座も買い取れるし、牛九頭でトロイアからピュロスへの無事な帰還(3)も買い取れるし、王の姫(4)を代償にアウリスからトロイアへの航海も買い取れる。ほら、ヘカベはかつてアテナから牛十二頭と上着一着と引き換えにトロイアの安寧を買い取ったのだった(5)。考えてもみたらいい、神々のもとでは雄鶏や王冠や乳香ごときものと引き換えに多くのものが売りに出されているのだ。

三　わたしはあのクリュセス(6)もこのことを知っていたのだと思う。なにしろ神官でもあり老人でもあり神事に通じていた男だからだ。彼はアガメムノンの許から手ぶらで追い返されたとき、アポロン神には貸しがあるはずだといっぱしの口をきき、そのお返しを求め、ただ非難にわたることのないようにだけ気をつけな

（1）ギリシア中西部アイトリア地方のカリュドンの王オイネウスの息子。オイネウスが収穫の感謝の祈りに際して犠牲を供した折、アルテミス女神を入れ忘れた。これに怒ったアルテミスが巨大な野猪を送り込んだ。この野猪狩りの際争いが生じ、メレアグロスが母方の伯父たちを殺したために、怒った母アルタイアによってメレアグロスは命を絶たれた。
（2）ホメロス『イリアス』第一歌四二三―四二五行を指す。
（3）ネストルのトロイアからの帰国を指す。ホメロス『オデュッセイア』第三歌八行参照。
（4）アウリスで生贄になったイピゲネイアのこと。彼女をアルテミス女神に生贄に捧げることによってギリシア軍のトロイアへの出航が可能になったことを示す。
（5）ホメロス『イリアス』第六歌三七一行以下参照。
（6）ホメロス『イリアス』に登場するアポロンの神官。アガメムノンに側女として奪われた娘クリュセイスの返還を求めたが、アガメムノンに拒否される。

がらこう言った。「おお最良の神アポロンよ、わたしは久しく祀《まつ》られることのなかったあなたの神殿を斎《いつ》き祀り、牛の腿肉山羊の腿肉をどっさりと祭壇で焼きました。ところがあなたはあのような目に遭ったわたしを一顧だにくれず、忘恩を決めこんでおられる」(1)と。

こう一発かまして、とにかく彼はアポロンをたじろがせた。結果、神は弓を手に取り、船溜まりに腰を据えて疫病をもたらす矢をアカイア勢に、ラバ(2)や犬どもも諸共に、射込んだ。

四 いったんアポロンのことを思い出したところで、別の一件にも触れたい。この神について賢人たちが言っていることだ。それもヒュアキントスを殺めたとか(3)ダプネに無視されたとか(4)というその不毛な恋物語ではない。キュクロプスたちを殺した廉で判決を受け天上から追放され、人間の定めを体験すべく地上へと送られたあの件だ(5)。それで彼はテッサリアのアドメトス(6)のところやプリュギアのラオメドン(7)のところで奴隷奉公をしたわけだが、後者では彼は一人ではなくポセイドンと一緒だった。二人で苦労して石積みをし城壁(8)を拵え上げたのだ。なのにラオメドンから一銭の金も貰えず、トロイアの金で三〇ドラクマ以上貸しになっているという話だ。

五 詩人連中は神々に関するこの手の話を、畏れ多くも申し上げておる。いやこれよりもさらにひどい話もあるのじゃないかね。そら、ヘパイストスやプロメテウスやクロノスやレアや、いやゼウス一家のほとんどすべての神々についてね。で、連中はその歌い初めのところで、ムーサ［詩女神］の女神らを呼んで来て自分らの歌に付き合わさせている。それでどうやら連中は神憑り状態に陥って歌うんだよ、クロノスは父親のウラノスを去勢するやただちに天上の王権を獲得し、そして後の世のあのアルゴスのテュエステス(9)さながらに己の子供を喰ってしまったなんてね。そしてゼウスはレア[10]に石と置き換えてこっそり盗み出され、クレタ島に連れて行かれて山羊に育てられたとね。ちょうどそら、牝鹿に育てられたテレポス[11]や、犬に育てられたペルシア王、先代のキュロスと同じようにね。そのあとゼウスは父親を追い落とし、幽閉し、自ら権力を掌握した。そして多くの婦人たちと浮名を流したが、最終的には姉妹[12]と結婚した。が、これはペルシアやアッシュリアの慣習に則ってのことだと言っている。好色で色事にはまりやすい性質《たち》だから、たちまち天上

（1）ホメロス『イリアス』第一歌三三行以下を参照。
（2）物資運搬等の使役獣。
（3）ヒュアキントスはアポロンに愛された美少年。ともに円板を投げ合っているとき、アポロンの投げた円板に当たり命を落とした。
（4）ダプネはペネイオス河神の娘。アポロンに恋を仕掛けられて追われ、捕えられる寸前に父の河神ペネイオスが彼女の身を月桂樹に変えた。
（5）アポロンはゼウスの雷光でわが子アスクレピオスが殺されたのを恨み、その雷光を製造したキュクロプスたちを殺した。そのため地上へ放逐され、アドメトスの下僕として働かされることになった。
（6）テッサリアのペライの王。アポロンはここで一年間奉公人の生活をした。
（7）トロイア王プリアモスの父。
（8）トロイア城市の城壁。
（9）テュエステスは兄弟のアトレウスとアルゴスの王位争いをしたとき、王位の象徴である黄金の仔羊を手に入れるためにアトレウスの妻アエロペを誘惑した。これを知ったアトレウスは復讐のために、和解を装った宴席で密かに殺したテュエステスの子供の肉を父親のテュエステスに食べさせた。
（10）ウラノスとガイアの娘。クロノスの妻で、ゼウスの母。
（11）ヘラクレスとアウゲの子。捨て子にされたテレポスは牝鹿に育てられた。
（12）ヘラのこと。

界を子供だらけにしてしまった。由緒ある同族の者からも作れば、また地上に住む人間から作った妾腹の子供も何人かいる。そしてこの高貴なるお方は時に応じて黄金に、また牡牛に、また白馬に、また鷲に身を変じ、その様まさにあのプロテウス(1)よりも変幻自在。アテナだけは自分の頭から産み落とした。自分の脳味噌で簡単に受精して。ディオニュソスは、焼かれて死んだ母親から、まだ月足らずなのを取り上げて腿に埋め込み、陣痛が始まると切って出したという話になっている。

六　これと同じようなことがヘラに関しても歌にうたわれている。曰く、彼女は夫との交渉なしで凬の子ヘパイストスを産んだと。ところがこの子は境遇まったく芳しからず、肉体労働で鍛冶や火夫といった仕事につき、しょっちゅう煙くすぶる中で過ごし、さながら炉端の職人のように火花にまみれて過ごしている。しかも脚の具合が充分じゃない。というのが天から落とされたために脚が不自由になったのだ。ゼウスに天上から投げ落とされたのだ。もしもレムノス島(2)の連中がうまく立ち働いてまだ落下中だった彼を受け止めてなければ、城塔から落ちたアステュアナクス(3)と同じだ、われらがヘパイストスは命を落としていたろう。

しかしまあヘパイストスの件はまともなほうだ。プロメテウスが度はずれの人間好きだからという理由でどんな目に遭わされたか、知らぬ者はいまい。ゼウスは彼をスキュティアへ連れて行ってカウカソス「コーカサス」の山に磔《はりつけ》にし、その傍らに鷲を添わせて毎日肝臓を喰いちぎらせた。七　ゼウスは有罪判決を執行したわけだ。またレアだが、——これも同様に言っておく必要があるだろう——どれほどひどい振舞いをし、恐ろしいことをやってのけたか。もう充分年寄りで、引退している身で、たくさんの神々の母親でありながら、まだ若い男の子に熱をあげ、嫉妬深く、アッティス(4)を獅子の背に乗せて連れ廻したのだった。彼が

西洋古典叢書

月報 110

2014＊第4回配本

アレクサンドレイアのセラピス神殿跡

目次

アレクサンドレイアのセラピス神殿跡……………1
ルキアノス『嘘好き人間』の魔術師たち
ダニエル・オグデン……2
連載・西洋古典名言集(26)……………………6
2014刊行書目

2014年10月
京都大学学術出版会

ルキアノス『嘘好き人間』の魔術師たち

ダニエル・オグデン

ルキアノスの短篇『嘘好き人間』（一七〇年代執筆と推定）には、興味深いことに魔女は一人も登場しないのだが、仕事に従事する魔術師たちについてのいくつかの場面が描かれている（ここでは三つの場面を紹介する）。一見、彼らの役割は似通っており、そのほとんどが神秘的な雰囲気を醸し出す異国人である。しかし、よく吟味してみると、ルキアノスはこれらの短い描写を用いて、受け継がれてきた宗教的慣習、文学の伝統や歴史上の人物を対照的な仕方で風刺していることが理解できる。

最初に現われる魔術師は、バビュロンから来たカルデア人のマゴス（通常ペルシアの魔術師を意味するギリシア語）である（第十一―十三章）。ある日、農場で働く若い奴隷がつま先を毒蛇に噛まれる。毒で彼の体が腐り果てるとすぐにそのマゴスは助けを求められたため、噛まれたつま先に処女の墓石の破片を括り付け、呪文を唱えることによって毒を取り除く。若い奴隷は瞬時に回復して飛び起き、自分がマゴスのもとへ運ばれた際の担架を持ち帰る。次にマゴスは燃やした硫黄を持って農場の周囲を巡り、農場を保護する円を作り、その円の内側にすべての爬虫類を呼ぶ。爬虫類たちはマゴスのところに集合するが、老いた大きなドラゴン（ギリシア語のドラコーン）が見当たらないので、マゴスは一番小さい蛇にそのドラゴンを呼びに行かせる。老齢で耳が遠いドラゴンはマゴスの魔法の召喚に気付かなかった。すべての爬虫類が集まるとマゴスはそれらに口から火を吹いて焼き殺す。

ルキアノスがこの魔術師をカルデア人とした理由を説明するのは難しい。なぜなら、カルデア人らはとくに占星術で有名だが、この話は占星術とは何の関連性も持たないからだ。答えはおそらくこの魔術師による瀕死の奴隷の救助にある。イアンブリコスの『バビュローニアカ』には、あるカルデア人が埋葬地へと運ばれる少女の棺架を止め、少女にまだ生命があることを認めて目覚めさせる（ポティオス『ビブリオテーケー』七四b）。ルキアノスの『メニッポス』に登場するカルデア人ミトロバルザネスも、メニッポスを死者の国へ導いた後、生者の国へ生還させた点で広義に比較されうる。

しかし、この挿話の主要なモデルは初期キリスト教文学のドラゴン退治にあると思われる。ルキアノスはここで自分の風刺の対象が、奇跡の治療を受けて担架を運んで帰宅する病人を描くキリスト教文学のモチーフにあることを強く示唆している。イエスの奇跡の癒しは、新約聖書において繰り返し描かれる注目すべきモチーフである（『マタイによる福音書』第九章六―七等）。初期の聖人伝の多くには、聖人たちがドラゴンを退治し、ドラゴンに襲われた瀕死の少年を生き返らせる話が語られている。残存する最初の原典は『トマス行伝』（第三十―三十三章。二二〇―二四〇年頃）である。この話の類型を扱うルキアノスに見られるわずかな相違は、生還する若者がドラゴンではなくてドラゴンの子分の蛇に殺されることである。この話の類型の残存する聖人伝の諸例は『嘘好き人間』より後代のものであるため、『嘘好き人間』はこの話の類型に関するキリスト教文学の伝統の失われた起源の存在を証明することに役立っている。このカルデア人の炎の息もまたエペイロスのドラゴンの口に向かって吐いた聖ドナトスの灼熱の唾と比較されうる（ソゾメノス『教会史』第七巻第二十六章一―四。四四〇年代執筆）。

次にルキアノスはヒュペルボレオス人マゴスについて詳細に記述する（第十三―十五章）。このマゴスは空を飛び、水上や火の中を歩き、冥界から亡霊を呼び出し、死体を動かす。だが、このマゴスの顕著な行為は、既婚女性クリュシスに恋した青年グラウキアスに与えた愛の魔術にある。月が満ち始めると、愛の魔術を行使する許可を得るためにマゴスはグラウキアスの家の中庭に犠牲の動物たちを捧げる穴を掘り、グラウキアスの死んだ父親の亡霊を冥界から呼び出す。不承不承の許可が与えられる。マゴスは再び冥界から女神ヘカテと番犬ケルベロスを呼び寄せるかたわら、天空から月（の女神）を引き降ろし、粘土でエロスの人形を作り、その人形にクリュシスを連れてくるよう指示する。人形は空高く飛んで行き、彼女を捕まえて愛に狂わせ、グラウキアスの家の戸を叩かせる。

この魔術は非現実的に見えるが、根本的な着想は『ギリシア魔術パピュロス（*Papyri Graecae Magicae* = *PGM*）』の愛の魔術の処方とかなり類似している。その魂を人形へと移行させるために七匹の鳥たちが窒息死させられる時、エロス人形には生命と飛行能力が与えられると考えられている（*PGM* XII 14-95. 四世紀）。しかし、なぜこの魔術師はヒュペルボレオス人とされたのか？　ヒュペルボレオス人たちは神話上の人種で、魂を飛行させる能力を持ち、極北の地に住む（彼らの名は文字どおり「北風を超えて」を意味する）と信じられており、ピンダロスはその地は飛行によってのみ辿り着けるとしている（『ピュティア祝勝歌』第十歌二九―三〇行）。魂の飛行能力という特徴がルキアノスにこの魔術師をヒュペルボレオス人として描写する切っ掛けになったと考えることは可能であろう。なぜなら、このマゴスは自身が飛行するだけでなく、魔術に関するパピュロスによれば魂の力によってエロスの人形を飛行させることもできるからである。

『嘘好き人間』に最後に登場する魔術師は、神聖な事柄を扱うエジプト人書記官パンクラテスであり、この話が近代ゲーテやディズニーによって有名となった「魔法使いの弟子」の話である（第三十三―三十七章）。パンクラテスは丸刈りで麻の衣服を纏い（典型的なエジプトの神官の身なり）、強い訛のあるギリシア語を話し、背は高くて痩せ型、しし鼻で口が突き出ており、脚が細い。彼は地下聖堂で女神イシスから二十三年間魔術を教えられた。数ある神業のうち、彼はワニに乗り、ワニたちを手なづけるが、ここで注目されるのは、無生物である細長い木片や、門の扉を閉じるために使われている横木、箒や杵（臼と共に用いられる縦長の類の杵）から家で働く召使いを作る魔術だ。パンクラテスの熱心すぎる弟子エウクラテスは、パンクラテスが生命を持たないものを動かす魔術の伝授を拒んだので、その魔術の呪文を師匠から盗み聞きした。師匠の外出時、エウクラテスは（ゲーテやディズニーのように箒ではなく）杵に水を汲みに行くよう指示することに成功するが、水汲みを止めさせる呪文を知らないため、杵は家中を水浸しにする。彼は杵を斧で真っ二つに切るが、二つになった杵たちは壺をつかんで水汲みを続ける。そこにパンクラテスが帰宅する。そして杵の召使いたちを木の状態に戻して洪水を止めた後、おそらく魔術を使って自分の姿を消し、二度と弟子の前に現われることはなかった。

パンクラテスは『嘘好き人間』において唯一名前を与えられている魔術師である。このことは二つの理由から意義深い。第一に、彼の名は彼の技量にふさわしく「万能の」という意味を持ち、不完全な技量を持つ「かなり力のある」という意味の弟子エウクラテスの名とは対照的である。さらに重要なのは、彼の名が皇帝ハドリアヌスの宮廷に仕えた歴史上実在したエジプト人学者を暗示していることである。このエジプト人学者はパンクラテス・エピクスで、ハドリアヌス帝が愛人アンティノオスと共に獰猛で大きなライオンを狩りに行く内容の叙事詩を一三〇年にエジプトで作成した。アテナイオスは、パンクラテス・エピクスがハドリアヌス帝に彼の殺したライオンの血で濡れた地面から自生したと推測される特別な種類の蓮の花を指差し、その花をアンティノエイオスと呼ぶよう提案したと伝えている（アテナイオス『食卓の賢人たち』第十五巻六七七d―f。パンクラテス「断片」三（Heitsch））。この花はおそらく叙事詩における重要な構成要素のひとつであり、また、狩りのひと月後に亡くなったアンティノオスの思い出としての機能を持つと考えられる。このパンクラテス・エピクスは『ギリシア魔術パピュロス』に言及される人物パクラテスとほぼ確実に同一視できると思われる。パクラテスはヘリオポリスの預言者であり、ハドリアヌス帝に多目的な魔術を行使するための犠牲の捧げ方を教示した。その多目的魔術は愛する者たちを呼び寄せたり、人々を病気にしたり、殺害したり、人々に指図を与える夢を送るものである（*PGM* IV 2446-2455. 四世紀）。

このように、『嘘好き人間』における魔術師たちの諸描写は一見したところ互いに非常に類似しているが、さらなる考察を加えると、ルキアノスが魔術師たちをさまざまな仕方で取り扱っていることが明らかになる。ルキアノスは、初期キリスト教文学からの物語をユーモラスに風刺している。そして、魔術のいろいろな儀式に触れた話を創作しているが、このことはルキアノスが『ギリシア魔術パピュロス』に見られる高度に専門的な魔術の世界について洗練された知識を持っていたことを示すものと考えられる。また、歴史上存在した人物たちに言及している点も興味深い。

（西洋古典学・エクセター大学教授、南アフリカ大学終身フェロー［邦訳＝オグデン江里子］）

連載

西洋古典名言集 ㉖

この親にしてこの子あり

これは子供というものは親の資質を受け継ぐから、立派な子供になるのは親が優れているからだという意味の格言であるが、逆に平凡な親であれば、子供もまた平凡だということになるから、「蛙の子は蛙」や「瓜の蔓になすびはならぬ」という格言もある。中国の古典で一般にはあまり名が知られていないが、孔子の子孫である孔鮒《こうふ》の作と伝えられている作品に「此の父有りて斯《ここ》に此の子有り。人道の常なり。若《も》し夫《そ》れ賢父に愚子有るは、此れ天道自然に由《よ》る。子《し》の妻の罪に非ざるなり」（『孔叢子《くぞうし》』居衛）という一文があり、これは尹文《いんぶん》（戦国時代の思想家で、自分の名をつけた著作『尹文子』がある）という人がいて、その子供の出来が悪いのに怒って子供を杖で打擲し、もしや妻が他人と通じたのではないかと疑ったのに対して、孔子の孫の孔思がこれを諌めていった言葉だという。したがって、この格言は西洋古典とはおよそ関係がなさそうにみえるが、西洋にも同様の意味のものとして、Like father, like son（あるいは Like mother, like daughter）というよく知られた表現がある。

東洋と西洋のそれぞれの格言の関連については不明であるが、英語のほうは少なくとも十八世紀には使われていたようで、*London World Fashionable Adviser*（一七八七年）に挙がっているという記録がある。わが国でも最近『そして父になる』（是枝裕和監督）という映画が上演されたが、英語の表題としてこの格言が用いられているので、ご存じの向きも少なくないであろう。

さて、この格言が西洋古典の世界にもあったかどうかであるが、柳沼重剛編『ギリシア・ローマ名言集』（岩波文庫）を繙いてみると、「まったくこの主人にしてこの奴隷ありだ（Plane qualis dominus, talis et servus）」という表現で、ローマの詩人ペトロニウスの『サテュリコン』（五八）が「この親にして」の類例として挙がっている。口論のなかで出た言葉だと説明があり、同様の表現がギリシアにもあると付け加えられているが、肝心の典拠が示されていない。

ところで、こうした表現が西洋古典にあるかどうかを調べるさいに、最も重宝するのが『格言集（アダギア）』というラテン語で書かれた書物である。すでに小欄で幾度となく引用しているが、この書はオランダの人文主義者エラスムス（Desiderius Erasmus）がギリシア、ローマの諺を収録したものである。第一版（*Collectanea Adagiorum*）は一五〇〇年にパリで刊行されているが、その後に何度か改訂されるうちに諺の収録数も増大し、著者が亡くなる一五三六年までには四〇〇〇を超えるまでにもなっている。出典も明記され（ただし、時には記憶違いのせいか誤りもみられる）、著者によるコメントもあって、たいへん便利な書物である。もちろん、ゼノビオス（二世紀）、ディオゲニアノス（二世紀）、キュプロスのグレゴリオス（十三世紀）、ミカエル・アポストリオス（十五世紀）らの諺事典を下敷きにしたものではあるが、エラスムスの豊富な読書量がなければ書かれることはなかったであろう。

表題の格言に話を戻すと、エラスムスは catulae dominas imitantes というラテン語の項目を掲げているが、その意味は「メス犬は女主人をまねる」である。同じ意味でのギリシア語では tās despoinās hai kynes mimoumenai というらしい。そして、このギリシア語の出典であるが、灯台下暗しでうっかりしていたが、プラトンの『国家』にあった。同書第八巻五六三Cに、「犬たちは、それこそまったく諺のとおりに、『女主人そっくりに』振る舞う」（藤澤令夫訳）とある。藤澤訳では「振る舞う」と訳されているが、直訳すれば「まったくのところメス犬は女主人に似ている」となる。プラトンは当時流布していた諺を引用しているのであろうが、諺そのものに関するこれ以上の情報はない。当該箇所の古註（スコリア）も、格言のもともとのギリシア語の表現（hoiaper hē despoina, toia khā [= kai hē] kyōn）を伝えるのみで、それ以上の説明はなく、他の諺集も同様である。

エラスムスの後に増補されたテクストをみると、この格言とマルチーズとの関連が推測されている。ギリシアには、家畜を守る犬や猟の手伝いをする犬がいるが、純然たるペットもいて、とくに名高いのはシケリア島の南に位置するメリテ（現マルタ）島の小犬（Melitaia kynidia）、いわゆるマルチーズである。この犬はよほど知られていたのか『語源大辞典（*Etymologicum Magnum*）』や『スーダ』などにも顔を出す。アテナイオス『食卓の賢人たち』（第十二巻五一八f）は、南伊のギリシア人植民都市シュバリスでは、市民たちは贅沢な生活を好み、このメリテ島の仔犬をさかんに飼う習慣があったと言っているが、主人が贅沢を好めば、飼い犬もこれに似てくるということも当然予想されよう。これは推測の域をでないが、なかなかうがった解釈だと思われる。

（文／國方栄二）

西洋古典叢書

[2014] 全7冊

★印既刊　☆印次回配本

●ギリシア古典篇

エウリピデス　悲劇全集 4　丹下和彦 訳

テオプラストス　植物誌 2　小川洋子 訳

プラトン　エウテュデモス／クレイトポン★　朴 一功 訳

プルタルコス　モラリア 3☆　松本仁助 訳

ルキアノス　食客 — 全集 3★　丹下和彦 訳

●ラテン古典篇

アエリウス・スパルティアヌス他　ローマ皇帝群像 4★　井上文則 訳

リウィウス　ローマ建国以来の歴史 5★　安井 萠 訳

●月報表紙写真――前三三二年、東征の途次エジプトを平定したアレクサンドロスが、ナイル・デルタの海に面した一郭に建設した新都市アレクサンドレイアは、彼の没後プトレマイオス朝の首都として隆盛し、ヘレニズム時代以降のギリシア文化の最大の担い手となった。沖合のパロス島に建設された灯台（高さ一二〇メートルと伝えられる）、八〇万巻を越える書物を蔵した図書館を含むムーセイオンが有名だが、それらは歴史の中に完全に埋没してしまった。今日に残るほとんど唯一の遺構が、市域の西端に当たるラコティスの丘に建つセラピス神殿跡のコリントス式石柱である（高さ約二五メートル）。セラピス神はギリシアおよびエジプトの主要な神々を習合して新たに創られた神格で、まさにこの時代と都市を象徴する存在であった。（一九九二年三月撮影　高野義郎氏提供）

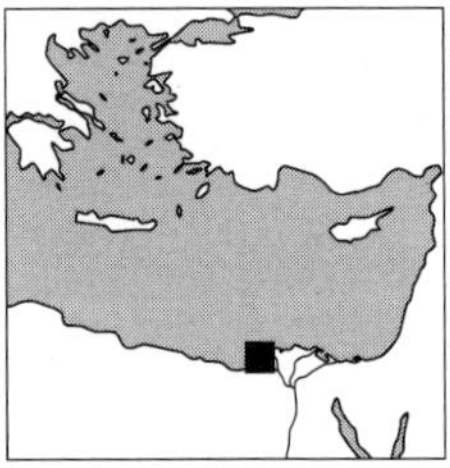

自分には何の役にも立たぬこと[5]を承知の上で。さらにまだ非難の種はあるのではないか、アプロディテは姦通の咎[6]、セレネはその旅程の途中でしばしばエンデュミオン[7]の許を訪れているではないかと。

八　さて、以上のことはひとまずおき、ここでホメロスやヘシオドスの手法を借りて詩的に高揚し、天上へと登り、天上界がどのような具合になっているかを見てみよう。天界の外側が青銅で出来ているということは、われらより前の時代の人ホメロスから聞いて知っていた。だが外壁を乗り越え、少しばかり頭をもたげて天上界を覗き込み、そしてその背の上に立つと[8]、光はいっそう明るく輝き、太陽は一段と明確さを増し、星々もさらなる輝きを放ち、床は黄金製で、いつも昼間のまま。入って行くとまず最初にホライ［季節の女神たち］が住んでいる。彼女たちは門番だからだ。次いでイリス[9]とヘルメス[10]がいる。彼らはゼウスの下で働

(1) 海に棲む老人でポセイドンの従者。その身をあらゆるものに変じる能力を有する。

(2) ヘパイストスはゼウスとヘラの喧嘩を仲裁し、これに怒ったゼウスによって天上からレムノス島へ投げ落とされた。

(3) トロイアの将ヘクトルの息子。トロイア落城時ギリシア兵の手によって城塔から投げ落とされて死んだ。

(4) レアが愛した美少年。レアはしばしばプリュギアの大地母神キュベレと同一視される。

(5) 性的な意味が含まれている。すなわち去勢されて。

(6) 夫ヘパイストスを裏切ってアレスと情を通じた。

(7) 羊飼いの美少年。彼に恋した月の女神セレネは夜な夜な天上から彼の許へ通った。

(8) プラトン『パイドロス』二四七Bを参照。ちなみにこうある。「不死と呼ばれるものの魂は、穹窿のきわまるところまでのぼりつめるや、天球の外側に進み出て、その背面上に立つ」（藤澤令夫訳、『プラトン全集5』岩波書店、一八二頁）。

(9) 虹の女神で、神々の使者役を務める。

(10) ゼウスの末っ子。イリスと同じく神々の使者役を務める。

く使い番だ。次にはあらゆる技術に長けた鍛冶の神ヘパイストスがいる。そしてその次に神々の住居とゼウスの王宮がある。これらすべてはヘパイストスの手で造られたもので、美しさこの上ない。九　「神々はゼウスの傍らに座を占め[1]」――誰しも高いところにおれば言葉遣いもいかめしくなるのは必定だろうが――地上を眺め、四方八方に身を乗り出して目を凝らした、どこかで犠牲を焼く火が点けられはしていないかと、あるいはまた匂いが「煙とともに渦を巻きつつ[2]」昇って来はしまいかと。もし誰かが犠牲を供したとすると、全員がその煙に口を開け、祭壇に注がれた血を蝿のように飲んでこれを堪能するのだ。これがもし家での食事となると、彼が摂る食事はネクタルとアンブロシアー[3]だ。昔は人間たちも神々と共に飲食していた。イクシオン[4]やタンタロス[5]のようにだ。彼らは増上慢に陥り、またお喋りの度が過ぎたために、いまだにその罰を受け続けている。天上界は人間には立入り禁止、そしてまた秘密保持の場所なのだ。

一〇　神々の生活はざっとこんなものだ。で、人間たちも神信心に関してはこれに合わせ、かつ追随している。まずは各々の神に森を伐り囲み、山を奉納し、鳥を捧げ、樹木を割り当てた。次いで各自これを分担し、それぞれの部族ごとに信仰し、それを自分たちの「同郷人」と規定した。デルポイとデロスの人間はアポロンを信仰し、アテナイ人はアテナを――その名前からして近親関係を表わしていよう――アルゴスの人間はヘラ、ミュグドニア[6]の人間はレア、パポス[7]の人間はアプロディテを信仰しているのである。クレタ人はゼウスが自分たちのところで生まれ育てられたと言うだけでなく、その墓まで示すありさまだ。わたしたちはこれまでずっと雷を鳴らすのも雨を降らせるのも、またその他万般を取り仕切るのはゼウスがそうするのだと思わされてきたが、知らぬがほとけ、じつは彼はずっと以前に死んでクレタ島に埋葬されていたのだ。

一一　次には神々のために住むところ、火処がないことのないように神殿を建立し、プラクシテレス、ポリュクレイトス、ペイディアスなど[8]を招聘して神々に似せた像を造り出した。彼らはどこで見たのか知らんが、ゼウスは顎鬚を蓄えた姿に、アポロンは永遠の子供の姿に、ヘルメスは鬚面に、またポセイドンは黒髪に、そしてアテナは輝く眼をした姿に造り出した。そして神殿内に入った人は、自分がインド産の象牙とかトラキアの鉱山から出た金を目にしているとは思えない。目の前にあるのはまさにクロノスとレアの息子[9]なのだ。それはペイディアスの手によって地上へ移住させられ、ピサ[10]の荒野の面倒を見るようにと命令を受けた、そしてオリュンピア競技祭の一環として五年目ごとに犠牲が捧げられれば満足だという仁なのだ。

一二　人々は祭壇が設けられ祭文が述べられ浄めの水壺が用意されると、犠牲獣を連れて来る。農夫は耕

(1) ホメロス『イリアス』第四歌一行。
(2) ホメロス『イリアス』第一歌三一七行。
(3) ネクタルは神専用の飲料。アンブロシアーは神専用の食物。
(4) 数々の罪を犯したためにゼウスによって常時回転する火炎車に縛り付けられ、しかも神の食べ物アンブロシアーを食べさせられて不死になったため、その罰は永劫に止むことなく続くことになった。
(5) 神々に招かれて食卓を共にしたが、その秘密を人間に漏らしたために罰を受けた。それは、池中に首まで浸かり喉が渇いて水を飲もうとすると水が無くなり、頭上に実もたわわな果樹が垂れ下がっているが、飢えて食べようとすると枝が遠ざかるというものである。
(6) ギリシア北部マケドニア東方の地方。
(7) キュプロス島西端の町。
(8) いずれも著名な彫刻家。
(9) すなわちゼウス神。
(10) オリュンピア東方の地。

作の牛、羊飼は羊、山羊飼は山羊を、また乳香かあるいは焼き餅を持って来る者もいれば、神の右手に接吻するだけで神のご機嫌を取る貧乏人もいる。しかし犠牲を捧げる者たちは――彼らに話を戻すが――動物の頭を冠で飾り、無益な殺生をしないですむように、まずは手落ちがないかどうか入念に調べる。それから祭壇のところへ連れて行き、哀れな声で鳴いているのを神の目の前で殺害する。表向きそれは吉兆を示す泣き声とされている。そしてフルートの低い音色もこの犠牲に添えられる。神々がこれを見て喜ばないと思う人が誰かいようか。一三　清浄な身でない者は聖水盤に手を入れてはならぬと通達される。そして神官自らが血にまみれてその場に立ち、まるでキュクロプスさながらに[1]犠牲獣に切りつけ、内臓を取り出し、心臓を抜き出し、血を祭壇に振りかける。これらすべてを仕終えるのが敬虔な行為なのだ。これにさらに加えて彼は火を燃やしその上に山羊を皮ごと置き、また羊を毛ごと置く。神聖にして敬虔なる煙が立ち昇り、天空の中へゆらゆら広がってゆく。

スキュティア人はこうした犠牲をすべて放擲《ほうてき》し、それらは低劣だと見なし、人間をアルテミス女神に提供する[2]。かくして女神のご機嫌を取る。

一四　こうしたことはおそらく道理に適っているのだ。アッシュリア人やリュディア人、プリュギア人の場合でもそうだ。だがもし君がエジプトへ行けば、そのときには神聖なるものを、まさに天にふさわしいものを一杯目撃することになるだろう。すなわち羊の顔をしたゼウス[3]、犬の顔をした最善の神ヘルメス、すっかり山羊と化したパン[4]、イビスに変身した神[5]、ワニに変身した神[6]、猿に変身した神などをね。

だがもし君がこのことをよく知ろうとして調査を望むなら、[7]君は多くのソフィストや書記の書いたものや、鬚を剃った予言者の言うことなどから聞き知ることができよう。だが何はともあれまず、諺にあるじゃないか、「門外漢は家の戸を閉めるべし[8]」だぞ。こういうことだ。神々は戦争や巨人族の反乱に泡を食ってエジプトの地へやって来た。そこで敵から身を隠そうとしたのだよ。そのあと彼らのうちのある者は恐れのために山羊の中に逃げ込み、またある者は羊の中へ、またある者は獣あるいは鳥の中へと入り込んだのだ。だからこそいまでもまだ神々は当時とった姿を保持し続けているのだ。もちろんこうしたことすべては神殿の奥深くで一〇〇〇年以上も前から書き残されて来ている。

一五　彼らの許での犠牲もわれわれの場合と同じだ。ただ一つ違うのは、彼らは死に絶えた犠牲獣を取り囲んで胸を打ち、哀悼の意を表する点である。またときには切り殺したあと埋葬までしてやることがある。彼らの神々のうち最高の神、雄牛アピスがもし死んだとしたら、いったい誰がいようか、毛髪を刈り頭を丸

(1)ホメロス『オデュッセイア』第九歌二八七行以下を示すか。
(2)エウリピデス『タウロイ人の地のイピゲネイア』参照。
(3)ヘロドトス『歴史』第二巻四二、第四巻一八一参照。
(4)ヘロドトス『歴史』第二巻四六参照。
(5)ヘロドトス『歴史』第二巻七五参照。
(6)ヘロドトス『歴史』第二巻六九参照。
(7)ホメロス『イリアス』第六歌一五〇行。
(8)オルペウス教の教義の一節とされるもの。まだ秘教に入信していない者は、通りを行くディオニュソス神の行列を目にしないよう家の戸を閉めるべしとされた。ディオニュソスに対するオルペウスの反感に由来するものという。

坊主にして哀悼の意を表わす――たとえニソスの紫色の髪の毛を保持していたとしても[1]――というようなことをしない者が。アピスというのは牛の群を代表する神で、並みの牛たちよりも美しくかつ荘厳であるものが、先達のアピスに続き次々に選び出される[2]。

いま必要なのはこうした事態が起きていること、しかもそれが大衆に信じられているということ、それを非難する人間ではなく、ヘラクレイトスやデモクリトスのように大衆の考えの無さを嘆いたり無知を嗤ったりする人間だとわたしには思われる[3]。

(1) ニソスはメガラ王。その頭髪には紫色の毛が一本あり、それを抜かれたら死ぬとされていた。彼の娘スキュラはメガラを攻めたクレタ王ミノスに恋し、その意に沿うためその毛を抜き、メガラは陥落した。

(2) 聖牛アピスは一頭だけでなく、新しいアピスが選び出されると古いアピスは儀式に則って殺された。

(3) 本分冊中の第二十七篇『哲学諸派の競売』一三以下を参照。

無学なくせにやたらと本を買い込む輩に（第三十一篇）

一　いやじっさい、いま君がしていることは、君がしたいと願っていることとは反対のことだぞ。だって君は立派な本を熱心に買い集めることで自分も教養の点ではいっぱしの者と思ってもらえると思っているからだ。だがそいつは当て外れだ。かえってそれは無学を証明することになる。しかも君は立派な本を買っているわけでは、断じてない。でたらめに褒めそやす人たちの言うことを信じ、本に関してそんなふうに嘘言を弄する人たちのカモとなり、本屋には福の神となっているにすぎぬ。いったい君はどうやって判断することができるのだ、どれが古くて価値があるか、どれが劣悪でとりわけ無価値だなどと。もしも虫に喰われたり破れ落ちたりしているのを注意しなかったり、本を見きわめるのに紙魚を相談相手にすることをしないというのであれば。そうでもしなければ、本の正確さ誤りの無さをどうやって判定するというのだ。

二　たとえばカリノスが美々しく書いたもの、またかの有名なアッティコスが全精神を傾注して書いたものを君が選定したとする。そのとき、ねえ君、君がそれを所有することにどんな利点があるだろう。だって君は、盲人が自分の好きなものの美を楽しむ程度にしかそれの美を知り分けたりそれを活用したりすることはできないのだからね。君は目を見開いて本を見る。まさに穴があくほどにね。そして何行かを走り読みで読み上げる。口に出すより目で追うほうが早い。だがわたしにはまだ不充分だな、もし君が書かれてあることの個々の優れた点と欠点とを知り分けられぬとしたら、また全体を貫いている精神が何か知らぬとしたら、また文章の構造がどうなっているか、著者は正しい規範に従ってどのように文章を仕上げているか、そして間違っていたり、違法であったり、偽造したりしているところをもし知り分けられぬとしたら。

三　さあどうかね。君、学びもしないでわれわれと同じことを知っていると言えるかね。もしあの羊飼のように(1)ムーサの女神たちから月桂樹の枝を取って来たのでないとすれば、いったいどこから取って来たというのだ。その女神らがそこで日を過ごしているというヘリコン山(2)のことを君が聞き知っていたとは、わたしは思わん。また君が子供の頃過ごしていた場所がわれわれの言うその場所と同じであるとも、わたしは思わん。君がムーサの女神らのことを言及すること自体、不謹慎だ。だってかの女神らはあの羊飼のように粗野で毛深くて全身日焼けした男には姿を見せることを躊躇しなかったろうが、君のようなものには――レバノンの女神(3)にかけて、いまこのときわたしがすべてをはっきりとは言ってしまわないことをお許しあれ――わたしにはよくわかっているが、身近にお姿を見せてくださるようなことはない。いや月桂樹どころか天人花やゼニアオイの葉で鞭打ってそのような場から遠ざけようとなさっている。オルメイオスの川(4)や馬の泉(5)が汚

(1) ヘシオドスのこと。『神統記』三〇―三二行にこうある。「[ムーサらは] 瑞々しい月桂樹の枝を折って、私の杖にと下さった。見事な杖だ。そして、これから起こること、既にあったことを歌い広めるよう、私に霊感の声を吹きこんで」(中務哲郎訳、ヘシオドス『全作品』京都大学学術出版会)。

(2) 中部ギリシア、ボイオティア地方の山。

(3) アプロディテのこと。この時代レバノンでアプロディテ信仰が盛んだった。あるいはこの神はアスタルテ女神とも目さされる。アスタルテは豊穣多産の女神で、しばしばアプロディテと同一視される。

(4) ギリシア中部のヘリコン山から流れ落ちる川。

(5) ムーサの女神の国にある泉。

されないようにだ。そこの水は喉の渇いた家畜たちや牧人の穢れない口だけが飲むことを許されているのだ。

だが君がまったくの恥知らずでそういった点で大胆不敵であるとしても、まさかこれは言うだけの勇気はあるまい、おれは教育のある人間だとか、本がいつも身近にあるように心掛けてきたとか、誰それが君の先生であるとか、誰それと一緒に学校へ通ったとかね。四　ところがいま君はこうしたことすべてを、たくさんの本を持つというたった一つのことで踏破したいと願っているのだ。その伝でゆくなら、デモステネスの全書籍——あの弁論家が手ずから書いたとされるものを集めて持つのもよかろう。またトゥキュディデスのそれ——デモステネスによって八回も筆写されたことがわかっているそれも持つがよい。それにスラ[1]がアテナイからイタリアへ送ったあの書籍[2]すべてもね。だがそうしたって何の教育的裨益は得られないぞ、たとえそれを枕にして眠ったり、互いに糊で貼り合わせて身にまとい、歩き廻ったりしてもだ。諺に言うだろう、「黄金の印を身に帯びていても、猿は猿[3]」と。いやとにかくいま君は本を手にしている。そしていつも読んでいる。だが読んでいることの何一つ理解してやしない。ちょうどロバが竪琴（リュラー）の音を聞いているのと同じで、耳を動かしてただ聞いているだけだ。

というのは、もし本を手に入れて所持していることが教養のあることの証しになるのだとすれば、本を所持することはじっさい大した価値があることになり、しかもそれは君たち金持ちだけの特権となることになる。ちょうどそら、君たちは市場でわれわれ貧乏人を尻目に本を買い占めた、あれだ。とすれば大量の書籍を所有し販売している商売人の本屋に、いったい誰が教養という点で太刀打ちできようか。ところがもしこれをちょっと試してみると、君はこの連中が教養の点で君よりもずっと優れているとは思えなくなるだろう。

いやむしろスピーチの点では君同様に垢抜けないし、知識の点では間抜けていて、美と醜ということに関しては何一つ見えていないように思われるはずだ。しかも君は彼らのところで買い求めたほんの二、三部の本を持っているにすぎないが、彼らは日夜その手に本を流通させているのだ。**五**　もしも君が古人が書いたものをあれほど多く所蔵している書庫そのものに教養があると考えていないのであれば、どんな利益を求めて本を買い求めるというのだ。

もしよければわたしにも答えてくれ。できないというのなら、いっそ訊かれたことにイエスかノーを言ってくれればいい。もし誰か笛の吹き方も知らんのにティモテオスのかイスメニアスの笛(4)――これはイスメニアスがコリントスで七タラントンで買い求めたやつだが――を所持しているとしても、それで笛が吹けるようになるだろうか、それとも持っていてもそれを使う術を知らんのだから彼には何の役にも立たないだろうか。よろしい、ノーという答えだね。たとえマルシュアス(5)のかオリュンポス(6)の笛を持っていたとしても、吹き方を知らなければ吹けないだろうからね。ではもし誰か人がヘラクレスの弓を手に入れたとしたらどうだ、

(1) ローマの将軍、政治家（前一三八―七八年）。
(2) ネレウスが師のアリストテレス、テオプラトスから受け継いで所有していた書籍。これがのちにテオスのアペリコンの手に渡り、アペリコンの死後の前八七年にスラの手によってイタリアへもたらされた。プルタルコス『スラ』二六参照。
(3)「どんなに着飾ってもお里が知れる」の意。
(4) ティモテオスもイスメニアスも前四世紀の著名な笛吹き。
(5) プリュギアのマルシュアス河神とされるサテュロス（またはシレノス）。アテナ女神が捨てた笛を見事に吹きこなした。その技をアポロン神と競い、負けた罰に生皮を剝がれた。
(6) プリュギアの笛の名手。右のマルシュアスの父とも息子ともされる。

それを引きしぼりうまく的に射当てることができるピロクテテス[1]のような人間でもないのにだ。さあ君、この者をどう思う？　射手にふさわしい仕事を何かして見せることができそうかね。これもノーだね。同様に操舵術を知らない人間やまた馬術に通じていない人間がいるとする。もし前者がこの上なく美しい船、美しさの点でも堅牢さの点でもこの上なくすばらしく造られた船を手に入れ、後者はメディアの馬[2]かもしくはケンタウロスの馬[3]、あるいはコッパ印の入った馬[4]を手に入れても、わたしの思うに、その使い方を知らんということを暴露するに止まるだけだ。これはイエスだね。では次のこともわたしを信用してイエスと言ってもらいたい。もし誰かが君のように学もないのに本を一杯買い込んだとしたら、彼はその無学さゆえに世間の嘲笑を身に浴びることになるのではないかね。これもイエスだろう。なんで躊躇するのだ。これぞ明々白々な証拠だと思うぞ。だからこれを見た者は各々ただちにあの人口に膾炙した諺を口にするよ、「犬と浴室にどんな関係があるのか[5]」とね。

六　そんなに昔のことではないが、アシア[6]にさる金持ちの男がいた。不幸があって両足を切断していた。どうやら雪の中を旅することがあって凍傷にやられて腐ったんだね。この男、そんな難儀な目に遭ったんだが、この禍を軽減する方法として木の義足を作り、それを装着して召使によっかかりながら歩行した。ところが彼はここで一つ笑いの種になるようなことをやったんだ。というのは彼はいつも立派な作り立ての靴を買っていたのだ。つまりその木［＝足］がこの上なく立派な靴で飾られているようにと、靴に関しては多大な気遣いをしていたのだ。君だってこれと同じようなことをしているのではないかね、びっこでイチジクの木のような[7]考えの持主のくせに健全な足の持主でも歩きづらい黄金の靴を買うんだからね。

七　君は他の本と一緒にホメロスをしばしば買っているね。そこで誰かに『イリアス』の第二歌を選び出して読んでもらってみたまえ。その他の歌は放っておいたらよい。どれ一つとして君に当てはまるものはないから。で、そこにはねじれた体躯の持主で人々から嘲りを受け、全身笑いのタネにされている弁論家の姿が描かれている。さてもしこの男テルシテスがアキレウスの武具を身に装着したら、たちまちにして美々しくかつ強くなれると、君、思うかね。ほら、河を跳び越え、流れをプリュギア人らの血で濁らせ、ヘクトルを殺し、いやその前にリュカオンやアステロパイオスを殺すことになるだろうか、肩に槍を担ぐことさえできぬ男が。君だってそうとは言わんだろう。奴は嘲笑の的になるのがオチさ、楯の下でびっこを引き、その重さに潰されてうつ伏せになり、顔を上げるたびに兜《かぶと》の下からその斜視の目を見せ、胸甲を背中の瘤《こぶ》で押し上げ、脛当《すねあて》を引き摺り、つまりは武具の製作者とその所有者双方をまったくもって辱めるという塩梅なんだから。君もこれと同じ目に遭っているんだということがわからんのかね。ほら君は極上の美装本を、所持してはいるよ。深紅色の革製のカバーがかかり、金メッキした捉手の付いてるやつだ。ところがこれを君が朗読すると中味は蹂躙され、辱められ、ねじ曲げられる。それで君は教養ある連中からは嘲笑される。しか

(1)トロイア戦争に参加した英雄の一人で弓の名手。ヘラクレスから拝領した弓を持っていた。
(2)メディアすなわちペルシア産の名馬。
(3)ケンタウロスの系譜につらなる名馬。
(4)コッパはコリントスのアルファベットで通常のカッパに相当する文字。すなわちコリントス産の名馬。
(5)詳細不明。
(6)現今のアジアとほぼ同じ。
(7)「役立たずな」の意。イチジクの木は木材として最も価値が低いとされるところから。

し君とつるんでいるおべっか使いどもからは褒められる。いや彼らにしたって内輪のところではたいていい嘲っているんだがね。

八　ここで一つわたしは君にデルポイで起きたある事件のことを語りたい。タラス(1)のある男、エウアンゲロスという名のちょっとは世間に知られた男がピュティア(2)の競技祭で勝利したいと考えた。運動競技では、生まれつき力も強くなく走るのも速くないので、勝利はおぼつかないことははじめからわかっていた。だがキタラー［七絃琴の一種］の演奏と歌では、やくざな連中に吹き込まれて、簡単に勝てそうだと思い込んでいた。彼は、彼がちょっとでも音を出すと褒めそやしたり囃《はや》し立てたりする連中を身近に侍らせていたのだ。彼は人目を引く派手な格好をしてデルポイへとやって来た。とりわけ衣服には黄金がちりばめられ、冠はこの上なく美々しい黄金の月桂樹、そしてその月桂樹の実はそれと同じ大きさのエメラルドといった具合だった。そしてそのキタラーそのものは美しさと値段の点で途方もない代物で、全体が純金製、宝石や色とりどりの石で装飾がほどこされ、その間にムーサやアポロン、オルペウスなどの姿が彫り込まれていて、見る者をして大いに驚嘆させた。

九　さて競演の日がやって来た。競演者は三人で、エウアンゲロスは二番目に演奏する順番を引き当てた。テバイ人テスピスがそつ無く演奏したあと、黄金とエメラルドと緑柱石とサファイアで全身をきらめかせた彼が登場した。黄金の合間に見える衣装の紫も人目を引いた。彼はことごとくこうしたことで観衆の度肝を抜き、わくわくするような期待感で聴衆の心を満たしておいてから、さていよいよ歌をうたいキタラーを演奏しなければならなくなった。不調和で調子はずれの曲を弾き始めたかと思うと、普通以上にキタラーに烈しく当たり、三本の弦を一挙に切ってしまった。そしてか細い声で乱雑にひと節うなり始めた。すると全観衆から笑い声が起きた。そして審判は彼のパフォーマンスに腹を立て、鞭で打って劇場の外へ放り出すという始末になった。そのときの様子ときたら見るも笑止なものだった。黄金ずくめのエウアンゲロスが涙を流し、鞭を持った者たちに舞台の真中を引き摺られ、その両足は鞭で打たれて血だらけになり、キタラーの飾りの宝石を地上から拾い集めるといった具合。宝石は彼とともに鞭を喰らったキタラーからこぼれ落ちたからだ。

一〇　暫時間をおいて、次にエリスの人エウメロスが登場した。彼は古びたキタラーを持ち、それには木製のネジ(3)が付いており、衣装は冠込みでも一〇ドラクマを切るという代物だった。ところが彼は歌を巧みにうたい、キタラーも技の法則どおりに演奏して他を凌駕し、勝者と発表された。その結果、彼はあのキタラーと宝石で装備したエウアンゲロスの遣り口を無駄なことだったと笑い飛ばすこととなった。そして彼はエウアンゲロスに向かってこう言ったと伝えられている。「おおエウアンゲロスよ、君は黄金の月桂樹を頭に巻いている。金持ちだからな。わたしのほうは貧乏だからデルポイの月桂樹を巻いている。一一　だが少なくとも君はその身支度からたった一つ勝ち得たものがある。すなわち君はその敗北に同情を得なかっただけでなく、君のその技術を抜きにした奢侈ぶりに対する憎しみを受けて立ち去らざるをえなかったというこ

(1)いわゆるタレントゥム。南イタリアのギリシア植民都市。　(3)弦楽器の糸巻用の。
(2)デルポイに同じ。

とだ」。

　このエウアンゲロスの姿そのものも君にぴったり合う。ただ君は観衆の嘲笑を気にしないですむという点だけが違うがね。ここでレスボス[1]でずっと以前に起きたことを君に話して聞かせるのも、あながち場違いなことでもないだろう。噂では、トラキアの女たちがオルペウスを八つ裂きにしたとき、その頭部はリュラーともどもヘブロス河[2]に落ち、エーゲ海に運ばれたという。そして頭部はリュラーの上に乗って漂流し、オルペウスを悼む嘆きの歌をうたったという話だ。でリュラーのほうもそれに応えて弦に風が落ちるたびに歌い返したとね。かくしてそれは歌とともにレスボスへと運ばれ、島民がそれを拾い上げ、頭部はいまはバッコスの社となっているところへ埋葬し、リュラーのほうはアポロンの神殿に奉納され、長く保管されたという。

二　その後になって僭主ピッタコスの子ネアントスが、このリュラーが動物や樹木や岩をも魅惑する力を持ち、オルペウスの死後でも、誰も手を触れないのに歌い出すということを聞き知って、この代物にぞっこん惚れ込み、神官を莫大な金品で籠絡して、別のそっくりなリュラーと引き換えにオルペウスのリュラーを彼に渡すよう説き伏せた。ネアントスは手に入れたそのリュラーを昼間市中で弾くのは安全でないように思われたので、夜になってそれを懐にしのばせ、郊外へ出掛けて行き、手に取って弾いたものの音楽の心得もなく技も拙い若者とあっては弦をやかましくかき鳴らすだけだった。目指すところは、リュラーを弾じてもの皆すべてを魅了し蠱惑《こわく》するような神韻縹渺《しんいんひょうびょう》たる曲を生み出し、つまりは音楽家オルペウスの後継者として祝福されることではあったのだがな。ついには犬どもが音のするほうへ集まって来た――そこらにはたくさんいたのだ――そして彼を八つ裂きにしてしまった。結果彼はオルペウスと同じ定めに遭ったこととなり、彼が魅了したのは犬だけだったということになった。以上から明らかになったことは、魅力を生み出すものはリュラーではなくて、技倆と歌で、それはオルペウスが母親から受け継いだ特別な才能だということだ。あのリュラーは単なるモノにすぎなかった。他の弦楽器と比べても格別優れた品物だったわけでもない。

一三　さてわたしがなぜ君にオルペウスやネアントスの話をするかと言えばだね、われわれの時代にもこういう人間はいたし、わたしの考えでは現にいるのだ、ストア派のエピクテトス(3)の陶製のランプを三〇〇〇ドラクマで買ったという仁が。思うにこの男、期待したんだね、夜分このランプの灯の下で本を読めばただちにエピクテトスの知識を夢の中で得られる、そしてかの驚嘆すべき老人と等しい存在になれるとね。

一四　昨日だったか、一昨日だったか、別のある仁が犬儒派のプロテウス(4)の杖、プロテウスはこれを脇にのけておいて火中へ跳び込んだんだったが、そいつを一タラントンで買いおった。そしてかの先生これを宝物にして見せびらかしている。ちょうどそら、テゲアの人間がカリュドンの猪の毛皮(5)を、テバイの連中がゲ

(1) エーゲ海東北部、トロイア南方の島。
(2) トラキアの河。
(3) 後五五―一三五年頃の人。プリュギア生まれのストア派の哲学者。
(4) 哲学者ペレグリノスのこと。彼はその信条を安易に変えるところから「プロテウス［遍歴者］」と渾名されたが、最後はオリュンピアで衆人環視のなか、自ら火中に身を投じて死んだ。第五十五篇『ペレグリノスの最後』を参照。
(5) アイトリアのカリュドンの王オイネウスとアルタイアの子メレアグロスはカリュドンの猪狩りの折、これを仕留めてその毛皮を得た。

リュオン(1)の骨とやらを、またメンピスの者らがイシス(2)の髪の毛を見せびらかすようにだ。だがこの驚嘆すべき品物の所有者は、まさにその無学とがさつさの点で君自身をも上まわっている。君、わかるだろう、この男がどれほどみじめな状況にいまあるか。この杖、本当は脳天に一発ほしいところなのだ。

一五　ディオニュシオス(3)もまったく下手くそなお笑いものの悲劇作品を書いたが、笑いを抑え切れなかったピロクセノス(4)はしばしば石切場へ放り込まれたという話がある。ディオニュシオスは自分が笑われているということを聞いて、アイスキュロスが使用したという書き板をたいそう苦労して手に入れ、それをもってすれば彼だって入神の技を得、霊感豊かにもなれようと考えた。ところが当のその書き板で彼は以前のものよりもはるかに笑止千万な代物を書いてしまった。たとえば以下。

　ディオニュシオスの妻ドリス逝けり。

また次。

　おお、われ有用なる妻女を失いぬ。

次もまた当の書き板から生み出されたもの。すなわち、

　というのは愚かな人間が嘲ける相手は、当の御本人だもの。

この最後のやつは、ディオニュシオスがそっくり君宛てに言ってくれたようなものだ。そしてこの点で彼のこの書き板はまさに黄金の書き板となったのだ。一六　君は君の蔵書にどんな期待を抱いて、いつもそれを打ち広げ(5)、貼り合わせ、切断し、サフランや杉の木の油を塗り、革表紙をつけ、そして把手を付けている

のかね。あたかも何かその本から裨益を受けられるかのように。いや、君は本を買い入れたことによって、一段と優れた存在になった。ものの言い方からしてそうだ――いや、君は魚よりも無口な男だったね――、だがその生活ぶりは品位あるものとは言えんぞ。世間で言う憎しみの手荒い洗礼を受けるのはその下品さのせいなのだ。もしも書物というものが人間をそういうふうにしてしまうのであれば、人間は書物からできるだけ遠くに身を置かなきゃならん。一七　古人から得られるものは二つある。優れた人を模倣し劣った人はこれを避けて、言うべきことは言い、なすべきことはなす能力を持てることだ。だがどうあがいてもその古人の助けが得られそうにないとすれば、ただもっぱらネズミどもに暇つぶしの時間を、紙魚どもにはその住処を、奴隷どもには本の世話を怠った罰の打擲を買い込んだようなものではないかね。

さらにこれもまたどうして恥ずかしくないと言えるかね、もし君が本を手に持っているのを人に見られて――とにかく君はいつも持っているものな――一八　それがどの弁論家のものか、あるいはどの歴史家のものか、またどの詩人のものか尋ねられても、その題名からわかるから簡単に答えることができようが、そのあと、これはよくあることだが、互いのあいだで話がはずんでその人が書かれている中味を褒めたりけなし

(1) エリュテイアの島（現イベリア半島南部ジブラルタル海峡付近）に棲む三頭三身の怪物。ヘラクレスとの闘いに敗れてその飼い牛を奪われた。

(2) エジプトの神オシリスの妃。セトに殺されたオシリスの遺体を、各地を捜索して集め、葬った。

(3) シケリア島シュラクサイの僭主ディオニュシオス一世（前四三〇―三六七年）のこと。

(4) 前註のディオニュシオス一世の宮廷にいた詩人（前四三六―三八〇年）。

(5) 巻子本を広げるの意。

たりするのに、君は当惑して何一つものが言えぬということになったならばだ、そのとき君は大地が君のために口を開けてくれるようにと祈らないかね、あのベレロポンテスと同様に[1]自分の身に不利となる本を持ち歩いているというのに。

一九　犬儒派のデメトリオスはコリントスのある無学な男が立派な本を読み上げているのを目撃し、――その本というのはエウリピデスの『バッコス教の信女たち』だったと思うが、使者がペンテウス[2]の受難とアガウエの所業を告げるところだった――それを奪い取って引き裂き、こう言った。「ペンテウスにとっては一度わたしの手で引き裂かれるほうがよいのだ、君の手で何度も引き裂かれるよりはね」。

わたしはずっと自問しているのだが、君がなぜ書籍を購入することにそんなに熱心なのか、今日に至るまで答を見つけられないでいる。君のことを少しでも知っている者だったら、君が本から何か援助や利益を得たりするためにそうするのだとは断じて思うまい。いやそれは禿頭の人が櫛を、盲人が鏡を、聾唖者が笛吹きを、宦官が妻を、陸地に住む者が櫂を、舵取りが鋤を買うのと同じだからだ。だがどうやら君は、ことは君の財力を誇示することにあると思っているのではないか。君は自分にとって何の価値もないものに対してたっぷり持っている財産を惜しげもなく散財するところを、皆に見せつけたいのかね。ねえ、わたしの知るかぎりでは――わたしも同じシュリア人だが――、もし君があの老人の遺言状に君の名を書き加えていなかったら、君はとっくに空腹で死に瀕し、蔵書を競売にかけているところだろう。二〇　まだまだあるぞ、こういうことだ。君は美しい、愛らしい、いやそれだけじゃなくて賢い、比類のない弁論家だ、歴史家だなどと追従者から言いくるめられて、彼らの褒め言葉を実証するために本を買い込むんだね。噂では、君は晩饗の席で彼らに向かって演説をぶち、彼らが陸に上がった蛙さながら喉が乾いたとぎゃあぎゃあ言うのに、叫び倒して破裂するまで飲ますことはしないそうじゃないか。

とにかく君はごく簡単に鼻面取って引き廻されやすく、彼らの言うことはことごとく信じてしまう。ほら、さる王[3]さまに外見が似ているなと言われてそれを信じてしまったろう。ちょうどあの偽アレクサンドロス[4]やあの縮絨《しゅくじゅう》工の偽ピリッポス[5]やわれらの爺さんの頃の偽ネロ[6]や、その他「偽」の字で一括されるその他の連中と同じようにね。
二二　じっさい驚くね、もし君が無知で無教養なくせに、頭を傲然と上げ、その人に自分が似ているのを喜んでいる人物の歩き方や物腰や目つきなどを真似て歩くとなれば。エペイロスのピュロス[7]でさえも、他の

(1)コリントス王シシュポスの子のグラウコスの子。ティリュンス王プロイトスはベレロポンテスに懸想した妻アンテイアの讒言を受けて、彼ベレロポンテス殺害を要請する手紙を彼に持たせてリュキア王の許に遣わした。ホメロス『イリアス』第六歌一五五行以下を参照。
(2)テバイ王。前王カドモスの娘アガウエの子。バッコス教の信女らの様態を山中に偵察に行き、捕まってアガウエら狂乱した信女らの手によって引き裂かれ殺害された。
(3)ローマのマルクス・アウレリウス帝（後一六一――一八〇年在位）。学問を奨励し学者を優遇した。自らも哲学徒であった。
(4)セレウコス朝のアンティオコス五世の兄弟と称し、アレクサンドロスと名乗ったバラスのこと。
(5)縮絨工アンドリスコスが、その風貌がピリッポスに似ているところからそう言われたという。
(6)ネロ帝没後二〇年ほど経ってオリエントに現われた。
(7)エペイロス（ギリシア本土北西部）の王（前三一九／一八―二七二年）。アレクサンドロス大王のまたいとこに当たる。

点では驚嘆すべき人物であったのに、かつて追従者に同じような調子でおべんちゃらを言われ、自分がかのアレクサンドロス大王にそっくりだと思い込まされるほどまでに籠絡されてしまったというぞ。しかし音楽家の用語を使えば、ことは二オクターブも違っていたのだ。というのはわたしはピュロスの肖像画を見たことがあるのだが、それにもかかわらず彼は自分がアレクサンドロスの姿形にそっくりだと信じたのだ。ここまでのところは、わたしはピュロスに対して礼を失したかもしれん、君をこの点で彼と比較したりしたからね。だがこのあとのことは君にそっくり当てはまるだろうよ。それ、ピュロスがそんな調子になり、己のことをそんな風に信じ込んだものだから、誰一人例外なく彼と調子を合わせ、彼の言いなりになってしまったのだが、やっとラリサ在のある見知らぬ老女が彼に本当のことを言ってその愚行に終止符を打った。ピュロスは彼女にピリッポスとペルディッカス[1]とアレクサンドロスとカッサンドロス[2]およびその他の王たちの肖像画を見せて、自分が誰に似ているか——彼女はアレクサンドロスを指すだろうと内心思いつつ——尋ねた。彼女は長い沈黙ののち、「料理人のバトラキオンに似ておられます」と言った。ラリサにはピュロスとそっくりのバトラキオンという料理人がいたんだよ。

二三　君が付きあっているパントマイム劇のいかがわしい俳優連中の誰に君が似ているか、それは言わないでおこう。だがわたしには万事お見通しだぞ、世間の皆は君がいまだ強い狂気に捉えられていると思っていることはね、あの方に似ていると言い張ってね。かくして君が画家を信じず、そんなふうに君を褒めそやす連中のほうを信じて自分を教養ある人々に似せようとするのも、まあ驚くにはあたらないことになる。

だがいったいなぜわたしはこんな脱線話をするのか？　君の書物に対する「それほどまでの」熱意の原因は

明々白々だ。以前にはわたしも鈍感でわからなかったがね。君は自分で思っているとおり賢明な考えを持っていることになるし、そのことに関して小さからぬ期待をかけていることにもなる、もしも王さまに、あの賢者にして教育を大いに尊重するお方の耳に君のやっていることが届くとなると。君はこう考えているのだ、君のやっていること、すなわちたくさんの本を買い集めていることがもしあの方の耳に入れば、あの方から何もかもが簡単に手に入るとね。二三 だが、この碌でなしめ、君はあの方が君のそのことは聞いているが、君の毎日の生活がどんなものか、どんなものを飲んでいるか、夜はどう過ごしているか、またどんな仲間と一緒に寝ているかといったことは関知できないほどに催眠薬を盛られているとでも思っているのか。王さまは多くの目と耳を持っているということを知らないんだな。君のことは世間に知れ渡っていて、盲人や聾唖者にまで知られているんだぞ。君がひと言しゃべるとする、風呂へ入るために服を脱ぐ、いや自分で脱ぐのではなく、お望みなら君の召使に脱がせてもらうとする。するとどうだ？　君の夜の生活の秘密がすべてただちに明るみに出るのではないかね。さあ答えてくれたまえ。君たちの仲間のあのソフィストのバッソスとか笛吹きのバタロスとか、あるいは肌の手入れや脱毛などあれやこれや行なうべしとの驚嘆すべき法律を君たちのために制定したシュバリスの男、道楽者のヘミテオン —— こうした連中の誰か一人がライオンの皮を身にまとい棍棒を手にして歩を進めるとする。さあ、これを見た者はどう思うだろうかね。彼をヘラクレス

（1）マケドニア王家に多い王の名前。ここではそのいずれを指すかは不明。　（2）前註に同じ。

と思うだろうか。それはないね。もし、目の中に異物が出来て霞み目にでもなっているのでなければね。だって実像の反証となるものが一杯あるからね。歩き方、目つき、声、なよなよとした首、君たちが化粧に用いる化粧用の白粉や香水や口紅がそれだ。つまり諺風に言えば、「腕の下に一人の道楽者を隠すよりは五頭の象を隠すほうが容易だろう」ということだ。さあ君、ライオンの毛皮がこうした連中を隠しおおせないのに、自分は本の陰に隠れて人に知られないでいられると思っているのかね。無理だね。君のそれ以外の特徴が君を裏切り、君の姿を天下に晒してしまうだろうよ。

二四　良き希望は本屋から捜してくるのではなく、自分自身と日ごとの生活のなかから摑み取るべきものだということを、君はまったく知らないようにわたしには思える。君は作家のアッティコスやカリノスが君の公的弁護人や証人役を買って出てくれるとでも思っているのか。無理だね。彼らは非情な人間だ。君を磨り潰し、もし神が望めば、君を極貧の状態にまで駆り立ててゆくだろう。いまからでもよい、少しは利口になって誰か教養ある人間にその本を、そしてその本と一緒に新築したばかりの家を売り払ったらどうだ。そしてその多額の売却益の一部を奴隷商人に支払ったらどうだ。

二五　ここをよく考えるのだ。君は二つのことにえらく熱心にこだわっている。高価な本を手に入れることと、少し年齢の進んだ元気な少年奴隷を買い入れることだ。そして君はこれをとても熱心に追い求めている。だが貧乏な君には二兎を追うことは困難だ。いいかい、忠告は貴重なものだぞ。わたしは勧めるね、君は君に関係ないことは捨ててそれ以外の弱点に気をつかうこと、そしてその奴隷のほうを買い入れることだ。自由人所帯まわりのことが放ったからしになって誰か自由人を助けに呼ばないですむようにするためだ。自由人だったら、もし望むだけの報酬が貰えなかったら、勝手に君の家を出て行ってもお咎めなしだし、しかも君が一杯飲んだあとどのような振舞いに及ぶかばらしてしまうぞ。つい最近も君の家をおん出た男色者が君に関する芳しからぬ話を触れ歩いていたぞ、噛みつき跡まで見せてね。何ならその場に居あわせた連中に証人になってもらってもよい、わたしがどれほど怒っていたか、そして君のために腹を立ててその男をすんでのところで打擲しかねなかったかということのね。殊に奴が似たような話の証人を次々に挙げ、全員が口を揃えて証言したときはね。だからさ、ねえ君、財産の管理は自分でし、家うちの充分に安全な状態のもとでしたいことをしたりされたりできるように気配りしたらどうだろう。だって誰が君を説得してそのやり方を変えさせられるというのだ。無理だね。犬は一度皮を噛むことを憶えるとやめないと言うからね。[(1)] 二六　もう一つのほうは簡単だ。もういっさい本を買わないということは。君は充分な教育を受け、知識はたっぷりある。その舌の先端に古えの知のほとんどすべてを保持している。すべての物語だけじゃない、言語の操作技術全般、その長所も短所も、またアッティカ語の用法も究めている。その膨大な蔵書のおかげで、君は全知と言っていい存在になり、教養の頂点に達しているのだ。君をからかって悪いということは何一つないね。だって君は人に欺されて嬉しがるような仁だものね。

二七　ところでぜひ訊きたいのだがね、それほどまでの本を所蔵している君だが、そのうちで君がいちば

(1) 卑猥な性行為が含意されているか。ホラティウス『諷刺詩』第二巻五‐八三以下、およびヘロダス『ミモス』七‐六三を参照。

ん読むのはどれだろうか、プラトンかい？　アンティステネスかい？　アルキロコスかい？　ヒッポナクスかい？　それともそんなのは軽蔑して、手にするいちばんのものは弁論家のものだろうか。さあどうだ、アイスキネスのティマルコス駁論は読んだかい？　よろしい、君はその全部を知り、逐一理解している。だがアリストパネスとエウポリスを探求したことはあるかね？『バプタイ』(1)の全曲は読んだかい？　ところがそこに書かれていたことは何一つ身についた様子はない。それを知って恥ずかしいとは思わなかったのかい？　少なくともこいつは大いに疑問だね、君がはたしてどんな心持ちで本に触れ、どの手でそれを開いたか、ね。君はいったいいつ本を読むんだ。昼間かい？　だが誰一人、君がそうしているところを見た者はおらんぞ。じゃ夜にか？　君の取り巻き連中にそう言ってからか、それとも彼らに言う前にか？　二八　さあ、コテュス(2)にかけて、そんなことはもう決してしないがよい。本は捨てるんだ。そして己の領分に専念しろ。とにかく君はそんなことはすべきじゃなかったんだ。むしろエウリピデスのあのパイドラに恥じ入るべきだったんだ。彼女は女たちに腹を立ててこう言っている。

　恐れることはないのでしょうか、共犯者にした夜の闇を、
館の部屋を、声を挙げて知らせるのではないかと。(3)

だがどこまでも同じ病いに留まり続けたいという気であるなら、そうするがよい。本を買い、家の中に仕舞い込んで、蔵書家という評判を味わうがよい。君にはそれで充分だ。だがいいか、ゆめそれに手を触れるなかれ、読むなかれ、その舌先で古えの人々の散文や詩文を汚すなかれ、君には何の害も加えなかったもの

なんだからな。

わかっているんだ、こんなことを言ったって無駄なことで、諺にあるとおりエティオピア人を洗って白くするに等しい行為だってね。だって君はこれからも本を買い続け、それを何の役にも立てることなく、教養ある人士から嗤われ続けるんだから。この連中っていうのは本の美しさとかその値段の高さとかではなく、書かれている言葉や思想によって得られるものに満足を覚える人たちなのだからね。二九　君は蔵書についてのこの世間の評判が君の無教養に奉仕してそれを隠してくれ、またその大量の蔵書が無教養をぶっ飛ばしてくれると思っている。君のやっていることは藪医者のなかでも最たる奴がやっていることと同じだということに気がつかないのかね。曰く象牙の薬箱、銀製の吸玉、金を象嵌したメスだ。ところが一端これを使うべき段となっても、連中、これをどう扱ってよいものやら知らんときている。しかし医術を学んだ者ならば、そんな場合他の部分は錆だらけだが先を鋭く研いだ抜《ひら》き針［ランセット］を持ってやって来て、患者を苦痛から解き放ってくれるのだ。君のやっていることをもっと滑稽なものに喩えるとすれば、あの散髪屋の連中を考えてみればよい。見てのとおり、彼らのうちでも名人となると所有するのはカミソリと鋏《はさみ》と相応の鏡

(1) エウポリス（前四四六頃―四一一年頃）の作品。バプタイとはトラキアの女神コテュス（あるいはコテュット）を信奉する者たちの意。この宗教は狂乱を伴うものであった。なおエウポリスはアリストパネスと同時代のギリシア古喜劇の詩人。

(2) トラキアの女神。前註を参照。

(3) エウリピデス『ヒッポリュトス』四一七―四一八行のパイドラのせりふ。高貴な家柄の女たちにありがちな不貞を非難追求するもの。

だけだ。一方未熟でなまくらな連中は鋏の多さ、鏡の大きさを優先させる。だけどそんなことをしたって無能を隠せるものではないのだ。じっさい多くの人々は彼ら未熟な連中の隣りで髪を刈ってもらい、そのあと彼らの鏡の前で整髪してもらうという滑稽至極なことを味わわされるのだ。三〇　じっさい君は本を必要とする他人に本を与えることはできても、それを自分で使うことはできないのだ。それでいて君はこれまで他人に本を貸し与えたことはない。いやあの飼葉桶の中に寝そべる犬と同じことをやっているんだ。自分じゃ大麦は食べないんだが、それを食べられる馬に食べさせようとはしないあの犬と同じことをね。

以上、さし当たって本に関することだけだが君に申し上げておこう。このほかに君がやらかしている恥ずべき行為、唾棄すべき行為についてはいずれおいおい君の耳に届けることにしよう。

夢またはルキアノス小伝（第三十二篇）

一　わたしの年齢が成人に達して学校[1]へ通うことをやめたあと、父は次にわたしに何を学ばせたらよいか、友人たちに意見を求めた。大多数の意見はこうだった。さらに上の教育をつけるには多くの苦労、長い時間、少なからぬ費用、それ相当の家運が必要だ。ところがわが家の現状はと見ればつつましやかなもので、すぐにでも何か援助が欲しいところだ。そこで何か手に職でもつければ、とりあえずはまずその技術で自分の蝿を追うことができ、いい歳をしながら家の飯を喰わずにすみ、さらには近い将来稼ぎを家に入れて父親を喜ばせることができようと。

二　次に、ではどうしたらよいかという話になった。曰くどの技術が最も優れ、また習得しやすいか。そして自由人にふさわしいもので、支度は簡単ながら収入はたっぷりあるかどうかということだった。銘々がその識見と経験を述べて銘々の仕事を自賛した。で父親は叔父のほうを見て――ちょうど母方の叔父が傍らにいたのだ。叔父は優秀な石工という評判だった――こう言った。「おまえがそこにいる以上、別の技術を習得させるというわけにはいかんな。さあ、こいつを――わたしを指し示しながら――連れて行って手許において、石を切ったり寄せたり、彫ったりする技を教えてやってくれ。こいつにはできる。知ってのとおり才能に関しては申し分ないからな」。

父はわたしの蠟細工が頭にあってこう言ったのだ。というのは、わたしは放課後になると［書き板の］蠟を削り取って牛や馬や、いや人間さえもひねり出していたのだが、父親の目にはそれがとても上手に見えたのである。これがためわたしは先生から鞭でぶたれたが、このときはそれがわが器用さへの賞讃となったのである。そして皆は、この造形の腕を知ってわたしがすぐにでもこの技術を習得すると考え、わたしの前途に大きな希望を抱いたのだった。

三　修業始めに吉日だと思われる日になると、ただちにわたしは叔父の許に身を寄せた。誓って言うが、わたしにとってこの成り行きは決して嫌なものではなかった。いやむしろこれはわたしにはある種の遊戯みたいなもので、神像を彫ったり何か小さな彫像を自分や自分の好きな人たちのために作ったりして、それを同輩に見せびらかすのも悪くはないと思われたのだ。で、最初にあの初心者にお決まりの事態が生じた。叔父はわたしに鑿《のみ》を与え、「何事も第一歩は半分過ぎたるに似たり」と言いながら、手近かにあった石板をそっと打ってみろと命じた。ところが未経験の悲しさ、強く打ちすぎたために石板は壊れてしまった。それで叔父は怒って近くにあった棒っ切れを手に取ると、決して優しくはない、かつ有無を言わさぬやり方でわたしに入会の儀式を施した。かくしてわが修業の手始めは涙と相成った。

四　わたしはそこを飛び出し、ずっと泣きじゃくったまま、目に涙を一杯溜めてわが家に舞い戻った。わたしは棒でぶたれたことを言い、傷跡を見せ、叔父はとても手荒だと非難し、叔父はわたしが彼の技を凌ぐ

（1）読み書き計算を習う初級学校。「成人」といってもやっと幼少期を脱した十代半ばくらいの年代が想定される。われわれの「中卒」くらいの年齢か。

のではないかと嫉妬してのあまりこんな仕業に及んだのだと言い添えた。母はわたしを慰めてくれ、自分の兄弟をさんざん非難した。夜になるとわたしは涙ながらに眠りについたが、棒でぶたれたことは心を去らなかった。

五　ここまでの話は子供っぽい冗談話だ。しかし諸君、このあと君たちが聞く話はちょっと侮りがたいぞ。いや充分気合を入れて聞くに価する話だ。ホメロス風にこう言おう、

神から送られた夢が眠っているわたしに現われた、
神々しい夜の間に、(1)

現実味に欠けるところはどこもないほど鮮明に。そしてそのあと時間が経っても現われ出たものの姿は目の中に残り続け、聞こえた声は耳を去らなかった。それほど何もかもが生々しかった。

六　二人の女性がわたしの両の手を摑み、それぞれ自分のほうへ無理矢理に力をこめて引っ張った。互いに何がなんでもと引っ張ったので、わたしはもう少しで引き裂かれそうになった。一人のほうが力に優りほとんどわたしの身体を確保しそうになると、今度はもう一人のほうの手の内にわが身が落ちるという按配だった。双方が互いに罵り合った。一方はわたしを自分のものだと言って確保しようとする。他方は他人のものを自分のものだと言っても無効だとやり返す。一方の女性は職人ふうで男のようであり、髪は汚れ放題、手はマメだらけで、着物をベルトで締め上げ、石膏にまみれ、かつて叔父が石を削っていたときさながらの様子をしていた。もう一人の女性のほうは、たいそう見目美わしく、姿形も整っていて、着付けも身ぎれい

だった。

とうとう最後に、二人はわたしが彼女らのどちらと一緒にいたいかわたしに決めるよう一任した。最初にあの荒々しい男のようなほうが言った。
七　「ねえ坊や、わたしはね、『彫像の技術』です。ほら、おまえさんが昨日習い始めたあれよ。お母さんの身内がやってて馴染みのやつ。というのはあんたのお祖父《じい》さん――彼女は母の父親の名を挙げた――が石工だったし、二人の叔父さんもわたしのお蔭で世に知られることになった。もしあんたがこの女の――ともう一人の女性を指差しながら――馬鹿げたおしゃべりとかかわりを持たず、わたしに随《つ》いて来て一緒に住めば、まずはきちんと育てられて強靭な肩を持つようになり、そしてあらゆる嫉妬とは無縁の身となるだろう。あんたは祖国や家族を捨ててよその土地へ行かずにすみ、皆が単なる言葉以上にあんたを讃えてくれるようになる。
八　わたしの姿がみすぼらしく、着ているものが汚れているからといってわたしを毛嫌いしなくてもよい。皆ここから始めて、あのペイディアス(2)はゼウス像を生み出しポリュクレイトスはヘラを造り出し、ミュロンは世の賞讃を受け、プラクシテレスは人々を驚嘆せしめたのだから。この人たちは神に次ぐ尊敬を受けている。もしもあんたがこうした人たちの一人にでもなれば、世間の皆に名を知られる存在にきっとなれる。そ

（1）ホメロス『イリアス』第二歌五六行。
（2）ペイディアス以下、次のポリュクレイトス、ミュロン、プラクシテレスらも皆著名な彫刻家。

して父親を幸せにし、祖国の名を四囲に輝かすことになる。そうならないはずがないわ」。
「技術」は以上のことを、いやこれ以上のことをも、どもりながらまためちゃくちゃな言葉遣いで言った。ひどく熱心に次々と言葉を連ね、わたしを説得しようと試みたのだったが、わたしの記憶には何も残っていない。大方はとっくにわたしの記憶から逃げ去っていたからだ。

九　彼女が話し終えると、もう一人の女性が以下のように話し始めた。

「吾子よ、わたしは『教育』です。あなたとはすでに馴染みで理《わり》ない仲です。あなたはわたしを最後まで経験することはできなかったけれどもね。この女《ひと》は、あなたが彫刻家になればどれほどの良いことをもたらすか言いました。あなたがなれるのは単なる労働者です。身体を痛めつけ、その身体一つに、人生の全希望をかけるといった体のね。その姿はほとんど目立たず、手にするのはわずかで賤しい賃銀、考えることが低俗で、公の場では軽く見られ、友人知人から頼りにされることもなし、敵に恐れられることもなし、市民から羨まれることもない。ただ単なる労働者で、群集のなかの一人にすぎません。上に立つ人間には常に譲り、弁の立つ人間の下に仕え、ウサギのようなおどおどとした生き方をし、自分より力ある者のいいカモになるのです。もしあなたがペイディアスやポリュクレイトスのようになって多くの傑作を造り出すとなると、世間はその技量を賞讃するでしょう。だがあなたを見た者は、もしその人に理性があれば、あなたみたいな人間になりたいとは思わないでしょう。だってあなたがたとえどれほどの人であっても、あなたは職人で手細工人で手仕事で飯を食っている人間と思われるでしょうから。

一〇　あなたがもしわたしの言うことを聞くならば、とりあえずはまずわたしはあなたに昔の人の仕事をたくさん見せてあげます。そして驚嘆すべきその仕事ぶりと彼らの残した言葉をあなたに教え、言わば万事に通じるようにしてあげましょう。そしてあなたにとって最も重要なその魂をたくさんの立派な飾りで飾ってあげます――節度とか正義とか敬虔とか優しさとか合理性とか知性とか忍耐とか美への愛とか高遠なものへの衝動とかで。というのはこうしたものこそ、魂の本当に純粋な飾りとなるものですからね。過去に起きたこともいま起きるに違いないことも何一つあなたの目を逃れることはない、いえあなたは未来でさえもわたしと一緒にいれば予見できるのです。手短かに言えば、わたしは天界のことであれ人間界のことであれ、そこにあるものすべてを短時間のうちにあなたに教えてあげられるのです。

一一　いまのあなたは貧しき民であり、名もなき者の息子であり、卑賤な技術のことで頭を悩ましていますが、このあとすぐにも皆から羨ましがられ妬まれる身となりましょう。尊敬され賞讃され、その卓越せる資質が世の評判を呼び、生まれにおいても富の点でも優れている人々から一目置かれる、そしてこういった衣で身を被うことになるのです――と彼女は自分の衣を指し示したが、じっさい彼女は輝くばかりの衣を身につけていた――これは支配と第一人者の地位にふさわしいものです。あなたがたとえどこか家から遠く離れた異国の地にあろうとも、あなたは人の目に知れず、人の気を引くこともなく終わるということは決してないでしょう。わたしはあなたにそれとわかる印を付けてあげます。それを見た誰もが隣りの者を突っついて、ほら、これがあの人だよと言ってあなたを指差すようにね。一二　またあなたの身内やあるいは都市全体に何か緊急事が出来したような場合には、皆があなたに目を向けるでしょう。どんなときでもあなたが発言する機会があれば、多くの人間が耳を傾けましょう、口をぽかんと開け、感嘆し、その雄弁ぶりを祝福し、お父さんはお幸せですねと言いながら。人間でも何人かは不死になると言われてますがね、それをわたしはあなたに保証してあげましょう。それは、たとえその身が人の世からおさらばしても、あなたが教養ある人たちと共存し最高級の人間とつきあうことは決してやむことはないからです。ほら、あのデモステネス、彼が誰の息子であるか、(1) それをわたしがどれほどのものに仕立て上げたか、ご存じでしょう。またあなたは、あのアイスキネス(2)が小太鼓叩きの女の息子だということ、それなのにわたしのおかげでピリッポス(3)が彼のご機嫌伺いをするに至ったということを知ってますね。あのソクラテスもまたこの彫刻の仕事に育てられたのですが、より良いものを知るや否や彫刻の仕事から逃げ出し、わたしの側に寄って来たのです。彼が万人の賞讃の的になっていることはご存じでしょう。

一三　ところがそれほどまでの偉大な人々、輝かしい仕事、荘厳な言葉、見栄えのよい風貌、名誉、名声、賞讃、上席、権力、支配、雄弁という評判、知性への祝福をもし放棄してしまえば、あなたは汚らしい衣服に身を包み、奴隷さながらの風体をし、金梃《かなてこ》や彫刻刀やハンマーや鏨《たがね》を手に持ち、背を丸めて仕事に打ち込むことになりましょう。地べたに向かい、地べたにうずくまり、みすぼらしいことこの上なし。決して頭を上げることはなく、人間らしい自由なことは何一つ考えることなく、ただ仕事が均衡の取れた形の良いものに仕上がるよう気を配り、自分のことは調和の取れたきちんとしたものになるようにとはまったく考えないものだから、己の身を石くれよりも無価値なものにしてしまうでしょう」。

一四　彼女はこういったことを言い続けていたが、わたしはその言葉が終わるのを待たずに立ち上がり、意志表示をした。すなわちあの醜い労働者の女を捨てて、教養溢れる女性のほうへ喜色満面に歩み寄ったのだ。それは何よりもあの棒っ切れのことが思い出されたからだ。そいつが昨日仕事始めのわたしに少なからぬ打擲《ちょうちゃく》を与えたことが思い出されたからだ。わたしに逃げられた女はまず怒り出し、両手を打ち合わせ、歯ぎしりした。だが最後には話に聞くニオベ(4)のように、凝固し石に変わった。彼女がこんな奇妙な目に遭ったのを疑ってはいけない。夢はあっと驚くようなことを生み出すものだから。

一五　もう一人の女性がわたしを見つめてこう言った、「それではわたしはあなたが見事正しい行動をしたその正しさにお返しをしてあげましょう。さあここへ来てこの車に乗りなさい――こう言ってペガソス［いわゆるペガサス］と見まがう有翼の馬を繋いだ車を示した――わたしに随《つ》いて来なければどれほど大きなことを知らぬままになってしまうかわかってもらうようにね」。

わたしが乗り込むと、彼女は手綱を取って馬車を出した。わたしは高いところへ運ばれて行き、東から西へ町や国や民衆を眺めわたし、そしてトリプトレモス(5)のように何かを大地へ蒔いた。その蒔いたものが何であったか、いまではもう憶えていない。ただ憶えているのは、人々が下界から見上げながら喝采し、上を通

(1)前四世紀のアテナイの有名な弁論家。父親は裕福な武器製造業者であったとされる。ただデモステネスの幼少時に亡くなったために、デモステネスが不如意な生活を強いられたことはあったかもしれない。デモステネス第十八弁論『冠について』二五六―二五七を参照。

(2)右に同じく前四世紀のアテナイの弁論家。デモステネスのライバル。その母親は新興宗教の女司祭だったという。

(3)マケドニア王。アレクサンドロス大王の父。

(4)生んだ子供の数でレトを侮辱した罪で、ゼウスによって石に変身させられた。

(5)ケレオスとメタネイラの子。デメテルから与えられた龍車に乗って麦の種を蒔き歩き、世界中に麦の栽培を広めた。

り過ぎるわたしの飛行を賞讃の声をあげながら見送っていたことだった。一六　彼女はこうしたことすべてをわたしに、そしてあの賞讃する人たちにはわたしの姿を見せたあと、わたしを元の場所に戻した。そのときわたしは飛び立ったときに身につけていた衣服はもはや身につけていず、何やら美々しい紫の縁取りの付いた衣服を身につけていたように思われた。彼女は立って待っていたわたしの父の姿を見ると、彼にこの衣服と帰り着いたわたしの姿とを見せ、わたしについて皆がすんでのところでどのような計画に従わせようとしていたかを思い起こさせた。

以上が、わたしがまだ子供の頃に見て憶えている夢だ。思うにこれは打擲の恐怖から引き起こされたものだと思う。

一七　わたしがまだ喋っているあいだ、誰かが言った、「おおヘラクレス！[1]　なんて長くて退屈な夢なんだ！」

次いでまた別の人間が割って入った、「冬の夢だよ、夜が格別に長いからな。いやひょっとしたら三夜続きの夢かもしれん、あのヘラクレスのようにな。[2]ところでなぜ彼はそんな話をわれわれに対してする気になったのか、また子供の頃の夜と古い昔の夢を思い出すことになったのだろうか。無意味な長話は、陳腐だ。ひょっとして彼はわれわれを夢解き人だと思ってでもいるのではないか」。

いや違うよ、君。かつてクセノポンが夢について語ったとき、[3]それは諸君もご承知のように、父親の家およびその他いっさいが燃えたという夢だったのだが、彼は夢解きをしてもらおうとして、また与太話をしようとしてそうしたのではなかった。戦中のことでもあり、また敵に包囲されて絶望的な状況下にあったことでもあるからだ。いやあの話には何かある有用性があるのだ。

一八　わたしの場合もそうで、君たちに以上のような夢の話をしたのにはわけがあるのだ。それは若者をより良いものに向けて養育し、教養を身につけてもらうためなのだ。とりわけ貧乏が若者の心をくじけさせ、劣悪なものへと走らせ、その賤しからぬ本性を台なしにしてしまうような場合にはね。断言してもよいが、そういう若者はわたしの話を聞いて勇気づけられるはずだ。彼はわたしを自分にとっての格好の模範とするだろう。わたしが最善のものに向けて歩んでゆき、教養を熱望したときの姿を思い浮かべてね。そのときのわたしは貧乏なんてものともしなかった。そしていまわたしは君たちの許に帰って来ている。いまのわたしは、それ以上ではなくても、少なくとも彫刻家と同じ程度の価値ある人間になっているはずだ。

（1）驚きの表現。

（2）ヘラクレスはゼウスがアルクメネと三夜続けて添い寝して生まれたとされる。ここはそれを踏まえている。アレクサンドリア時代、ヘラクレスは「三夜の君」と呼ばれていたという。

（3）クセノポン『アナバシス』第三巻第一章一一参照。また第四巻第三章八にも夢の話が出てくるが、こちらは生家炎上の夢ではない。ただ「夢の有用性」という点では、両者に共通性がある。

食客（第三十三篇）

一　テュキアデス　シモンよ、いったいなぜだ、他の人間は自由人であれ奴隷であれ、それぞれが自分にも他人にも有用な技術を何か一つ弁えているのに、君ときたら自分にも得になり他人とも共有できるような仕事は何も持っていないようだがね。

シモン　お尋ねはどういうことです？　テュキアデスさん。よくわからんのですがね。もっとわかりやすい質問をしてくださいよ。

テュキアデス　何か心得のある技術があるかね、たとえば音楽とか。

シモン　駄目ですね。

テュキアデス　では医術なんてどうだ。

シモン　それもいけません。

テュキアデス　では幾何学は？

シモン　ぜんぜんです。

テュキアデス　弁論術はどうだ？　だって君は哲学とは無縁だからね、悪徳が哲学と無縁なくらいにね。

シモン　それを言うならわたしはそれよりもさらに無縁ですよ。だけどそれでわたしのことを無知だと、非難したつもりになってはいけませんよ。わたしは自分が徳の薄い人間だと認めております。あなたが思っている以上にね。

テュキアデス　そのとおりだ。だが君がそのような技術を学ばなかったのは、それらの大きさや難しさのためだ。それで俗っぽい技術、大工仕事とか靴造りなんかを学んだのではないかね。だってそういった技術も必要としないほど、それほどの御身分とも見えないからね。

シモン　そのとおりですよ、テュキアデス。でもそれらの技術も一つとして心得がないんですよ。

テュキアデス　じゃ何か他のものは？

シモン　何かねえ。おっと、良いのがある。もしそいつをあなたが知れば、おお、そいつは良いときっと言ってくれましょう。実地ではもう熟達していると言えるのですが、理論上ではそこまで言い切れません。

テュキアデス　そいつはいったい何だね。

シモン　どうもまだね、それの説明をどうつけたらよいか、自分でも、も一つわかっていないんですよ。ですからわたしがある技術を習得したということを知るだけで満足してください。それで腹を立てないでくださいよ。それが何であるか、後日お教えしますよ。

テュキアデス　いや、待てんね。

シモン　聞けばその意外性にえっと思いますよ。

テュキアデス　ますます知りたくなるね。

シモン　それはまた後日に、テュキアデス。

テュキアデス　それはないぞ、言いたまえ、恥ずかしがらず。

シモン　食客ですよ。

二　テュキアデス　おいおい、シモン、人間気でもおかしくならなけりゃ、そんなものを技術と言ったりするかい？

シモン　このわたしがいたします。もしわたしが気が触れているとお思いならば、そのわたしの気狂いこそわたしが他のいかなる技術も何一つ知らないことの理由だと思って、わたしへの非難はご放念ください。一般に世間では、そのようなダイモーンはそれに取り憑かれた人にとっては厄介なものだが、しかし彼らを犯した罪から放免してくれる、ちょうど学校の先生、教師のように犯した罪の原因を一手に引き受けてくれるものだと言っています。

テュキアデス　それではシモン、食客とはそもそも技術なのかね。

シモン　技術です。わたしはそれの職人といったところで。

テュキアデス　つまり君は食客だというんだね。

シモン　これはきついお言葉ですな、テュキアデス。

テュキアデス　食客を自称してよくも恥ずかしくないものだな。

シモン　ぜんぜん。口に出して言わなかったら、そのほうが恥ずかしいでしょうよ。

テュキアデス　では神かけて言うがね、君のことを知らない人に、その人が君のことを知りたいと言ったとき、君がどんな人間か知らせてやりたいと思ったときには、食客だと言ってやっていいんだね。

シモン　ペイディアス(1)を彫刻家と言うのよりもずっと、そう言っていいですよ。だってペイディアスがそのゼウス像に喜びを感じていたのに劣らぬ程度に、わたしはこの技術に喜びを感じていますからね。

テュキアデス　いや、あのことを思い浮かべると、とてつもなく笑えてくるのだ。

シモン　どういうことです？

テュキアデス　いや、もしも手紙の上書きに慣習どおりにさ、「食客シモンさま」と書くことになったとしたらだ。

シモン　そうしてくだされば嬉しいですね、あなたがディオン(2)宛ての手紙に「哲学者」と添え書きなさるよりもずっとね。

三　テュキアデス　そんなふうに呼ばれるのを君は喜んでいるが、わたしにはまったくどうでもいいことだ。だがそれとは別の不都合な点も考えなきゃならんな。

シモン　どんなことです？

テュキアデス　もしそれを他の技術のなかに算入するとするならばだ、それがどんな技術かと人に訊かれたときには、「文章術（グランマティケー）」とか「医術（イーアートリケー）」と同様に「食客術（パラシーティケー）」と言うことになる。

シモン　わたしはね、テュキアデス、これは他のどれよりもずっとずっと「技術」と呼びたいですね。聞きたいというならそのわけを言って差し上げられると思いますよ、ただちょっと申し上げたように、準備万

(1) 前五世紀前半に活躍した有名な彫刻家。

(2) シュラクサイの人。プラトンの友であり弟子でもあった。

端整った上でのことではないのですがね。

テュキアデス　ちょっとしたことでも本当のことを言うなら、何ら構わんよ。

シモン　さてそれではまず、あなたがよろしければ、技術について、それが一般にはどういうものなのか考えてみようではありませんか。そうすることによって個々の技術をも追跡することができますからね、それが正しい範疇のなかに入っているかどうかね。

テュキアデス　技術とはいったい何なのだ？　君はすっかりお見通しだろう。

シモン　たしかに。

テュキアデス　言うのを躊躇するなかれ、もし君がそれを知りせば。

四　シモン　ある賢人から聞いたのを思い出しましたが、技術とはですね、生きて行くのに役に立つある目的に向けて調和的に行使された知識の集合体です。

テュキアデス　その賢人の言やよし、また君もよく思い出した。

シモン　もし食客術がそうしたすべての技術のなかに含まれるとするなら、そいつは技術以外の何であるというのでしょうか。

テュキアデス　もしそういうことなら、そいつは技術だね。

シモン　さあ、それじゃ食客術を個々の技術の特性と突き合わせて適合するかどうか見てみましょう。またその名称が適当かどうかも。粗悪品の壺と同様に、試しに叩かれて割れ音を響かせるかどうかかね。この技術もすべての技術と同様に知識の集合体でなければなりません。……まず誰が心よく自分の育て役になってくれそうか、また誰のところで食客を始めたらあとで後悔せずにすむか、よく調べて決定することです。銀の分析官が貨幣が偽物かどうか知り分ける知識を持っていれば、彼は何らかの技術の持主だと言えますね。ところが食客は何の技術もなしで人間を偽物かあるいは立派な人物かを見分けることができるのです。人間の場合は貨幣の場合のようにただちにそれとわかるものではありませんがね。このことをあの賢きエウリピデス先生も次のように批判して言っています。

人間の身体には
劣悪な輩を見分ける印がついていない。(1)

したがって食客の技術は重要です。そんなふうにはっきりしない、目に見えないものを予言術よりもはるかによく見つけ出し、認知するんですからね。

五　養い親［パトロン］に親密で好意溢れる自分を見せるのに適切なことを言い行動する術《すべ》を知るためには、知恵と確固たる知識が必要だと思いませんか。

テュキアデス　大いにね。

シモン　宴会で他の誰よりもたっぷり戴き、自分と同じ技術を持ち合わせていない連中以上に拍手喝采を貰って退出してくるには、ある種の言葉と知恵なしでも大丈夫だと思いますか。

テュキアデス　いや、断じて思わんね。

(1) エウリピデス『メデイア』五一八―五一九行。

シモン　じゃどうです、食品の良し悪しを知り、料理の特色を知り分けるのに、何らかの技術なしで大丈夫と思いますか。あの高尚この上ないプラトンもそのようなことを言っています。「いま宴会に参加しようとする者がいて、それが料理人でない場合、用意された食事に対する彼の判定は〔本職のそれよりも〕権威のないものになるのではあるまいか(1)」とね。

六　食客術というのは知識だけでなく実地も併せて成り立っているのだということは、以下のことから簡単にわかっていただけましょう。つまりこういうことです。他の技術に関する知識は日夜、また幾年月経ても鍛錬されぬままに止まっているのがしばしばです。にもかかわらず技術はそれを習得した者には損われぬままです。

ところが食客の知識は、もし日々鍛錬されなければ、わたしの思うところ、ただ単にその技術を損うだけでなく技術を有する人間をも損ってしまいます。

七　人生で何か役に立つ目標に対面したときに、それを究めるのを狂気の沙汰だとは言わんでしょう。わたしはこの世に食べたり飲んだりすること以上に役に立つものは何もないと思います。それなしでは生きてゆけないんです。

テュキアデス　まったくそのとおりだ。

八　シモン　食客術というのは美や力と同じものではありません。それを技術と考えてはいけません。それはある種の才能なのです(2)。

テュキアデス　なるほど。

シモン　それでいてまたしかし技術が要らんというわけでもないのです。技術を行使しなければ、それを保持している者に何らのものももたらすことはできないわけですから。もしあなたが嵐の海で船の操舵を任されたとき、操舵術を心得ていなければ、さぁ、助かりますかね。

テュキアデス　駄目だろうね。

〈シモン　ではどうでしょう、馬を任された人が馬を禦すことを知らない場合は？〉

テュキアデス　彼も駄目だね。

シモン　それはなぜでしょうね。いえ、わが身を護る術《すべ》を持たぬがゆえではありませんか？

テュキアデス　間違いない。

シモン　では食客も食客術があるからこそで、もしその技術がなければ身が保たれないのではありませんか？

テュキアデス　そうだ。

シモン　では技術があれば救われるが、なければ駄目ということですね。

テュキアデス　まったくそうだ。

（1）プラトン『テアイテトス』一七八D。第十五章二参照。

（2）技術と才能との関係についてはクインティリアヌスに同様の分析がある。クインティリアヌス『弁論家の教育』第二巻

シモン　では食客術は技術であるわけです。

テュキアデス　技術だ。そう思われる。

シモン　わたしは優れた操舵手が船を難破させ、また腕のよい禦者が馬車から転落した例を多々知っています。骨を折る者もあり、致命傷を負う者もいます。しかし食客の場合そこまでひどい目に遭うという話はありません。

かくしてもし食客術が技術を欠くものでもなく才能でもなく、調和的に行使された知識の集合体であるとするならば、わたしたちは今日それは技術であると明白に同意したことになります。

九　テュキアデス　言われたことから判定するかぎりではね。だが食客術の定義でぴったりくるやつが何か欲しいね。

シモン　なるほど。ではこんなふうに定義すればよいのではないかと思います。食客術とは飲むこと、食べることの、そしてそれを獲得するために弄すべき言葉の技術であり、その目的は悦楽にあると。

テュキアデス　どうやら君は君の技術について見事な定義をしてくれたようだ。だが心したほうがいいぞ、その目的について哲学者の誰彼と一戦交えることのないようにな。(1)

シモン　幸福の目的と食客術の目的とするところが同じだということになれば充分ですよね。一〇　以下で明らかです。賢くもホメロスは食客の生活を至福にしてかつ羨望の的なりと嘆賞して、こう言っています。

わたくしもまたこれに優る悦楽の目的は何もあるまいと思います、

市民らすべてのあいだに悦楽の気分が満ちわたり、

宴に招《よ》ばれた客たちは堂の内に席を列ねて楽人の歌に
耳を傾け、傍らの食卓には溢れんばかりの
パンと肉、酌人が混酒器から葡萄酒を酌み出し、
それを運んで杯に注ぎ入れる、そのときの悦びに比べれば。(2)

こう嘆賞するだけでは不充分だとして、彼はその意見をさらにはっきりさせて、こう適確に言っています。

これこそ悦楽の極致であると、わが心中思うところです。(3)

こういった彼の言葉から判断すれば、食客であること以上に幸せなことはないと彼は考えていることになります。彼はごく普通の人間にこういう言葉を割り当てたのではありません。すべてのなかでいちばん賢い人間にこう言わせたのです。もしオデュッセウスがストア派の信条を賞讃するつもりであったのなら、ピロクテテスをレムノス島から連れ戻したとき、またイリオンの町を略奪したとき、逃げ帰ろうとするギリシア兵を捕えたとき、己を鞭打ち破れたストア風の襤褸着を身にまとってトロイア城内に忍び込んだときにそういうふうに言うことができたはずです。ところがそのときにはそういった悦楽的な信条は口にしていません。

(1) エピクロス派とストア派とが含意されているか。両派においては動機は正反対だが「快楽」が問題視される。
(2) ホメロス『オデュッセイア』第九歌五―一〇行のオデュッセウスの言葉。
(3) ホメロス『オデュッセイア』第九歌一一行。

さらに彼がカリュプソのところでもう一度エピクロス派的な生活に入ったとき、彼は無精を決め込み、贅沢に暮らし、アトラスの娘(1)といちゃつき、これを思うがままに享受することができることになったのでしたが、そのときも彼はそれを甘い生活とは言わず、食客の境涯と言っています。食客はその当時は「招待客」と呼ばれていたのです。ホメロスの言い方はどうでしょうか？　いま一度詩行を思い返してみるのも無駄じゃありません。

　宴に招《よ》ばれた客たちは席を列ねて

　　傍らの食卓には溢れんばかりの

　パンと肉。

また

一一　エピクロス派ときたら、まったく恥知らずにも食客術の信条を盗用してそれを己の幸福に関する信条としています。これが剽窃であること、そして快楽はエピクロスには関心の対象ではない、食客の関心の対象であること、これはあなたにわかっていただけましょう。わたしの思いますところ、快楽とはまず肉体の休養であり、次いで魂を騒動や混乱で満たさないことです。さて、食客はこの両者を達成できますが、エピクロスは双方とも駄目です。というのは、大地の形状、宇宙の無窮、太陽の大きさとそこまでの距離、原始の要素、神の存在如何について考究し、またそれらの目的そのものについてある人たちとつねに議論し論争している人は、人間界のトラブルだけでなく、宇宙のトラブルにも巻き込まれているのです。ところが食客はすべてはうまく収まっていると考え、現状を変えてもいま以上にうまくはいかないと信じています。たっぷりとした安寧と静穏を享受し、悩み事はいっさい無し、腹がくちれば大の字に手足を伸ばして寝るのです。オデュッセウスがスケリア島からわが家へ帰って行ったときのようにね(2)。

一二　エピクロスにとっては快楽とはこうした形のものではなく、別の形のものです。このエピクロスという人は、賢人は皆そうですが、食うや食わずの人なのです。もし食えないとなると、快適な生活は問題外です。生きることすらできかねましょう。もし食えるとなるとそれは自前か、あるいは他人さまの世話になるかのどちらかです。もし他人さまのところで食うとなると、彼は食客ということになり、彼が自称する存在ではないことになります。もし自前で食うということになっても、その生活は快適とは言えぬでしょう。

テュキアデス　どうして快適ではないのだ。

シモン　もし自前で食うことができたとしても、ねえテュキアデス、そのような生活にはどうしても付き

(1)前出のカリュプソのこと。この箇所はオデュッセウスがカリュプソの島滞在時（ホメロス『オデュッセイア』第五歌）を指す。

(2)スケリア島はオデュッセウスが放浪の旅の最後に立ち寄った島。彼はそこに住むパイエケス人の王アルキノオスから歓待を受けたのち、郷里のイタカ島まで船で送り届けてもらったが、そのときの船内での様子を述べたもの。ホメロス『オデュッセイア』第十三歌七九行、および九二行を参照。

物の不如意なことが多いのですよ。それがどれほどであるものか、考えてもみてくださいよ。人間楽しく生きていこうと思えば、次々に生じてくる欲望をすべて満たさなきゃなりません。そうでしょう?

テュキアデス　わたしもそう思う。

シモン　それでたっぷり持っている者は、おそらくそれができますが、わずかしかない者、いやまったく物を持たぬ輩にはそれは不可能です。したがって貧乏人は賢人にはなれず、目的に達することはできないのです。つまり快楽という目的にね。ところが富者であっても、その財産でその欲望にふんだんに奉仕する人であっても、目的は達成できるわけではないのです。

テュキアデス　それはまたなぜだ?

シモン　それは自分の財産を消費する人間は、どうしてもさまざまな不快な目に遭わざるをえないからです。あるときは料理の供し方がまずい料理人と戦わねばなりません。戦わないとすれば、そのためにまずい料理を食べる羽目になり、喜びは得られないのです。またあるときは家事を司る人間と、うまく家事をこなしてくれない場合は、戦うことになります。そうではありませんか?

テュキアデス　まったくだ。そのとおりだよ。

シモン　エピクロスの場合はこうしたことすべてが起きた可能性があります。だから彼は目的を達成できないのです。食客には彼を悩ます料理人はいません。地所も家令も、またそれを失えば心悩ますことになる金銭もまたありません。ただ彼には、何にも邪魔されず――持てる人間にはその邪魔が付いて廻るのですが――飲み食いできるだけのものは万端整っているのです。

一三　食客術が技術であることは、以上のようなこと、またこれ以外のことからも充分証明されるところです。加えてそれがこの上なく優れた技術であることも証明されねばなりません。それは単にそうだというだけでなく、とにかくまず総体的にあらゆる技術を凌駕していますし、個々の技術と比べてもそれぞれを越えています。

総体的にあらゆる技術を凌駕しているというのは、つまりこういうことです。どの技術もすべてその習得には苦労、畏怖、鞭打ちがまずあることは避けられません。厄介になりたくないものばかりですが。ところがこの技術だけは、わたしの見るところ苦労知らずで習得できます。宴席から泣いて帰って来るような人間がどこにいます？　学校帰りの子供らにはよく見かけますがね。また宴会へ出掛けるのに、学校へ行く子供のように嫌々行く人間がどこにいます？　食客は自らすすんで宴席に臨みその技術を十全に発揮することを欲します。ところが他の技術の習得者はその技術を憎むのです。なかにはそのために家から逃げ出そうとする者もいるくらいです。

それにこれも頭の中に入れておいていただいてもいいんじゃないでしょうか、つまりそのような技術に精進する者には、その父や母も毎日食客に提供するようなものを与えて大いにもてなします、「いやまったくうちの子は立派に字が書けるようになった」、彼らは言います、「この子に何か食べる物をやりなさい」、「正しく書けてない。やることはならん」とね。ことほどさように、褒めるにしても罰するにしても事は大げさです。

一四　また他の技術はそれを習得したのちに遅れてその目的に到達し、その喜ばしい成果を享受します。

技術習得の道は長く険しいものです[1]。しかしすべての技術のなかでも食客術だけは、それを習得するまさにその過程でただちにその技術からの利益が得られます。始まりと終わりが同時なのです。

さらに他の技術は、いくつかと言わずとにかくすべてが生活の糧を得るために生まれてきたものですが、食客術はその技術を使い始めると同時に生活の糧がすぐ手に入るのです。どうです、農夫は畑を耕すために畑を耕すのではないし、大工は家を建てるために家を建てるのではない、そうでしょう。ところが食客は別のものを追い求めたりはしません。彼の行為とその目的とは同じ一つのものなのです。そう思いませんか。

一五　誰でも知っていることですが、他の技術に精進している人は、月に二、三日祝日を過ごす他はずっと働きづめです。また市は年の祭り、月の祭りを挙行しますが、そういうときはそれを楽しむとされています。ところが食客は月に三〇日が祝日です。彼のつもりでは毎日が神の祝日なのです。

一六　他の技術習得を願う人たちは、病人さながらに食べる量も飲む量もわずかです。たっぷり飲み食いすることが好きな人間には技術習得は不可能なのです。

一七　さらに他の技術は、道具なしではそれを習得した人間の役には立てません。笛なしでは笛は吹けませんし、リュラーが無ければ弾奏できず、馬なしでは馬術を披露できません。だがかの技術〔食客術〕は習得者にとってはたいへん結構な、かつ簡単なもので、道具を持たないでもそれを使いこなすことができるのです。

一八　さらに思うに、他の技術の場合は相手に報酬を与えてこれを習得するのですが、この技術の場合はそれをいただいて習得するのです。また他の技術の場合、教師役の人間がいますが、一九　食客術の場合にはそんなものは一人もいません。ソクラテスの言う詩作術のように、ある種の神の定めによって可能となるのです。(2) 二〇　考えてもみてください、他の技術は陸路にしろ海路にしろ旅をしているあいだは行使することは叶いませんが、この技術の場合は陸海いずれを旅していても行使できるのです。

シモン　二一　**テュキアデス**　まったくだね。

シモン　さらにですね、テュキアデス、わたしの思うに他の技術はこの技術を羨望していますが、この技術が他の技術を羨むなんてことはありません。

テュキアデス　なぜだ。他人のものを奪い取ろうとする者は不正をなす輩だと思わないか?

シモン　まったくです。

テュキアデス　じゃどうして食客だけが他人さまのものをいただいているのに不正をなすことにならないのかね。

二二　**シモン**　お答えしづらいですね。他の技術の場合、その始まりは何かみすぼらしい、取るに足らぬものですが、食客術の始まりはまったく高尚なものです。「友愛」と喋々されるこの言葉こそ食客術の始ま

(1) ヘシオドス『仕事と日』二九〇行の捩《もじ》り。そこでは徳に至る道の険しきことを述べている。ヘシオドスの新訳(中務哲郎訳)ではここのアレテーをプラトン的な「徳」ではなく、物質的繁栄と解し「栄華」と訳している(ヘシオドス『全作品』京都大学学術出版会、一七五頁註参照)。

(2) プラトン『イオン』五三四B―Cを参照。そこでは詩作技術によってではなく神力、神の恵みによって可能となるとされている。

りにほかなりません。

テュキアデス　それはどういうことだ。

シモン　敵対している人間、見知らぬ人間、親しくしていない人間なんかを食事に招待するような者はいないということです。思うに、灌奠《かんてん》と食卓とこの技術の秘儀を共に分かち合うためにはまず友人とならねばなりません。しばしば人が言うのを聞いていますがね、「われわれと一緒に飲み食いせぬような輩がどうして友だちなんだ」とね。これは一緒に飲み食いする人間こそが信頼するに足る友人だと見なしての言だということは明らかです。

二三　これ〔食客術〕が技術のなかで真の王者であるということは以下のことからも充分におわかりいただけましょう。残りの技術の場合、皆は辛い思いをし汗を流すだけではなく、神かけて申しますが、あるときは坐りあるときは立って仕事をします。まさに技術の奴隷さながらにです。ところが食客は王さまのように身を横たえたままの姿で己の技術を扱うのですからね(1)。

二四　その彼の幸せなことはあらためて言う必要もありますまい。彼だけが、賢人ホメロスの言うとおり(2)、手ずから木を植えることもなく大地を耕すこともなく、蒔かず耕すことなくすべてを頂戴するのですからね。

二五　さらに弁論家や幾何学者や鍛冶屋は、たとえ劣等で愚鈍であっても、己の技術を行使するのを阻げるものは何もありません。ところが愚鈍な者、劣等な者は誰一人食客となることはできないのです。

テュキアデス　いやご立派、食客術をなんとも見事に解明してくれたな。わたし自身いまのわたしに成り代わって食客になってみたいと思うくらいにな。

二六　シモン　これで［食客術が］すべての技術に総体的に優越していることが示されたと思います。さあ次には個々それぞれの技術をも凌駕していることを見てみましょう。下等な技術とこの技術とを比較するのは馬鹿げています。むしろそれはこの技術の価値を引き下げようとする人にふさわしい行為です。この上なく美しくこの上なく偉大な技術になお優ることが示されなければなりません。弁論術と哲学――これはその高尚さのゆえにある人たちからは科学とされているものですが――はその優秀性を万人から認められています。……そこでもしわたしが食客術をそれらよりもより優れたものであることを証明した暁には、ちょうど侍女たちのなかでいちばん目立つナウシカアのように[3]、それはすべての他の技術のなかで最も優れたものになることは明らかでしょう。

二七　大筋でこの両者、すなわち弁論術と哲学と異なるのはまずその土台においてです。食客術はそれを保持していますが、弁論術と哲学は保持していません。わたしたちは弁論術について一個の同一見解を持っていません。それを技術と見る人もいますし、反対に技術を欠くものと見なす人もいます。また劣悪な技術と見る人もいますし、また別の何かだと言う人もいます。哲学の場合も同じです。一定一貫しているとは見られません。エピクロスにはエピクロスの事物の見方がありますし、ストア派にはストア派の、アカデメイ

(1) 古代ギリシアの宴席では出席者は寝椅子に身を横たえて飲食した。
(2) ホメロス『オデュッセイア』第九歌一〇八―一〇九行参照。
(3) ホメロス『オデュッセイア』第六歌一〇二―一〇九行参照。ナウシカアはスケリア島のアルキノオス王の姫。

アにはアカデメイアの、逍遙派には逍遙派の見方がある。すなわち簡単に言えばそれぞれがそれぞれ自分たちの考えが哲学であるとしているわけです。そしていまに至るまで、同一の人間たちが一つ意見を支配しているわけでもなし、また彼らの技術が一つであるとも見えません。ここからどんな結論が出てくるか明らかです。土台のない技術はありえないとわたしは主張します。というのは算術という技術は同一の一つのもので、二の二倍はわれわれにもペルシア人にも四です。つまりこの点はギリシア人にとっても異邦人にとっても同意できるのですが、ではなぜ哲学は多種多様であり、そのすべてが始まりも終わりも一致していないのでしょうか。

テュキアデス そのとおりだ。哲学者は哲学は一つだと言うが、彼らは哲学をたくさんこしらえているものな。

二八　シモン 他の技術の場合は、そこに多少の違いがあっても、許容できる範囲だとして黙過されます。それらは副次的なものと思われていますし、それらの知識は不変なものではないからです。［許容されてしかるべきでしょう。］しかしいったい誰が堪えられましょうか、哲学は一つではないということに、そしてまた哲学は楽器以上に己自身と調和することがないものだということに。じっさい哲学は一つではありません。それは無限にあるとわたしには思えますから。しかしまたそれは数多くあることはできないのです、哲学は一つなんですから。

二九　同様に弁論術の土台についても同じことが言えましょう。一つのあるテーマについて全員が同じことを言わず、互いに異なる意見の争いがあるということは、一個の確固たる概念が存在しないようなものはそもそも存在しないということの大いなる証明であるからです。あれよりもこれ、これよりもあれと追求すること、そしてそれが一つであることに決して同意しないこと、そのことが追及されるものの存在そのものを破壊することになるのです。

三〇　ところが食客術の場合はそんなふうにはなりません。ギリシア人のあいだでも異邦人のあいだでもそれは一つで、一定一貫しています。ある人はあるやり方で食客となり、また別の人は別の方法で食客となるなんてことは、誰にも言えるはずがありません。またある食客はストア派、またある食客はエピクロス派というふうに別々の教義を持っているとも思えません。そうではなくて彼ら全員のあいだには同意のようなものがあり、仕事においても目的においても一致しているのです。かくしてわたしの思いますところ、少なくともこの点でどうやら、食客術とは知恵であると言ってよいようです。

三一　テュキアデス　まったく過不足ない説明だったように思う。では哲学が他の点でも君の技術より劣っているというが、それはどう説明する？

シモン　さてまず言っておかなきゃならんことですが、食客は一度だって哲学を愛したことなんかありません。ところが哲学者のほうは誰も彼も皆食客術に入れあげて、いまに至ってもこれを愛しているということになっています。

テュキアデス　食客になるのに熱心な哲学者とはどの連中のことだと言うんだね？

シモン　どの連中かですって、テュキアデス。あなただってご存じのくせに知らないふりをなさるんですね。わたしを引っ掛けて、彼らに名声ではなく恥がかかるように仕向けるんですね。

テュキアデス　いやそんなことはない、シモン君、どういった連中だか、わたしにはさっぱり見当がつかんのだよ。君にはわかっているだろうが。

シモン　ねえあなた、あなたはどうやら彼らの伝記には不案内なようですね。だってわたしが言ってる連中は誰のことかすぐにわかると思いますが。

テュキアデス　いやヘラクレスにかけて、いったい誰なのかぜひ聞きたい。

三二　**シモン**　では申し上げることにしますが、彼らは決して劣等な人間ではありません。いえ、わたしの見るところでは立派な方々です。あなただって決して悪く思うような人たちではありませんよ。ソクラテスの弟子のアイスキネス。この人は長い洒落た対話篇を書いた人で、それを携えてシケリア島へ行ったんです。ひょっとしてそれによって僭主ディオニュシオスの覚えに与かれはすまいかと期待しましてね。そこで『ミルティアデス』[1]を朗読し、好評を博したと勘違いしてその後もシケリアへ居続けてディオニュシオスの食客となり、ソクラテス風の生活とはおさらばしてしまいました。三三　さてキュレネのアリスティッポスはどうでしょうか、あなたのご意見では優れた哲学者の一人ではありませんか？

テュキアデス　そのとおりだ。

シモン　この人もちょうど同じ頃シュラクサイに滞在していてディオニュシオスの食客となっていました。で食客連中のなかで断然彼こそがディオニュシオスの受けがよかったんです。それは他の連中よりもずっとその技術が垢抜けしていたからなんです。それはディオニュシオスが彼から学習するようにと毎日料理人を彼の許へ派遣したほどでした。

三四　どうやらこの仁はこの技術に有効な化粧を施した人のようですね。あなた方のいう高尚この上なき哲学者プラトンはシケリアのディオニュシオスの許にやって来て、短時日ディオニュシオスの食客の身となったものの、食客の才能無しとして追い出されてしまいました。で、アテナイへ戻って来てから懸命に努力をし、準備を整えて再び二度目の航海に出てシケリアへ渡り、再び短時日食卓に与ったものの業不充分だとして追放されました。このシケリアをめぐるプラトンの不幸はニキアスに起きたのと同じ体《てい》のものだと思われます。(2)

テュキアデス　おい、シモンよ、誰がそんなことを言ってるんだ。

三五　**シモン**　いろいろな人が言ってますよ。音楽家のアリストクセノス(3)がそうです。この人は大いに論じるに足る人です。で、この人はネレウスの食客だった人なんです。

エウリピデスは死ぬまでアルケラオス(4)に寄食していましたし、アナクサルコス(5)はすっかりアレクサンドロ

(1) アイスキネスの最初の作品とされる。
(2) シケリアはプラトンにとってもニキアスにとっても好意的な土地ではなかったということ。プラトンはシケリアのシュラクサイにその対話篇『国家』で描いた理想国の樹立を夢見たが、それは破綻したし、ニキアス（前五世紀後半のアテナイの将軍）はペロポンネソス戦争時シケリアのシュラクサイに攻撃を仕掛けたが大敗北に終わった。
(3) アリストテレスの弟子。『プラトンの生涯』の著作がある。
(4) 前五世紀末のマケドニア王。エウリピデスは晩年にその宮廷を訪れ、客死した。
(5) 前四世紀アブデラ出身の哲学者。デモクリトスの門人。アレクサンドロス大王と密接な交誼があった。それを媚態と言うのは逍遙派の偏見とする説もある。

スの厄介になっていました。三六　アリストテレスと言えば、他の数ある技術もそうですが、食客術の元祖と言っていい人です。

三七　先に申し上げたとおり、哲学者が食客になりたがっていることがこれで明らかになったと思います。でも食客が哲学したがっているなんてことを言う人は誰もいません。

三八　もし腹を空かさずにすみ、喉の渇きを覚えずにすみ、寒さに震えずにすむのを幸福とするならば、その幸福は他の誰でもない、食客にこそ付いて廻るものなのです。そら、腹を空かし寒さに震えている哲学者は大勢見受けられますが、食客にはそんな人はいませんよね。そんな人は食客ではなく、運に恵まれない人、もしくは乞食、あるいは哲学者の同類と言ってよろしい。

三九　**テュキアデス**　その点の論証は万全だ。では、その他の点でも、食客術が哲学や弁論術に優れているところがあるということ、それをどう証明する？

シモン　ねえあなた、わたしの思うに、人間の生活には時節というものがあります。平和の時節もあれば、戦争の時節もあります。そういう時節になりますと、必然的に技術が明るみに出、技術を有する者がどんな人間かが明らかになってくるんです。もしよろしければまず戦争の時節を考えてみましょう、どんな人間が個人的にもまた国家全体から見ても最も価値ある人間であるか。

テュキアデス　君、なんとも鋭い人間判別法を言ってくれるなあ。わたしもどんな哲学者が食客と結びつくものかを考えて、心密かに笑っていたのだよ。

四〇　**シモン**　それではあなたが驚きすぎたり、またこの件を冗談の種にしてしまわないように、さあ考えてみようではありませんか、いまここで敵勢が突然国内に侵入して来たと告知されたと。すると敵を迎撃たなきゃなりません。城外の農地が荒らされるのを座視してはいけないのです。将軍は軍務に適齢の者を全員召集するよう布告します。他の者らも出陣します。そのなかには何人かの哲学者も弁論家も食客も含まれています。さてまずこの連中の身ぐるみを剝いでみてやりましょう。と申しますのは、武具を身につけようとする者はその前に裸にならなきゃならんからです。さああなた、この男たちを一人ひとりご覧なさい。そして身体を吟味してみるがよろしい。彼らのうちのある者は窮乏のためにやせて生っちろく、ぶるぶる震え、すでに負傷したかのように萎え切っているのが見てとれましょう。戦闘や白兵戦や押し合い、塵泥《ちりひじ》、負傷といったものがこういった元気の素が欠けているような連中に担わされているというのは、言うも可笑しな話です。**四一** 話を進めて、今度は食客がいったいいかなるものに見えるか、考えてみてください。彼はまず身体つきが大きく、肌がつやつやしていて、色は黒からず白からず——女性に似たところもあれば奴隷に似たところもある——。加えて次に、活力に満ち溢れた様子で、目つきもわれわれのように厳しく、背丈もあり、血気にはやっている、そういうふうに見えませんかね。だっておどおどした女のような目をして戦場に出るというのはいただけませんからね。このような人間は立派な重装歩兵として生きてゆけるのではありませんか。そしてもし死ねば立派な屍となるのではありませんか。(1)

(1)テュルタイオス「断片」八-二九—三〇参照。テュルタイオスは前七世紀のエレゲイア詩人。その詩で戦争に臨む市民を叱咤激励した。

四二　実例がたくさんあるのになぜ推測を働かせる必要がありましょうか。簡単に言いますと、これまで弁論家もしくは哲学者たちのある者は城壁の外側へ打って出ることにまったくと言ってよいほど耐えられませんでした。そしてもし戦闘に入ることを余儀無くされた場合には、戦列を捨てて廻れ右をしたんです。

テュキアデス　君の話にはまったく驚かされるね、ほどらいというものがほとんどない。でもまあ続けてくれたまえ。

シモン　弁論家の一人のイソクラテスは戦争に出征することもなかったし、また法廷に出ることもしなかった人です。恐怖感からですが、わたしの思うに、彼の声の出が弱かったのはそのせいです[1]。[またどうでしょう?]デマデス、アイスキネス、ピロクラテスは恐れのために、対ピリッポス戦が宣戦布告されたとたんに国と自分自身を裏切ってピリッポス側に寝返り、アテナイの国事をピリッポスに利するように切り廻したのではなかったですか、アテナイ人に対してあのように戦争を仕掛けてきたほかならぬあのピリッポスにですよ。ピリッポスは彼らの友人だったのです。ヒュペリデス、デモステネス、リュクルゴス、この連中はけっこう勇気があると思われていて、集会ではいつも声高に騒ぎたて、ピリッポスを罵倒していたものですが、いざ、対ピリッポスの戦争となるとどんな立派なことをしてみせました?　またヒュペリデスとリュクルゴスは城外に出ることもなく、その頭を城門の外にほんのわずかも見せることとすらしませんでした。いや彼らは城内の自分の家に居すわって、もうすでに市が包囲されてしまったかのように、けちな意見や申請の作成に時を費やしていたのです。彼らのリーダーで、集会でしょっちゅう以下のようなことを、つまり「ピリッポスという男は、かつては誰一人そこから奴隷を買い入れようともしないようなマケドニアの地の悪党なのだ」[2]と言っていた男[3]は、ボイオティア出征に思い切って参加したものの軍勢が戦端を開き白兵戦となる前に楯を捨てて逃げてしまいました。この話、あなた誰からもこれまでに聞いたことはありませんか。アテナイだけではなく、トラキアやこのしみったれの祖先の地スキュティア[4]ででもよく知られた話ですよ。

四三　テュキアデス　知っている。この弁論家という連中は美辞麗句を弄するが、中味は空っぽだ。では哲学者のほうはどうだ？　弁論家と同じようにこっちも非難するのは難しいぞ。

シモン　彼らは、テュキアデス、勇気について毎日議論し、徳という言葉をすり減らしているにもかかわらず、弁論家よりもはるかに臆病で軟弱であることが明らかです。こんなふうに考えてみてください。まず最初に、戦争で命を落とした哲学者の話ができる人が誰もいないのです。つまりそれは彼らが戦場にまったく出なかったか、もし出ても全員逃げ帰ったかしたからです。アンティステネス、ディオゲネス、クラテス、

（1）イソクラテスが法廷弁論代作人を生業としていて、自身が法廷にじっさいに立つことがなかったのは、生まれつき声が小さくまた度胸もなかったからだと、自ら告白している、「実は、私は市民の誰よりも政治家の天分を欠いて生まれついたのである。声が十分に通らないし、また大衆を相手にしたり、いつも演壇で騒ぎまわる連中と口汚い悪罵の応酬をしたりする度胸もない」（『ピリッポスに与う』八一、小池澄夫訳、イソクラテス『弁論集1』京都大学学術出版会、一四二頁参照）と。ただしルキアノスの言うように声が小さかったのも臆病のせいかどうかはわからない。本人の言うとおり生理的なものかもしれない。

（2）デモステネス第九弁論『ピリッポス弾劾、第三演説』三一。

（3）デモステネスのこと。

（4）デモステネスの母クレオブレスはその母方がスキュティアの出とされる。

ゼノン、プラトン、アイスキネス、アリストテレス、この連中は皆戦列というものを見たことがありませんでした。この連中のうちただ一人、賢人ソクラテスがデリオン(1)での戦闘へ出陣するだけの勇気を示しましたが、現場から逃げ出し、パルネス(2)からタウレアス(3)の体育場へと逃げ込みました。彼の考えでは、スパルタ人と戦うよりも若者と坐り込んで議論したり、通りすがりの者に謎かけをしたりするほうがずっと洒落たことなのです。

テュキアデス いや君、そういったことは他の人たちからも聞いて知ってるよ。その人たちは彼らを嗤ったり非難したりするつもりはまったくないようだがね。わたしは君が己の技術可愛さのあまり、その人たちのことを中傷しているのだとはちっとも思わない。**四四** だが、もしよければ、食客は戦場でどんな行動を取るか、そして古人のなかに食客と言える人がいるかどうか、言ってみてくれないか。

シモン おお友よ、ホメロスに触れている人間は誰でも、たとえ無教養な者でも、知らない者はいませんよ、ホメロスではとびきりの英雄が食客であるってことをね。たとえばあのネストル、その口からは蜜のような言葉が流れ出る人ですが、この人が王その人の食客だったのです。この上なく優美な肉体の持主とされた、いやじっさいそうだったアキレウスやディオメデス、またアイアスをも、アガメムノン王はネストルほどに賞讃したり感嘆したりはしていません。彼はアイアスを一〇人ほしい、アキレウスを一〇人ほしいなどとは言いません。もしこの食客のような兵士を、たとえ老人であったとしても、一〇人も持っていたら、もっと以前にトロイアを陥落させていただろうと言っています(4)。またゼウスの裔イドメネウスも同様にアガメムノンの食客であったと言っています(5)。

四五　テュキアデス　そのことはわたしも知っている。ただまだわからないのは、その二人がどんなふうにアガメムノンの食客であったかということだ。

シモン　ほらあなた、アガメムノン自身イドメネウスに向かって言うあの言葉を思い起こしてくださいよ。

テュキアデス　どんなやつだ。

シモン

　　そなたの盃は、わたしのと同様、いつも一杯に満ちている、
その気になればいつでも飲めるようにと(6)

ここで「盃がいつも満ちている」というのは、イドメネウスが戦っているときも眠っているときも、いつでもその盃が満ちているという意味ではありません。彼にだけその生涯王と食事を共にすることができるのだということなのです。他の兵士たちのように決められたいつかの日に招待されるというのではないんです。アイアスに関しては、ホメロスはこう言っています。彼がヘクトルと見事な一騎討ちをして「[ギリシアの

(1)ボイオティア地方東端の地。前四二四年冬、この地でアテナイ軍はテバイ軍に惨敗を喫し、敗走した。トゥキュディデス『歴史』第四巻第八十九―九十一章参照。
(2)アテナイ北方、アッティカ地方の山。
(3)職業的なトレーナーの名。その体育場はアクロポリスの南方にあった。
(4)ホメロス『イリアス』第二歌三七一―三七四行。
(5)ホメロス『イリアス』第四歌二五七―二六三行。
(6)ホメロス『イリアス』第四歌二六二―二六三行。

軍勢が」彼を偉大なるアガメムノンの許へ連れ帰った」(1)とき、王の催す宴に与る栄誉を受けたが、その順番が最後であったと。ところがイドメネウスとネストルは毎日王と食事を共にしています。ホメロス自身そう言っています。ネストルは、わたしの思うところ王たちのうちで最も腕利きの、かつ卓越した食客ですよ。しかも彼はこの技術をアガメムノンから始めたのではありません。ずっと早くカイネウス、エクサディオスの頃(2)からやっているんです。もしアガメムノンが死ぬようなことがなければ、食客をずっと続けていたと思いますよ。

テュキアデス　この仁は食客の鑑だな。だが他にも誰か知っているなら言ってみてくれたまえ。

四六　シモン　テュキアデス、アキレウスの食客のパトロクロスがそうじゃないですかね、心根といい身体といい、若いけれども他のギリシア人の誰にも引けをとらない男です。わたしの思いますのに、その仕事から判断するところ、彼はアキレウスその人に決して劣るものではありません。ヘクトルが門口を突破して中の船端で暴れ廻るのを外へ押し出し、すでに炎上していたプロテシラオスの船の火を消したのは彼でした。しかもその船に乗り組んでいたのは名もない兵士ではなく、テラモンの子のアイアスとテウクロスで、前者は有能な重装歩兵ですし、後者は弓兵ですよ。また彼、このアキレウスの食客は多くの蛮人どもをやっつけましたが、そのなかにはゼウスの子のサルペドンも含まれています。この食客は余人とは違う死に方をしました。アキレウスは一騎打ちでヘクトルを殺し、そのアキレウスをパリスが殺したのですが、この食客を殺したのは神と二人の人間でした(3)。その死に際に彼が言ったのは、ヘクトルのようにアキレウスに跪いて自分の死骸は家族の許に返してくれるよう懇願することではなく、食客がそれらしく述べる類のものでした。どんなものだったですかって？

たとえそのような輩二〇人がわたしに向かって来たとしても、そのことごとくわが槍に撃たれてこの場に果てたであろうぞ。(4)

四七　テュキアデス　それはそれで充分だ。だがパトロクロスはアキレウスの友人ではなくて食客であったということを証明してくれんかね。

シモン　パトロクロス自身自分は食客だったと言っているのを、テュキアデス、あなたに紹介しましょう。

テュキアデス　驚くようなことを言うね。

シモン　彼自身の言葉を聞いてください。

わが骨を汝のそれと離して置かないでくれ。アキレウスよ、どうか一緒にしてほしい、汝が家に生い育ったときと同じに。(5)

さらに続けて彼は言います、「そこにいまペレウスがわたしを受け入れて」

手厚く育て上げ、汝の従者にと指名した。(6)

(1)ホメロス『イリアス』第七歌三一一行。
(2)アガメムノンよりも二世代前の時代。ホメロス『イリアス』第一歌二五〇行、二六四行を参照。
(3)アポロン神とヘクトルおよびその従者のエウポルボスを指す。ホメロス『イリアス』第十六歌八四九―八五〇行参照。
(4)ホメロス『イリアス』第十六歌八四七―八四八行。
(5)ホメロス『イリアス』第二十三歌八三―八四行。
(6)ホメロス『イリアス』第二十三歌八九―九〇行。ペレウスはアキレウスの父。パトロクロスは幼少時ペレウスの家に預けられ、アキレウスと一緒に育てられた。

これすなわちパトロクロスがアキレウスの食客である証拠です。もしパトロクロスを友人と称するつもりなら、従者などという言い方はしなかったでしょう。だってパトロクロスは自由人だったのですから。奴隷でもなく友人でもないとすれば、じゃ彼は誰のことを従者などと言ったのでしょうか。それが食客のことであることは明白です。同様に彼はメリオネスをもまたイドメネウスの従者と呼んでいます。(1) これは食客に与えられた呼び名だと思われます。

ご一考あれ、そこのところで「アレスに等しい」と言うにふさわしいとされているのは、ゼウスの息子イドメネウスではなくて彼の食客であるメリオネスとなっていることを。(2)

四八 またどうです、アリストゲイトンは貧乏な庶民でしたが、トゥキュディデスの言うように、ハルモディオスの食客ではなかったでしょうか。(3) で、愛人でもあったのですよねえ。食客が養育者の愛人でもあるというのは自然なことですからね。それでこの食客は独裁政権下のアテナイ市を自由な国へと回復せしめたのでしたが、いまはその青銅の像が愛人のとともどもアゴラー〔広場〕に建っています。ことほどさようにこの両人はまことに立派な食客だったというわけです。

四九 さてあなた、食客の戦中での振舞いはどうであると思われますか。まずそこでの食客は朝食を済ませてから戦列に加わるべく出動するということをしています、オデュッセウスもそれを正当と認めているようにね。オデュッセウスはこう言っています、たとえ夜の引き明けに戦闘しなければならぬとしてもこの条件を違えて〔飯も食わずに〕戦うことはできぬと。(4) そのとき他の兵士たちは恐慌を来して、ある者は兜をきっちり被り、またある者は胸当てを着け、また戦闘の怖さを思いやって震えている者もいる始末なのに、食客は喜々とした顔つきで食事を摂り、そのあと出陣するやただちに先頭に立って戦い抜くのです。食客の養い親は彼の後ろに位置を取ります。食客はちょうどアイアスがテウクロスにしてやったように[5]養い親を楯で守ってやります。そして矢が飛んで来ると自らの身を楯にして養い親を守ります。それは自らの身よりも養い親の命を助けたいという思いからそうするのです。

五〇　もし食客が戦場で斃れても、その巨体に対し指揮官も兵士も一向に恥入ることはありません。宴会で優雅に横たわっているかに見なすごとくです。彼の傍らに横たわっている哲学者の屍は一見の価値があります。干からびて汚れ、鬚は長く伸び放題、戦闘に先んじて死んだ弱い男のそれは。誰だってその国を軽蔑しますよ、そこの兵士がそんなふうに無様な姿をしているのを見たら。また青白い髪茫々の貧弱なのが横たわっているのを見たら誰だって邪推しますよ、この国は援軍獲得に窮して牢獄内の犯罪者を戦場に放ったんだとね。

五一　これが弁論家や哲学者と比較した戦場での食客の姿ですよ。平和時における食客術と哲学との違いは、平和と戦争との違いほどにも大きいと思いますね。

よろしければまず平和の場所を考えてみましょう。

---

(1) ホメロス『イリアス』第十三歌二四六行参照。
(2) ホメロス『イリアス』第十三歌二九五行。
(3) トゥキュディデス『歴史』第六巻第五十四章参照。
(4) ホメロス『イリアス』第十九歌一六〇—一六三行参照。
(5) ホメロス『イリアス』第八歌二六一—二七二行参照。

テュキアデス　それがいったいどういう意味なのかよくわからんが、まあいい、考えてみよう。
シモン　広場、法廷、体育場、体育館、狩猟場、宴席といった市中の場所のことですよ。
テュキアデス　なるほど。
シモン　いったいに食客は広場や法廷には顔を見せません。その理由は、わたしの思いますのに、そういうところは全部訴訟常習者がむしろうろつくところで、またそういうところで生じたものでまともなものは何もないからです。で、体育場や体育館、宴会の席が他の誰にもましてこの食客がしばしば出掛けて場に花を添える場所なのです。どの哲学者、どの弁論家が、体育場で裸になって、食客の肉体と競えるだけの価値があると言えましょうか。彼らのうちの誰が体育館でその姿を晒してその場に恥じない者と言えるでしょうか。彼らのうちの誰一人、荒野で向かってくる野獣に対して立ち向かうことはできないでしょう。ところが食客はその攻撃を待ち受け、これを易々と受け止めるのです。食事の席でこのものらを低く見ることに慣れていますからね。鹿も豚も毛を逆立てて彼を威嚇したりしません。たとえ彼に向かって豚が歯を剝いたとしても、食客のほうも豚に向かって剝き返すだけです。彼が兎を追うこと、犬以上です。宴会の席で誰が食客と張り合えるというのです、ふざけることにかけても食べることにかけても。同席者をより喜ばせてくれるのはどちらでしょう。唄ったり冗談を飛ばしたりする彼か、それとも笑わず、マントにくるまって目を伏せ、宴会ではなくお通夜に来合わせたような輩か。宴席での哲学者というのは、まさに風呂場の犬そのものだと、わたしは思いますね。
五二　さて以上のことはさておいて、食客の人生そのものへ考えを向けてみましょう、考察と同時に比較もしながら。

まずすぐにわかるのは、食客はつねに世間の評判を無視し、周囲が自分のことをどう考えていようが気にしないということです。ところが弁論家や哲学者はそうじゃありません。皆虚栄心や世間的評判に苛まれているんです。いや世間的評判だけじゃありません、それよりももっと恥ずべきものである金銭に苛まれているんです。食客の金銭に対する態度は、世の人が海辺の小石に無関心なのと同様で、火よりも黄金のほうがよいとはちっとも考えないのです。弁論家は、さらに悪いことに哲学者を自称する連中も、この点に関してはひどく惨めな状態にあります。それはいまを時めいている哲学者のなかでも——弁論家連中については言うに及ばず——ある者は法廷活動にたずさわり、贈収賄で処断されたほどですし、またある者は助言役としての報酬を皇帝に要求し、またそれがためにいい歳をして家郷を出て、戦争捕虜のインド人やスキュティア人のように賃仕事をして恥じないほどですし、またこうしたことで負うことになった名称も恥ずかしいとは思わないほどなのです(1)。

五三　こういったことだけじゃありません、彼らに関してはもっと他の感性、たとえば苦悩、怒り、嫉妬、またあらゆる種類の欲望が見られましょう。だが食客はそうしたものすべての外側に位置しているのです。彼は怒ることはありません、自制心があるし、また怒りを覚えるようなものは彼には何もないからです。も

(1) ここの皇帝とはマルクス・アウレリウスのこと。哲学者はカイロネイアのセクストゥスあるいはアポロニオスのことと推定される。アポロニオスについては同じくルキアノスの第九篇『デモナクスの生涯』三一を参照。

し彼が怒るようなことがあったとしても、彼の怒りは厳しくかつ陰うつな様相を見せるものではありません。むしろ笑いを含んだもので、同席者を嬉しがらせる類のものです。彼は世界でいちばん苦しむことの少ない人間です。それは、彼の技術が苦しみの種を何も持たないですむ方法《すべ》を彼のために準備し提供してくれるからです。というのは彼には財産も家もなく、召使も妻も子供もいないからです。こういったものを所持している人間は、それが失われてしまうことになれば、辛い思いをすることは必定です、「失くしてしまうんですから」。彼が求めるのは名声や金銭ではありません。ましてや花の盛りの若衆でもありません。

五四　**テュキアデス**　だがシモンよ、彼の辛いところはどうやら食事にありつけないということのようだ。

シモン　テュキアデス、それは誤解です。食に事欠く人間はもう最初から食客ではないのです。勇敢な男は勇気がなければ勇敢な男ではありません。分別ある男というのは分別がなければ分別ある男ではありません。この条件以外では食客も存立しえないのです。問題は実在する食客について考察することで、実在しない食客について考察することではありません。もし勇敢な男はまさに勇敢さを所持することで勇敢であり、また分別ある男は分別を所持することで分別あることになるとすれば、食客もまた食事に与る当てがあってこそ食客になりうるのです。それが見込めないとするならば、食客以外の他の人間について考察することにしましょう。

テュキアデス　では食客は決して食事には困らないというのかね。

シモン　そう思われますね。他の点と同様です、その点で彼は辛い思いはせずにすみます。

五五　さてさて哲学者や弁論家は一人残らず皆ひどく臆病です。彼らの多くが棒切れを手にして歩いているのが見られましょう。もし恐れていないのであればそんな武装をする必要はないでしょう。そして家の戸もひどく頑丈に閉め切っています。夜間に誰かが彼らに対して事を起こそうとするのではないかと恐れてね。ところが食客は家の戸締りには無頓着です。風で開かない程度にしています。夜中に何か物音がしても、しないときと変わらず邪魔に思うことはありません。そして見知らぬ土地へ出掛けるときでも身に寸鉄帯びずに出掛けます。いっさい恐れるものがないからです。哲学者ときたら、わたしもこれまでしばしば見てきたところですが、何も起きる心配がないのに弓矢で装備する始末です。彼らは風呂へ行くときも朝食を食べるときも棒切れをかかえているのです。

五六　食客を姦通や暴力や窃盗やその他その種の罪で告発できるような人は誰もいないでしょう。そんな人間は食客にはなれないでしょうから。そんな人間は自分自身に不正をなす人間です。もしも食客が姦通の罪を犯すようなことがあれば、その罪とともに、その罪にともなう名称をも被ることになります。わたしの思いますのに、悪人が善人でなく悪人であるという名を頂戴しているように、ちょうどそのように食客もまた、もし何か不正を犯せば、いまあるものを放棄して犯した罪の名を被ることになるのです。弁論家や哲学者らのそのような無数の不正がわれわれの時代に起きたことを、われわれ自身ただ気づいているだけではありません。彼らが行なった不正は書物の中に残されてわれわれの記憶となってもいるのです。ソクラテスやアイスキネス、ヒュペリデス、デモステネス、それにほとんどの弁論家や哲学者を守るための弁論はありますす。ところが食客のための弁論はありません。食客が起訴されたことなんかないのですから。

五七　さて食客の人生は弁論家や哲学者のそれと比べてずっと良いものであることは確かですが、ではその死はより劣るものでしょうか。まったく反対ではるかに幸福なものです。われわれの知るところ、哲学者はすべて、いやそのほとんどがひどい死に方をしています。ある者は重罪を犯して捕まり、有罪宣告を受けて毒殺されていますし、またある者は身体全体を焼かれましたし、またある者は尿疾患で衰弱死し、またある者は亡命先で死にました[1]。食客の場合そのような死を言いたてる者は誰もいません。食べて飲んでのこの上ない幸せな死です。もし誰か力ずくで死に目に遭わされたような者がいたとしても、それは消化不良による死だったのです。

五八　テュキアデス　これで君は食客のために哲学者に対抗して充分に論陣を張った。次は、このことが養い親にとってよきことであり、かつ有益なことであるか否か、それを言ってみてくれ。わたしの思うところでは、金持ちは善意と親切を施して彼らを養うのだが、養育される側にとってはそれは恥ではないのか。

シモン　馬鹿ばかしい、テュキアデス、ご存じないんですか、金持ちというものは、たとえギュゲス[2]のごとき黄金を所持していても、一人で食べるかぎり貧乏人ですし、食客を連れずに出歩きますと乞食とかわりません。武器を持たぬ兵士のごとく、また紫の飾りのない衣服のごとく、また馬勒を着けない馬のごとくみっともないことこの上ありません。かくして金持ちも、食客なしということになりますと、お粗末で安っぽく見えるのです。食客は金持ちの飾りになりますが、金持ちは一向に食客の飾りとなってくれません。**五九**　さらに、あなたのおっしゃるとおり、金持ちの食客となることは、食客にとって非難さるべきことではありません。明らかに、劣等な者は優等な者の厄介になってよいという考えです。そこでは食客を養うことは金持ちにとって有益なことなのです。金持ちは食客によって飾られるとともに食客によって身辺警護されて充分な安寧を得るのです。戦闘の場で食客が傍らに立っているのを見たら誰だって金持ちを攻撃する者はおりますまい。また食客を持つ者は誰一人毒で死ぬことはありますまい。食客が先に飲みかつ食べるのに、誰が金持ちに敢えて死を企むでしょうか。かくして金持ちは食客を飾りとするだけではなく、食客によって大いなる危険から救ってもらえるのです。このように食客は優しい愛情ですべての危険を耐え忍ぶのです。そして金持ちに一人で食べることを許しません。食事を共にしながら死ぬことすらも選ぶのです。

六〇　**テュキアデス**　シモンよ、どうやら君は君の技術のすべてを遺漏なく説明してくれたようだ。君は準備不足だと言っていたが、そうではないね、名人達人の薫陶を受けたかと思えるほどだったよ。さて次は、食客術という名称そのものが不名誉なものではないかどうか、そいつを知りたいね。

シモン　わたしの返事が充分意を尽くしていると思えるかどうか、検討願います。そしてあなたもわたしが尋ねたことに対して最上と思えるような受け答えをするようにしてください。さて昔の人は小麦のことを何と呼んでいたでしょうか。

テュキアデス　食料と。

---

(1) 順にソクラテス、エンペドクレス、エピクロス、アリストテレスが想定される。ソクラテスが毒杯を仰いで死んだこと、エンペドクレスがエトナの火山の噴火口に飛び込んで死んだことはよく知られている。またエピクロスが尿管結石で死んだことはディオゲネス・ラエルティオス『ギリシア哲学者列伝』のエピクロスの項（第十巻一五）を参照。アリストテレスはアレクサンドロス大王死後アテナイで起きた反マケドニア風潮を避けてカルキスへ逃れそこで病死した。

(2) 前七世紀のリュディアの王。

シモン　では小麦の補給を受けるとはどういうことです？　食べるということではありませんか？
テュキアデス　そのとおりだ。
シモン　では食客になることも、それ以外の何ものでもないことになります。
テュキアデス　シモンよ、そのことが恥と思えることなのだ。
六一　シモン　ではもう一度答えてみてください、どちらがより優れているか、また二つ示されたもののうちのどちらを選ぶか。すなわち単独で航海することと、もう一つは人と一緒に航海することの二つです。
テュキアデス　わたしなら人と一緒のほうがいい。
シモン　ではどうです、一人で走るのと人と一緒に走るのとでは？
テュキアデス　人と一緒のほうだね。
シモン　ではどうです、一人で馬に乗るのと人と一緒に馬に乗るのとでは？
テュキアデス　人と一緒のほうだ。
シモン　ではどうです、一人で槍を投げるのと人と一緒に投げるのとでは？
テュキアデス　人と一緒のほうだ。
シモン　それなら同じように食事に関しても人と一緒に食事をするほうを選ぶのではありませんか。
テュキアデス　そう言わざるをえんね。わたしは今後は、学校通いの子供のように、君のところへ通学させてもらうことにするよ、夜が明けて朝食を済ませたらその技術を習得するためにね。君はそれを心おきなくわたしに伝授してくれなければいけないよ。なにしろわたしは君の最初の弟子なんだからね。母親は最初の子供がいちばん可愛いと言うじゃないか。

嘘好き人間（第三十四篇）

一　テュキアデス　ピロクレスよ、聞かせてもらえるかな、多くの人間を嘘の愛好者に仕立て上げて、彼らに突拍子もないことを好んで言わせたり、またその種の話をする連中にひどく心を寄せるようにさせたりするのはいったいどういうわけなんだろうね。

ピロクレス　テュキアデス、よくあることですよ、嘘の効用を重視して人間時には嘘も吐かねばならんということは。

テュキアデス　それは世間で言う見当違いってやつだ。わたしが尋ねたのは効用のために嘘を吐くような連中のことではない。この連中は許される。そのうちの何人かは賞讃にも価する。敵を欺き、あるいは窮乏時そこから抜け出すためにそれを特効薬として使用した。オデュッセウスだって、自分の命を救い仲間の者たちの帰国を図るために(1)その種のことは数多くやっている。ところが、なあ友よ、わたしが言うのは真実からずっと遠い嘘そのもの、方便にもならぬやつを吐く輩のことだよ。嘘を吐くこと自体を楽しみ、何ら必然的な口実もなしにそれにうつつを抜かしている輩だ。わたしが知りたいのはこういった輩のことだ、何のためにそんなことをするのかね。

二　ピロクレス　嘘を吐くことが生まれつき好きだというそんな人間がいることを、あなたご存じでしょう?

テュキアデス　たしかにそういう人間はたくさんいるね。

ピロクレス　彼らが真実を言わない理由は愚かであるせいです、それ以外に何かありますか、もし彼らが最善のものを捨てて最悪のものを選ぶというなら。

テュキアデス　それは違うよ、ピロクレス。例を挙げてもいいぞ、知性があってしかも大変立派な考えの持主の多くが、どうしてだかわからんが、その悪癖に捉われて嘘好きになっているのだ。嘆かわしいことだ、もしもそういったすべての点で卓越した人間が自分のみならず仲間の者をも欺して喜んでいるとするならば。言うまでもあるまい、君も先刻ご承知のはずだ、昔のあの連中を。ヘロドトス、クニドスのクテシアス[2]、さらにこの連中以前の詩人たち、ホメロスその人も含めた名のある連中だが、作詩するのに嘘を使っている。その結果彼らからそれを聞いた聴衆を欺すだけではない、われわれの時代に至るまで、嘘はこの上なく美しい言葉とリズムに守られて連綿として受け継がれてきているのだ。わたしは彼らの言うことにときどき恥ずかしい思いをすることがあるな。ウラノスの去勢[3]とかプロメテウスの鎖[4]とか巨人族の反乱[5]とか冥府で繰り広

(1) ホメロス『オデュッセイア』第一歌五行(「己が命を守り、僚友たちの帰国を念じつつ」松平千秋訳、岩波文庫)の捩《もじ》り。
(2) 小アジアのクニドスの人(前四世紀初頭)。二三巻に及ぶペルシアの歴史『ペルシア』を書いた(要約のみ残存)。
(3) ウラノスは、息子クロノスの反乱にあい、局部を切断された。
(4) プロメテウスはゼウスの禁を破って人間に火を与えたため、その罰としてコーカサスの岩山に鎖で縛りつけられた。
(5) 巨人族(ギガンテス、前註(3)のウラノスの生殖器が切断された際大地ガイアにその血が滴り、そこから生まれたもの)がオリュンポスの神々に挑んだ戦い(ギガントマキアー)のこと。

げられる悲劇全般とか、またゼウスが色事のために雄牛になったり白鳥になったりしたとか[1]、また人間が女性の姿から鳥や熊に変身したりとかね[2]。またペガソス[3]やキマイラ[4]、ゴルゴン[5]、キュクロプス[6]、その他同類たちのこともね。まったく奇妙で異様な話で、モルモやラミア[7]を怖がる子供たちの心を魅了する体《てい》のものだがね。

三　この件、詩人たちの場合はまあ普通のことだろう。ところが町や人あげて皆押しなべて堂々と嘘を吐いているというのは笑止千万っていうものではないかね。クレタ人はゼウスの墓なるものを開陳して何ら恥じず、アテナイ人はエリクトニオス[8]が大地から生じ、人間の最初はアッティカ[9]の地で野菜のように発生したのだと言っている始末だ。だが彼らは、大蛇の歯から生じてスパルトイ[10]と呼ばれているテバイ人よりはよほど威厳がある。こういった馬鹿ばかしい話を真実と考えず、冷静に調査してトリプトレモスが翼のある龍に乗って空中を駆けて行ったとか[11]、パンが助っ人としてアルカディアからマラトンへ来ただとか[12]、オレイテュイアがボレアスに攫われただとかいう話[13]を信じるのはコロイボスやマルギテス[14]の徒くらいなものだと考えるような人間は、これほど明々白々で真実味ある話を信用せぬとは不敬にして不見識な仁だと思われかねない。これほどまでに嘘がはびこっているのだ。

四　ピロクレス　詩人や町の場合は許せますよ、テュキアデス。詩人は伝説のなかから楽しくこの上なく魅力的な要素を、それは聴衆を喜ばすのにいちばん彼らが必要とするものですが、それを自分の書くもののなかに取り入れて混ぜ合わせます。またアテナイ人やテバイ人、またそれ以外のどこかの町の人々もああいった手法を使って己が祖国を立派なものに見せるのです。もしこういった伝説的要素がギリシアから除去

(1)ゼウスはエウロパ、レダに恋したときそれぞれ雄牛、白鳥に変身して近づき、その思いを遂げた。
(2)アテナイ王パンディオンの二人の娘プロクネとピロメラのうち、プロクネはトラキア王テレウスに嫁いだが、テレウスはピロメラに恋をしてこれを犯し、それを他言させないために、その舌を切断した。ピロメラは事情を織物に刺繍してプロクネにこれを告げ、プロクネは復讐としてテレウスとのあいだの子供イテュスを殺して夫テレウスの食膳に供した。怒ったテレウスはプロクネ、ピロメラを殺さんとしたが、その直前二人は神によってそれぞれナイチンゲール、ツバメに変身させられた。またアルカディアのニンフ、カリストは処女を護る誓いをアルテミス女神に立てていたが、ゼウスによって妊娠させられ、怒ったアルテミスによって熊に変身させられた。
(3)有翼の神馬。いわゆるペガサス。
(4)頭部は獅子、胴は山羊、尾は蛇の姿をし、口から火焔を吐き出す怪獣。
(5)ステンノ、エウリュアレ、メドゥサの三人から成る女怪物。醜怪な顔をし蛇の頭髪、猪の歯、黄金の翼を有し、その目には見た者を石に化す力があった。
(6)一つ目の巨人。
(7)いずれも女性の怪物。子供の怖がる「お化け」的なもの。
(8)神話的な古いアテナイ王で、大地から生まれたとされる。
(9)アテナイを首邑とする地方。
(10)「蒔かれたる者」の意。テバイの祖カドモスはフェニキアのテュロスからテバイの地に来てその地に棲む龍(大蛇)を退治してその歯を大地に蒔いたところ、青銅で武装した兵士が大地より生じた。その「蒔かれたる者スパルトイ」がテバイ人の祖となったとされる。
(11)デメテル女神の意を受けて龍車に乗り世界中に麦の栽培を伝達して歩いたエレウシス秘教の伝説的英雄。
(12)アルカディアの牧神。ここの話はペルシア戦争のマラトンの戦いに際してアテナイからスパルタへ派遣された使者ピリッピデスの故事に基づく。ピリッピデスは旅の途中牧神パンに遭遇し援助を約束されたという。ヘロドトス『歴史』第六巻一〇五参照。
(13)アテナイ王エレクテウスの娘オレイテュイアはボレアス(北風)に攫われ、二人のあいだにカライスとゼテスの二子が生まれた。
(14)いずれも愚者とされる人物。マルギテスは伝ホメロスの偽書(散佚)の主人公。

されてしまうとすれば、その案内者を飢え死から擁護してくれるものは何もなくなってしまいます。外国の人間はたとえ無料でも内実の話は聞きたがりませんからね。しかしこういった理由がないのに嘘を喜ぶ輩こそはまったくもって笑止千万とされても理の当然でしょう。

五　**テュキアデス**　そのとおりだ。じつはわたしはあのエウクラテス大先生のところから君のもとへやって来たのだ、信じがたい話をさんざん聞かされたあとでね。いや正確には話の途中で退席してきたのだよ、話の内容が大仰なのに堪えられなくてね。まるでエリニュエス(1)に追っかけられたみたいだったよ、たくさんの異常で奇妙な話を浴びせられてね。

ピロクレス　テュキアデス、エウクラテスは信頼するに足るお人ですよ。あの濃い鬚を生やした六〇歳くらいの、まだ哲学に大いに打ち込んでいる人が誰か他の人間が嘘を吐くのを側にいて黙って聞いてるなんて、また彼自身すすんでそんな真似をすることだって、誰も信じられませんよ。

テュキアデス　なあ友よ、それは君が知らんからだよ、彼がどんなことを言ったか、どんなふうにそれを信じているか、その大部分はいかに誓いを立てた上で言ったことであるか、自分の子供にかけて誓ってね、だからわたしは彼を見ているうちにいろんなことを考えたね。この人ちょっとおかしいのではないか、常識をはずれているのではないか、あるいは妖術師さながらに長いあいだわたしの目を欺いて獅子の皮の下に滑稽にも猿を隠していたのではないかとね。それほどに彼は突飛なことを言ったんだよ。

ピロクレス　それがどんな内容か、テュキアデス、ヘスティア(2)にかけて言ってくださいよ。長い鬚の下にどれほどのペテンを隠していたのか知りたいですね。

六　テュキアデス　わたしはね、ピロクレス、暇なときにはよく彼の許を訪れていたんだよ。で、今日レオンティコスと——ご存じのとおりわたしの友人だ——会うことになっていたんだがね。彼のところの小僧に聞くと、早朝からエウクラテスのところへ病気見舞いに出掛けたと言う。そこで二つながらの当てを果たそうと、つまりレオンティコスにも会い、またエウクラテスの見舞い——彼が伏せっているとは知らなかったのでね——も果たそうと思って彼のところへ出掛けて行ったのだ。

行ってみたら、レオンティコスはいなかったが——ひと足先に帰ってしまったということだった——他の連中がたくさんいた。逍遙派のクレオデモス、ストア派のデイノマコス、それにイオン、この人は君も知ってのとおり、プラトン解釈の点では、我こそ彼の考えを唯一正確に理解し、そしてそれを他の人に説明できる人間として讃嘆に価する存在と自認している人だが、そういった人々がいたのだ。これらわたしの言う連中がどんな人間か知っているだろう、賢さ、有徳の点で言うことなし、各学派の精粋、皆々尊敬おくあたわざる連中で、目にするにも恐ろしいばかりのお歴々だ。加えて医者のアンティゴノスもいたが、これは病気の治療のために呼ばれていたんだと思う。エウクラテスの病状はもう回復していたように見えたが、病気は慢性のものだった。脚のリウマチが再発したのだ。

エウクラテスは、わたしに目をとめると声を弱々しくひそめて彼の傍らの寝椅子に腰掛けるようにと言った。屋内に入って行ったときには、彼が何事か叫び強く主張していたのが聞こえたんだがね。わたしは充分

（1）復讐の女神たち（単数はエリニュス）。

（2）家の炉の女神。「友情にかけて」の意。

注意して彼の脚に触れぬようにし、御病気のことは知りませんでした、知ってすぐに駆けつけましたと形どおりの弁明の挨拶をしてから彼の傍らに座を占めた。

七 見たところ皆はこの病気についてこれまで多くの議論をし、そのときもまたその話をしていたようだった。各人がそれぞれその治療法を云々していたのだ。で、クレオデモスの言うのに、「わたしの言ったとおりの方法で殺したトガリネズミの歯を地上から左手で拾い上げて剝ぎ立てのライオンの毛皮に包み、脚に巻きつければ、たちまちにして痛みは止もう」と。

するとデイノマコスが言った、「いやわたしが聞いたところでは、ライオンではなくまだ処女の無垢な牝鹿の毛皮だよ。そのほうが信頼性が高い。だって鹿は足が速いし、その力の源泉は第一に足にあるのだから。ライオンはたしかに強い。その獣脂、その右前脚、その鬣の真直ぐな剛毛は強大な力を秘めている、もし各々に適合する呪文とともにそれを使いこなすことができる人にはね。だがそれで脚の治療の保証はいささかできかねるね」。

「わたしも」、クレオデモスが言った、「鹿は足が速いから鹿の毛皮を使うべきだということは、以前から知っていた。ところが最近その件でリビュアの賢人が教えてくれたのだが、鹿よりライオンのほうが足が速いんだね。彼曰く、大丈夫、ライオンは鹿を追跡して捕えますよと」。

八 その場にいた人間はリビュア人のその言やよしとして褒め讃えた。そこでわたしはこう言った、「あなた方は何か呪文を唱えて、あるいは内部が駄目になっている患部を外から貼り物をしてその痛みを取り去ろうと、本当に考えているんですか」。彼らはわたしの言葉を笑った。彼らは、もし誰もが充分考察を巡らしてもそんなことはないと反論できそうにない、すでに明白になっている事柄をわたしが知らないというなら、わたしは大馬鹿者だと思っているのは明らかだった。だが医者のアンティゴノスがわたしの問いかけに好意を抱いたようだった。彼は長年無視されていたんだと思う、彼の技術を用いてエウクラテスを助けるのが価値あることと思い、酒を控えて野菜を食べるように、総じて緊張感を和らげるように忠告したんだけどね。すぐにクレオデモスが笑いを含みながら言った。「テュキアデスよ、それはどういうことだい？　そんなことをしても病気に何らかの効果があるとは信じられないと思うのかね」。

そこでわたしは言ってやった、「そう思うね、体内で病気を引き起こしたものと無関係な体外からの処置にあなた方のいう呪文やまた何らかの魔術を添えるとこれが功を奏し、適切に治癒をもたらすと信じるほど、わたしは鼻づまりののろまではないのでね。そんなことは起こりっこない、たとえトガリネズミ一六匹全部をネメアのライオン(1)の皮で包んだところでね。わたしは何度も見たことがあるぞ、まさにそのライオンが自分の傷一つない毛皮にくるまれていながら痛みのためにびっこをひいているのを」。

九　「まったくの素人だな」デイノマコスが言った。「疫病にはどんな処方をすれば、効果があるか知ろうという気がないんだからな。どうも君は明々白々なことを受け入れようとしないようだ。たとえば周期的な熱の排除、蛇の魔法、鼠蹊部の治療、その他老婆がやるような処方がそれだ。もしこれらすべてがうまくゆけば、同じような方法でやってもうまくゆくと、なぜ君は思わないのかね」。

（1）ネメア（ペロポネソス半島東北部）でヘラクレスが退治したと伝えられるライオン。

「君はね、デイノマコス」わたしは言った、「結論の出ないことに結論を出そうとしているんだ。ほら世間で言うところの、釘で釘を打ち出すっていうやつだ。だってそのような力を借りれば起きると君が言っていることは、何ら明らかになってはいないんだからね。まずね、熱や腫れは尊い御名とか異国風のまじないとかを恐れるがゆえに鼠蹊部から逃げ出すからこそ自然とこういう結果になるのだということを、きちんと言葉を立ててわたしにわからせてくれないと、君の話は未だ老婆のお話の域に止まったままということになるぞ」。

一〇「どうやら君は」デイノマコスが言った、「そんなことを言うとは神の存在を信じていないようだな、病気治療は聖なる名前を呼ばわることによって可能となるとは思えないというのならね」。

「ねえ君、それは言わないことだ」わたしは言った、「だって神が存在していてもそんなことが嘘だということを防げるものは何もないのだからね。わたしは神々をうやまいもしているし、神々の行なった治療を、病人を薬や医術で回復せしめた善行をこの目に見てもいる。アスクレピオスその人、また彼の子供たちは穏やかに薬を塗布して病人の治療をする。ライオン［の毛皮］やトガリネズミ［の歯］を巻きつけたりということはしないいね」。

一一「彼は放っておきたまえ」イオンが言った、「わたしは諸君に一つびっくりするようなことを紹介しよう。まだわたしが一四歳くらいの少年だったときのことだ。ある人がやって来て父に言うには、ぶどう園の園丁のミダス、この男は殊のほか頑強で勤勉な使用人だったが、それが昼前の時刻に蛇に噛まれて倒れ、はや足が壊疽を起こしているということだった。彼がぶどうのツルを束ねて支柱に結んでいたとき、蛇が這い寄って来て彼の足の親指を噛んだのだ。そしてたちまちまた穴の中へ入ってしまった。噛まれたほうは痛みに堪えかねて声をあげたという始末だった。

この報せが届き、そしてわたしたちは仲間の奴隷たちの手で臥台に乗せられて運び込まれて来たミダス本人を見た。体全体が青黒く腫れ上がり、肌の表面が濡れそぼち、もう虫の息だった。嘆き悲しむ父にそばにいた友人の一人が言った。『大丈夫だ、世にカルデア人と呼ばれているバビュロニアの人間をすぐに呼んで来てやるよ、その男が直してくれる』。詳細は省くが、とにかくそのバビュロニア人がやって来て何やら呪文を唱えて体内の毒を追い出し、さらにその足に死んだ処女の墓の墓石から小片を削り取って当てがい、ミダスを生き返らせた。

これはおそらくよくあることなのだ。ミダス本人自分が乗せられてきた臥台を手に持って畑へと戻って行った。呪文とあの墓石にはそういう効能があったのだ。一二 このバビュロニアの男は他にもじっさいに奇蹟を起こしている。彼は早朝に畑へ出掛け、古書にある七つの聖なる名前を呼ばわり、その場を硫黄と松明で浄めて三度旋回し、その境界内にいる蛇をすべて呼び出した。すると呪文に引き寄せられたように、無数の蛇、コブラ、マムシ、ツノクサリヘビ、突進ヘビ、ガマ、ふくらみガマが出て来たが、一匹の老ヘビがあとに残った。思うに老齢のために命令を聞いても這い出るだけの力がなかったのだな。すると魔術師のこの男、全員が出てきておらんと言い、蛇のなかのいちばん年の若いのを選び出してその年寄りの蛇のところへ行かせた。するとすぐに奴も出て来た。全員が揃ったところで、バビュロニア人が彼らに息を吹きかけるとたちまちにしてその息吹きで全員がどっと燃え上がり、わたしたちは息を呑んだのだった」。

一三「ねえイオン、教えてくれませんかね」わたしは言った、「その使者役となった若いヘビは、そのあなたのおっしゃるようにもう老境にあった大蛇を手で引いてきたんですか、それとも奴は杖を手にそれにすがってきたんですかね」。

「茶化しちゃいかん」クレオデモスが言った、「わたし自身、以前はそんなことには君以上に不信感を抱いていたものだ。——どう考えてもそんなことは起きるわけがないと思っていたからね——ところが異国から来た客人——ヒュペルボレオス人(1)の国から来たと言っていたが——が空を飛ぶのをはじめて見たとき、信じたね、長いこと抵抗したけど負かされてしまった。彼が昼日中空中を運ばれて行き、水の上を歩行し、火の中をゆっくり渡り歩いて行くのを見たとき、いったいどうしたらよかったろうか」。

「あなたは見たのですか」わたしは言った、「そのヒュペルボレオス人が空中を飛んだり水上を歩いたりするのを」。

「見たとも」彼は言った、「あの連中がふだんよく履く靴を履いてね。彼がしてみせたのは取るに足らん些事だ。それをなんで喋々せねばならん、エロスを送り込んだり、神霊（ダイモーン）を連れ出したり、日の経った骸を甦らせたり、女神ヘカテその人を人目に晒したり、月の女神セレネを引きずり降ろしたりもできるのだぞ。一四 じゃ君にわたしの目撃談を語って聞かせよう、アレクシクレスの子のグラウキアスのところで彼がしてみせた一件だ。

最近グラウキアスは父の死に遭い遺産を相続したが、デメアスの妻のクリュシスと恋に落ちた。わたしは彼の哲学の教師に雇われたのだったが、もし彼が恋愛沙汰で時間を取られていなかったら、彼は逍遙派の教義をすべて理解していたことだろう。一八歳という年齢だったが分析論に打ち込み、『自然学』[2]の講義を習得していた。ところが恋愛に関してはお手上げだった彼は、隠さずそれをわたしに打ち明けた。わたしは彼の師であったから当然だが、かのヒュペルボレオス人の魔術師を彼のところへ連れて行き、まず四ムナの料金を払わせる――犠牲代を支払わねばならぬからだ――次いで、クリュシスとの事がうまく運べば一六ムナを支払うということにした。彼は満月を凝視して――そういった儀式はたいていそのようなときに行なわれるのだが――真夜中ごろ戸外のどこかに穴を掘り、まずは七ヵ月前に死んだグラウキアスの父親のアレクシクレスをわれわれの前に呼び出してみせた。老父は恋愛沙汰を怪しからんと怒っていたが、けっきょくは息子に恋の話を進めるようにと言った。次いで彼の魔術師はケルベロス[3]を伴ったヘカテ[4]を地下から連れ出して来、月の女神セレネを天上から引きずり降ろした。これが時と所に応じて変幻自在、多彩に姿を変えるのだ。まず初めに女性の姿形を見せると、次には非の打ちどころなく美しい雄牛の姿となり、次に今度は子犬に姿を変えた。最後にヒュペルボレオス人の男は粘土から小さなエロス像を造り出して言った、『さあ行ってクリュシスを連れて来い』。すると粘土［のエロス］は飛び立って行ったが、しばらくすると彼女が玄関に立ってドアを叩き、家に入って来てグラウキアスを抱擁した、あたかも狂おしく愛しているかのように。そして雄鶏が時を告げるまで彼と時間を共にした。それからセレネは天上へ飛び立って行き、ヘカテは地の底へ潜

（1）世界の極北の地に住むとされる伝説的民族。
（2）アリストテレス『自然学』を指す。
（3）冥府の番犬。
（4）冥府と夜の女神。

り、その他の幻影も姿を消した。そしてわたしたちは夜明け前の頃、クリュシスを家へ送り帰した。一五 テュキアデスよ、もし君がこれを目撃したら、君も呪術には有効なものが多々あることを認めざるをえまいよ」。

「そのとおりだ」わたしは言った、「もしそれをこの目に見ていたら信じざるをえなかっただろうね。でももしわたしがあなた方と同様にものをはっきり見ることができないとしても、それは許してもらえると思う。だがわたしはあなたの言うクリュシスは知っている。愛らしい女で、しかも手ごろな女だ。ところがわたしにはわからんのだ、なんでまたあなた方は粘土製の使者やヒュペルボレオス人の呪術師やセレネまでも彼女のために必要としたのか、二〇ドラクマもあれば彼女をヒュペルボレオス人の国許までも連れて行くことが可能であったのに。女性はこの種の呪文にはからきし弱い。その点亡霊どもとは反対だ。つまり亡霊どもは青銅や鉄の鳴る音を聞くと逃げ出すが——このことはあなた方の言うとおり——女性は銀貨の音がすると、その鳴るほうへ足を向ける。またその呪術師そのものもわからん男だね、金持ちの婦人連中からちやほやされてその持ち金全部を頂戴できるというのに、ケチな男だ、四ムナぐらいでグラウキアスを好いたらしい男にしてやったとは」。

一六 「これは笑止千万」イオンが言った、「いっさい信じないとはね。ではぜひお尋ねしたいが、物の怪に取り憑かれた人間をきっちり悪霊払いをして恐怖から解放してやるような人たちのことについては何と言うかね。これについてはわたしが言うまでもない。皆知っていることだ。この道に精通したパレスティナ出身のシュリア人だがね[1]、月の光にあたって倒れ、白目をむき、口中泡だらけにしていた者を引き受けて、これを回復させてきっちり元どおりにしたのだ、たっぷり料金を取ったが恐怖は取り除いてやったのだよ。彼は病臥している者たちの傍らに立ち、いつから彼らは体内に入り込んだのかと問うと、病人その者は黙ったままで、神霊が答えるのだ、ギリシア語であるいはまたその出身地の異国の言葉で、どうやって、いつからその人間の体内に入り込んだのかをね。そして彼は懇願する。もし応じなければ脅して神霊を追い出す。わたしは黒くて煙のような肌をしたものが抜け出て行くのをこの目に見たものね」。

「それは大したことじゃない」わたしは言った、「イオンよ、そんなものが君に見えるってことはね。君らの師父プラトンが言うところのイデアそのものさえも君にははっきり見えるんだから、われわれ目の悪い者にはぼんやりとしか見えないが」。

一七 「イオンだけかな」エウクラテスが言った、「そんなものを見たのは。他の連中は昼夜を問わず神霊なんかに出会ったことはないのかな。わたしは一度ならずほとんど無数にと言っていいくらいそれを見た。最初は惑乱させられたが、いまではもう慣れて格別異常だとは思わなくなっている。殊にあのアラビア人が十字架から造った鉄の指輪をわたしに呉れ、世に有名な呪文を教えてくれたとき以来はな。だがテュキアデスよ、君はわたしの言うことを信じてくれんだろうな」。

「どうしてわたしが信じないことがありましょうか」わたしは言った、「デイノンの子のエウクラテスを、

(1)これを古註(スコリア)はイエス・キリストととるが、これは当たらない。おそらく作者と同時代人でしかもキリスト教徒ではない祈祷師と考えてよい。

賢人にして、己の意見をまったく自由に述べて家に居ながら世間的に権威を発揮できるお人を」。

一八 「人の似姿についての件は」エウクラテスが言った、「毎夜家で子供にも若者にも老人にもその目に見えた。この話、君はわたしからだけでなくわれらすべての人間から耳にするだろうよ」。

「どんな似姿です」わたしは言った。

「君、見なかったかね」彼は言った、「ここに来たときにさ、中庭にとても美しい似姿が立っているのを。人物像の作家デメトリオス[1]の作品だ」。

「ひょっとしておっしゃっているのは円盤投げの像のことですか」わたしは言った、「かがみ込んで放り投げようとする形を取り、頭を円盤持つ手のほうへ返し、一方の膝をそっと曲げ、放り投げる瞬間に一緒に身を起こそうとしているかに見えるあれですね」。

「いやそれじゃない」彼は言った、「君の言う円盤投げの像は、あれはミュロン[2]の作品の一つだ。その脇のも違うよ、頭にヘアバンドを巻いた美丈夫もね。あれはポリュクレイトスの作だ。入って右手にあるやつは措いておきたまえ。そこにあるのはクリティオスとネシオテス[3]の作品だ。例の僭主殺し[4]の像だよ。君、噴水の傍らにあっただろう、太鼓腹で頭の禿げた、衣を半分はだけ、鬚を風になびかせ、髪は乱れ、血管の浮き出た、正味の人間そのものの像、わたしが言っているのはそれだよ。コリントスの将軍ペリコス[5]の像ということになっている」。

一九 「ええ見ましたとも」わたしは言った、「噴水の右手でしょう、ヘアバンドと枯れた花冠を付け、胸部が金箔で飾られたやつですね」。

「金箔を付けたのは」エウクラテスが言った、「わたしだよ、三日間熱にうなされたのを治してくれたんでね」。

「彼は医者でもあったというんですか」わたしは言った、「あの好漢ペリコスが」。

「そうだ。馬鹿にしちゃいかんよ」エウクラテスは言った、「すぐにもつけ狙われるぞ。わたしは、君が嗤うこの像がどれほどの効能を振るえるか知っているのだ。君は思わんかね、この像は熱を取り下げる能力があるんだから、また誰でも好むがままに熱を送りつけることもできるんだと」。

「その像が」わたしは言った、「恵み深く、和やかでありますように、それほどまでに男らしいのですから。でも家の中にいる皆は、その像がその他にどんなことをやったのを見たのですか」。

「夜になると早々に」彼は言った、「あの像は乗っていた台座から下りて家の周囲をぐるりと巡るのだ。ときには奴が歌を唄うのをわれわれ皆聞いたことがある。奴は誰にも危害は与えない。ただこちらが身を避けなければならぬ。すると奴は見ている者らには何の邪魔もすることなく通り過ぎて行く。奴はよく風呂に

(1) 後二世紀の彫刻家。

(2) 古代ギリシアでペイディアス(フェイディアス)やポリュクレイトスと並び称される高名な彫刻家。前四六〇—四四〇年が最盛期。

(3) 共に古典期の彫刻家。

(4) 前六世紀末アテナイの僭主ペイシストラトスの息子で同じく僭主の地位にあったヒッピアスとヒッパルコスの二人の暗殺を企てたハルモディオスとアリストゲイトンの二人を指す。

(5) 前四三四年エピダムノスに侵攻したコリントスの将軍アリステウスの父と見なされる。トゥキュディデス『歴史』第一巻第二十九章参照。像自体は写実的にすぎるのでより後代の作家のものと考えられている。

入ってひと晩中遊び戯れている。水がバチャバチャいう音が聞こえるんだ」。

「それならほら」わたしは言った、「その像はペリコスではなくて、クレタ島のミノスの息子のタロス(1)ですよ。彼の身体は青銅で、クレタの島を巡回して歩いていました。もしも、ねえエウクラテス、像が青銅製でなくて木製だったとしても、それはデメトリオス(2)の作品ではなくてダイダロス(3)の傑作の一つである、そう言って間違いありません。あなたのおっしゃるとおりだとすると、この像も台座から離れるんですね」。

二〇「いいかね、テュキアデス」彼が言った、「笑いの種に仕立てたはいいが、あとで臍《ほぞ》をかまぬようにな。毎月新月の頃に彼にお供えする賽銭を盗む輩がどんな目に遭うか、わたしは知っているんだからね」。

「とんでもないことになった」イオンが言った、「神殿荒らしですからね。で、エウクラテス、その男はどんなふうに懲らしめられたのです。聞きたいですね、たとえこのテュキアデスがどれほど信じまいとしてもね」。

「何オボロスもの銭が」彼が言った、「彼の足許に散らばっていた。その他いくらかの銀貨が蠟で彼の腿に貼り着けられていた。それに銀製の箔もね。さらに誰かからのお供物もあったし、あるいはまたあの人この人からの快癒のお礼もあった、お蔭さまで熱が取れましたというね。さてここにあるリビュア人の性格《たち》の悪い馬廻りの召使がいた。こいつが夜中にこれを全部いただこうと企て、像が台座から降りるのを見計らってこれをいただいてしまった。ペリコス像が引き返してきていっさいが奪い取られているのを知るや否や、見るがいい、彼がどんな風にそのリビュア人を捕えて懲らしめたかを。リビュア人は可哀そうにひと晩中中庭をぐるぐる歩き廻って、あたかも迷宮に迷い込んだかのようにそこから抜け出せず、とうとう夜が明けて盗品を持っているところを捕まってしまったのだ。そのとき捕えられた彼は少なからぬ打擲を受けた。存命期間は長くはなかった。悪漢は鞭打ちを受けて悪漢らしく死んだ。彼の言うところによると、ぶたれるのは毎晩で、ミミズ腫れの痕が翌日まで身体の上に残るほどだったという。なあテュキアデスよ、これを承知の上でさらにペリコスと、それにわたしとを愚弄してみるがいい、ミノスと同年輩と言っていいほど老いぼれて呆けていると言ってな」。

「でもね、エウクラテス」わたしは言った、「青銅は青銅です、それがアロペケのデメトリオスの造った作品で、誰か神さまが造ったものではなく人間の手になるものである以上、わたしはペリコスの像など怖れはしません。たとえ生きていてわたしを脅かしたところでわたしは恐れはせんでしょう」。

二一　このあと医者のアンティゴノスが言った、「エウクラテスよ、わたしのところに高さが腕の長さくらい[4]の青銅のヒッポクラテス像[5]があるがね、こいつが蠟燭の芯が消え失せると家じゅうを音を立てながらぐるぐる廻るんだ。小箱をがちゃがちゃ掻き廻し、薬を調合し、乳鉢を引っくり返してね。毎年彼に供する犠牲式が遅れたときがとくにひどいね」。

(1)クレタ島の番人とされる怪物。普通はヘパイストス(あるいはダイダロス)によって造られ、ミノスに従者として与えられたとされる。
(2)ペリコス像の作者。アテナイ市南郊アロペケの出身。
(3)古代ギリシアの伝説的名匠。
(4)腕尺。大人の前腕の長さを単位とした古代の尺度。およそ五〇センチメートル。
(5)前四六〇年頃コス島生まれの自然科学者。医聖として有名。

「ヒッポクラテスも」わたしは言った、「犠牲を供されるのを期待していて、ちゃんと時期を守って万般遺漏なくお供物が供されないと怒るっていうことでしょうかね。彼には食べ物のお供えをするか、乳と蜜の飲み物を注ぐか、墓石に花冠を被せるかすれば、それで充分満足すべきですよ」。

二二 「では聞きたまえ」エウクラテスが言った、「五年前に目撃したことだ。証人もいるんだ。ちょうどその年のぶどうの収穫の時期だったよ。お昼ごろわたしはぶどう摘みの労働者を畑に残したまま、自分はそのあいだ考え事をし、もの思いにふけりながら森の中へ入って行った。濃い繁みに入ったときだった。最初犬たちの吠え声がした。わたしは息子のムナソンがいつものように遊び戯れていて、友人たちと一緒に藪の中へ犬を追い込んだのだろうと思った。ところがそうではなかった。たちまち地揺れがしたかと思うと雷鳴のような音がして、身の丈が半スタディオン[1]になんなんとする恐ろしげな女がこちらに向かって来るのが目に入った。彼女は左手に松明、右手には二〇腕尺の長さ[2]の剣を持ち、下半身は蛇の足、上半身はゴルゴン[3]そっくりで、その目つきの凄さ、顔つきの恐ろしさも付け加えたい。頭髪の代わりには蛇の巻いたのが首の周りに流れ落ちてとぐろを巻き、いくらかは肩の上に散りかかっている。ほら見てくれ――彼は言った――なあ、皆、こうして話をしているあいだでもどんなに身の毛がよだっているか」。

二三 こう言いながらエウクラテスは恐怖のために腕の毛が逆立っているのを見せた。イオンやデイノマコスやクレオデモスを含む皆は口をあんぐりと開けて一途に彼に視線を集中した。老人連中は鼻面を引き廻された。その信じがたい巨像をうやうやしく跪拝する思いだったのだ。半スタディオンの大きさの女性、巨大な妖怪を。そのあいだわたしは心中にこう思っていた、「ああ、こんな人たちが若者と交わって彼らに知恵をつけ、多くの者から賛辞を受けているのか。彼らが幼児と違うのは白髪と鬚だけだ。その他の点では幼児よりもずっと嘘に染まりやすい連中だ」。

二四　デイノマコス〔が〕言った、「エウクラテス、言ってください、女神の犬の大きさはどれくらいあったか」。

「インドの」彼が言った、「象よりもずっと大きかった。黒くて毛むくじゃらで、毛は汚れて埃だらけだった。わたしはそれを見て立ちつくし、それと同時にアラビア人が呉れた指輪を指の内側に廻した。ヘカテはその蛇の脚で大地を打って深さがタルタロス(4)に達するほど大きな亀裂をこしらえた。そしてそのあとすぐにその中に取り込まれて行った。わたしは目まいがして真逆さまに落ち込まないように、そばに生えていた木を掴んで、勇を鼓して中を覗き込んだ。すると冥府のすべてが目に見えた。ピュリプレゲトン(5)も湖もケルベロス(6)も骸《むくろ》たちも、その中のいくつかは識別できたほどだ。親父の骸もはっきり見えた。埋葬したときの衣にまだ包まれたままにな」。

「魂たちは」イオンが言った、「エウクラテス、何をしていました？」

---

(1) 一スタディオンは一八〇メートル。

(2) 一腕尺は約五〇センチメートル、したがって二〇腕尺は一〇メートル。

(3) 三人の女ステンノ、エウリュアレ、メドゥサから成る怪物。醜怪な顔、蛇の頭髪、猪のような歯をし、黄金の翼をもち、その目には人を石に化す力があった。

(4) 地底の冥府。

(5) 冥府を流れる河の一つ。文字どおりには「火と燃える河」の意。

(6) 冥府の番犬。

「部族氏族ごとに親戚知人が固まって水仙の花の上に坐り込み暇つぶしをする以外、何もあるまいじゃないか」。

「ここで反論してもらいましょう」イオンが言った、「エピクロス派の連中に[1]、神聖なるプラトンとその霊魂論に対して。ソクラテスその人、およびプラトンは骸たちのなかに見つかりませんでしたか？」

「ソクラテスは見たんだが」彼は言った、「はっきりとは識別できなかった。だが禿頭で太鼓腹からそうではないかと思ったのだ。プラトンは識別できなかった。こう言うのは、わたしは友人仲間には本当のことを言うべきだと思うからだ。

すべてを充分に見終わるや否や、亀裂は口を閉じた。召使たちの何人かがわたしを捜しに来た。ここにいるこのピュリアスもそのなかの一人だった。連中が来合わせたとき口はまだ完全に閉じていなかった。ピュリアスよ、わたしが本当のことを言っているかどうか、さあ言ってくれ」。

「神かけて」ピュリアスが言った、「たしかに吠え声が亀裂の底から聞こえ、火のようなものが燃えていました。どうやら松明の火のようでした」。

わたしは証人が吠え声と火とを証拠として査定したのには笑ってしまった。二五　クレオデモスが言った、「あなたが見たものは別に珍奇なものでもなく、また他の人間には見えないものというわけでもありません。わたし自身もつい最近病気をしたとき、そんな風なものを見ました。このアンティゴノスがわたしを訪ねて来てくれて側についていてくれていました。七日目のことでした。熱は激烈な熱病さながらでした。皆はわたしを一人ぼっちにして戸を閉め室外でじっと待っていました。アンティゴノスよ、君がそうするように手配してくれたのだ、なんとかしてわたしが眠り込めるようにと。するとそのとき目を覚ましたわたしの傍らに白い外套を羽織った美々しい若者が立ち、わたしを立たせ、とある亀裂を抜けて冥府へと連れて行ったのです。タンタロスやティテュオスやシシュポス(2)を見てすぐにそれと悟りました。これ以上さらに何を申すべきでしょう?　法廷にやって来ますと——アイアコス(3)やカロン(4)、モイライ(5)、それにエリニュエス(6)が詰めてましたがね——王侯然とした男、わたしにはプルトン(7)と思えましたが、それが、これから死のうとしている者の名前を読み上げながら坐っておりました。彼らには生存の満期が来てしまっていたのです。若者がわたしを案内して彼の傍らに立たせました。プルトンは不機嫌な顔で、わたしを案内した男に向かってこう言いました、『この者の糸はまだ織り上がっておらん。釈放してやれ。鍛冶屋のデミュロスを連れて来い。奴は紡錘《つむ》以上

---

(1) 唯物主義者エピクロスは霊魂の存在は認めるものの、それの死後の存在は否定した。

(2) いずれも冥府で神の罰を受けている者たち。タンタロスはゼウスとプルトの子で、神々の食卓に招かれたことを人間に漏らしたために冥府で罰を受けた。その罰は池中に首までつかり、喉がかわいて水を飲もうとすると、水が退き、飢えて頭上の木の実を食べようとすると枝がはね上がってしまい、つねに飢えと乾きに苦しめられるというもの。また別に頭上に大石が吊り下がり落下して圧し潰される恐怖におののくという説もある。ティテュオスはガイアの子で、冥府で二羽の禿鷹に肝臓を食われているとされる。またシシュポスは冥府で永久に大石を山頂に押し上げ続ける罰を受けた。

(3) ゼウスとアイギナの子。ギリシアの英雄のなかで最も敬虔な人とされる。死後は冥府にあって裁判官を務めた。

(4) 冥府の河アケロンの渡し守。

(5) 運命の女神モイラの複数形。

(6) 復讐の女神エリニュスの複数形。

(7) 冥府を統べる神。

に生きておるからな』。わたしは喜んでその場から引き返しましたが、そのときはもう熱は退いていました。そしてわたしは皆の者にデミュロスの死が近いことを告げました。この男はうちの近所に住んでいて、病気で伏せっているという話でした。で、ほどなく彼の死を嘆く声が挙がるのが聞こえたのです」。

二六　「なんの驚くことがあろうか」アンティゴノスが言った、「わたしは死んで埋葬されてから二〇日後に生き返ったさる人間を知っているよ。死ぬ前も生き返ったあともわたしの患者だがね」。

「ではどうして」わたしは言った、「二〇日間ものあいだ、彼の肉体は腐敗もせず、また飢えのために崩壊もせずにすんだのでしょうかね、エピメニデス(1)のような輩を診たのではないとすれば」。

二七　われわれがこんなことを議論しているときに、エウクラテスの息子たちがレスリング場から帰宅して部屋に入って来た。一人はもうすでにいい若者で、もう一人は一五歳くらいだった。二人はわたしたちに挨拶をして父親の傍らの寝椅子に腰を下ろした。わたしのためには高椅子が持って来られた。エウクラテスは息子たちの顔を見て思い出したかのように言った、「この子たちがわたしの喜びでありますように」。そして彼らの肩に手を置いた。「テュキアデス、君には誓って本当のことを言おう。死んだわたしの妻、この子らの母親をわたしがどれほど愛していたか、皆知ってくれている。わたしは彼女が生きているときだけでなく死んでからもしてやったことでそれを明らかにしたのだ。すなわち彼女が生きていたときに好んで着けていた装身具と着物とを一緒に焼いてやったのだよ。彼女が死んで七日目のことだった。わたしはいまと同じように寝椅子に横になって悲しみを慰めていた。つまりプラトンの魂に関する書物を心静かに読んでいたのだ。そうしているあいだにあのデマイネテ(2)その人が入って来て、ちょうどいまのこのエウクラティデス――

彼は若いほうの息子を指した――のようにわたしの近くに坐ったのだ」。息子はただちに子供のようにひどく震え出した。もう前からこの話に顔は青ざめていた。「わたしは」エウクラテスが言った、「彼女を見るや、これを抱きしめ、嘆きの声を挙げて涙流した。しかし彼女はわたしが泣くのを許さず、こう非難して言った、他のことは何もかも嬉しかったが、ただ一つ金メッキ製のサンダルの片方を焼いてくれなかった、それは、彼女の言うのに、木箱の下に放り出されてあるじゃないかと。そのために見つけ出せず、わたしたちは片方だけを焼いたのだった。わたしたちがなおも話を続けていると、寝椅子の許にいた忌々しいマルチーズ犬が吠えた。すると彼女はその吠え声で姿を消した。サンダルは木箱の下から見つかり、そのあと焼かれたよ。

二八　これでもまだ、なあテュキアデスよ、信ずるに価しないかね、明々白々で、日ごとに現われ出てきているものなのに」。

「神かけて」わたしは言った。「信じない者、それほどまでに真実に対して破廉恥な者は、子供のように金メッキのサンダルで尻をぶたれるに価するでしょうね」。

二九　このときピュタゴラス派のアリグノトスが入って来た。長髪で厳かな顔付きをしていて、君もご存じのとおり知者として鳴らしており、神官と渾名されている男だ。彼の姿を見てわたしはほっと一息ついた。こいつはいい、嘘話を撃破する斧の御入来だと思ったからだ。この賢人なら――わたしは自らに言った――大法螺話をまき散らす連中の口を封じてくれるだろうと。運の女神（テュケ）があのいわゆる「機械仕掛け

（1）四〇日間眠り続けたと言われるクレタの神官。

（2）エウクラテスの妻。

の神(1)」としてこの男をわたしの許へ送ってよこしたのだと、わたしは思った。クレオデモスが彼のために作った席に坐ると、彼はまずエウクラテスの病状を尋ねた。エウクラテスからもうよくなったと聞くと、こう言った、「皆さん、何の議論をしておられたのですかな。入って来るときにちょっと耳に聞こえたもんでね。どうやら話は佳境にあるようですな」。

「ほかでもない」エウクラテスが言った、「このわからず屋を――とわたしを指しながら――説得していたんだよ、神霊や亡霊はこの世に存在する、死者の魂は地上を徘徊している、欲する者にはそれが見える、といったようなことを信じなさいとね」。

わたしは顔が赤くなる思いがして、アリグノトスの手前恥ずかしくてうつむいてしまった。彼は言った、「ねえ、エウクラテス君、テュキアデスが言うのは、首を括ったり、頭を刎ねられたり、磔にされたり、また同種の方法でこの世とおさらばした、いわば非業の死を遂げた者の魂だけは徘徊しているが、寿命が来て死んだ者はそのかぎりではないということだろうよ。もしそういうことなら、格別埒もない話というわけでもなかろう」。

「いやいや違う」デイノマコスが言った、「彼は、そんなものはいっさい存在しないし、
三〇　また目に見える形になることはないという考えなのだ」。

「どうだね」アリグノトスがわたしに鋭い一瞥をくれながら言った、「そんなものは何一つ生じっこないと思うのかね、話では皆が皆それを見たと言ってるんだが」。

「わたしの弁護を」わたしは言った、「お願いしますよ、もしも皆はともかくわたしだけには見えないがゆ

えに、信じられないというのであれば。もし見えていればあなた方と同様にもちろん信じていますよ」。

「それじゃあね」彼が言った、「もし君がいつかコリントスへ行くようなことがあれば、エウバティデスの家はどこかと訊いてみるといい。クラネイオン(2)の端《はた》だと教わったらそこへ入って行き、門番のティベイオスに言うんだ、ピュタゴラス派のアリグノトスはどこから精霊を掘り出して追い払い、その後その家を住めるようにしたか、その場所を見たいものだと」。


三一 「それはいったいどういうことだ、アリグノトス」エウクラテスが言った。

「ずっと前から」彼は言った、「怖れられて無人になっていたのだよ。人が住もうと思ってもすぐに恐怖に駆られて逃げ出すのだ、何かしら恐ろしい肝をつぶすような亡霊に追い立てられてね。建物はすでに崩壊し、屋根は落ち、誰一人敢えて中へ入ろうとする者はいなかった。

このことを聞いたわたしは、書物を持って——そういったことについて書かれたエジプトの書物をわたしはたくさん持っていた——ちょうど就寝時の頃にその家へ行った。家の主人は追い返そうとし、決して受け入れようとしなかった。わたしがどうしようとしているか知っていたからだ。彼の考えではわたしの行為は明らかに禍を求めるものだったからだ。わたしは灯りを手にして単身家の中へ入って行った。大広間で灯り

(1)古代ギリシア悲劇の劇作技法の一。文字どおり機械仕掛けで舞台上に現われた神が錯綜した劇の筋をその威力で一挙に解決する手法。

(2)不明。「ミズキの木立ち」の意か。いずれにせよコリントスの一部地域の名。

を置き、静かに床に坐り込んで本を読んだ。すると精霊が立ち現われた、普通一般の誰かの許にやって来るような様子で、他の人間と同様にわたしをも恐れさせるよう目論んでのことのようだった。汚れた身体、頭は長髪、闇よりも黒々とした姿だった。彼は立ち上ってわたしを試した。どこを攻めれば征圧できるかとあらゆる角度から襲って来た。あるときは犬となり、またあるときは牛となり、あるいはまたライオンの姿となって。そこでわたしはエジプトの呪文のうちの最も恐ろしいのを選んで呪え、暗い部屋の隅へと彼を追い込んだ。そこで彼が沈み込んだのを見届けて、わたしはそのあと眠りについた。

　翌朝、皆が絶望して他の人間たち同様に骸姿になったわたしを見つけるだろうと思っていたところ、皆の意に反してわたしが出て来てエウバティデスのところへ行き、吉報をもたらすことになったのだ、すでに家は清められ何の憂いもなく住めますよと。わたしは彼とその他の多くの者たち――彼らはこの珍奇な一件でわたしに随《つ》いて来たのだったが――を連れて行き、精霊が沈み込むのを目撃した場所へ導いて、ツルハシとシャベルを使って掘るようにと言った。で、そうやってみると、腕の長さくらいの深さのところに年古りた遺体が骨格だけの形になって埋まっているのが発見された。わたしたちはこれを掘り出して埋葬に付した。するとこのときからその家は亡霊に悩まされることがなくなった」。

三二　こうしたことを、その知恵神にも等しくすべての人の尊敬を集める仁アリグノトスが言うと、それを信じようとしないわたしのことをまったくの愚か者だと思わぬような輩は、その場にいた者たちのうちではもう一人もいなかった。それを言ったのがアリグノトスだっただけになおさらだった。

　けれどもわたしは何一つ恐れなかった。彼の髪型も彼の評判も怖くはなかった。「どういうことです」わたしは言った、「アリグノトスよ、あなたもお仲間ですか、真実への唯一の希望が――煙と幻覚に包まれたじゃありませんか。諺に言うあれですね、『宝物も木炭ガラとなりにけり』とね」。

「君ね」アリグノトスが言った、「わたしの言うこと、またデイノマコスやここにいるこのクレオデモス、それにエウクラテスその人の言うことも信じられないというのなら、さあ言ってみたまえ、いったい誰がこういったことについてわたしどもとは反対のより信頼性に足ることを言っていると思うかを」。

「神かけて」わたしは言った、「アブデラ(1)出身のあのデモクリトスこそ最も驚嘆すべき仁です。彼はそのような現象が存在しえないことを確信していました。彼は城壁外の墓地に身をひそめ、夜も昼も執筆し作曲して日を過ごしていました。すると若者たちが何人か彼をからかう目的で、一つ脅かしてやれと死者に似せて黒い衣を着用し、頭にそれらしい仮面を着けて彼を取り巻き、強い歩調で跳びはねながら踊り巡ったのです。だが彼のほうは彼らの扮装を恐れることもなく、彼らのほうに目を遣ることもまったくなく、ずっと執筆を続けながら言ったものでした、『お遊びはよさないか』と。彼は魂は肉体の外に出たら無になるということを確信していたのです」。

「それだと」エウクラテスが言った、「君はデモクリトスをも愚かな男だと言っていることになるぞ、もしじっさい彼がそう認識していたとするなら。 三三 ではもう一つわたし自身体験したことを君にお話ししよ

(1) ギリシア北方のトラキア地方のエーゲ海沿いの町。アトム論を唱えたデモクリトスのような偉人も出たが、古来この町は愚者の町として世に知られていた。

う、他人から聞いた話ではない。これを聞いたらすぐに、なあテュキアデスよ、本当の話だと得心するだろうよ。わたしがまだ若かった頃、父親から勉強して来いと送り込まれてエジプトにいたときのことだが、思い立ってコプトス[1]まで河を上り、そこからメムノン[2]像へ至り、そこで昇る太陽に向けて彼が鳴らす妙なる挨拶の音を聞いてやろうと考えた。彼の口からわたしが聞いたのは、多くの人々には普通のこととなっているような何かわけのわからない声というのではなく、ちゃんとメムノン自らその口を開けて七つの言葉をもってわたしに宣告してくれたのだ。もし話が脱線する憂いがないというなら、その言葉をそっくり君に話してあげてもいいがね。三四　ナイルを遡行中、たまたまメンピスの人間で神殿の書記をしている人がわたしと同乗していた。驚嘆すべき知識の持主でエジプトに関する学問万般に通じている人だった。彼は二三年間神殿の地下に籠りイシス[3]の神から魔術を授けられたということだった」。

「あんたの言っているのはパンクラテスだ」アリグノトスが言った、「わたしの先生だよ。聖人でいつも鬚を剃っている、思慮深い人だが、純粋なギリシア語は話せない。背が高くて、獅子鼻で突き出した唇、かぼそい脚をしている」。

「そうだ」彼は言った、「そのパンクラテスだよ。最初彼が誰かわからなかった。しかしわれわれの船が停泊すると、わたしは彼がいろいろな思いがけないことをやって見せるのを目撃することになった。とくにワニの背中に乗って運ばれて行ったり、野獣どもと一緒に泳いだり、そして野獣のほうはうずくまって尾を振ったりするのを見たときに、この人はどこかの聖人なのだと思ったよ。それからわたしは少しずつ友誼を深めて彼と連れになり、いつの間にか彼の秘儀のすべてを共有するほどの仲になった。

詰まるところ彼はわたしを説得して、わたしの召使全員をメンピスに残し、わたし一人だけが彼に随《つ》いて来るようにと言った、われわれは世話をしてもらう人間には事欠くことはないだろうからと。そしてこのあとわたしたちはそうして日を過ごした。三五　わたしたちが宿屋に着くと、彼はドアの閂《かんぬき》とか箒《ほうき》とかまた擂《す》り粉木《こぎ》とかを手に取ってそれを外套で覆い、何か呪文を唱えてこれを歩行させたが、他の者にはそれが人間であるかのように思えたものだ。そいつは出て行って水汲みをし、食料の買物をし、食事の支度をし、万端巧みに整えて、わたしたちに奉仕してくれた。その奉仕が充分に果たされると彼はもう一度別の呪文を唱え、箒は箒に、擂り粉木は擂り粉木に戻したものだ。

わたしはこれを熱心に追及したが、彼から学び取るまでには至らなかった。彼は他の点ではごく気易いのだが、この点では気難しかった。ある日わたしは呪文をこっそり立ち聞きした——三音節だった——暗がりですぐ近くに寄ってね。それから彼は擂り粉木にするべき用事を言いつけておいてアゴラー［市などが立つ町の中心広場］へ出掛けて行った。三六　翌日わたしは彼がアゴラーで仕事をしているあいだに、擂り粉木を

---

(1) ナイル河中流の町。次註にあるテバイのやや下流に位置する。

(2) 曙の女神エオスとティトノスの子。エティオピア王。トロイア戦争に参戦しアキレウスに討ち取られた。エジプトのテバイにその神殿があり、またアメンホテプの巨像が彼の像と考えられていた。その像は日の出に際して音を発したが、それは母なる曙への挨拶であるとされた。

(3) エジプト神オシリスの妻。セトに八つ裂きにされたオシリスの遺体を捜し集めて葬ったのち、セトに復讐した。ヘレニズム時代に彼女への信仰がギリシア・ローマ世界に広がり、その文化に大きな影響を与えた。

手に取って同じように衣を着せ、音節を唱え、水を運ぶようにと命令してみた。それが水瓶を一杯にして持って来たとき、わたしは言った、『そこで終わりだ、水運びはやめて、擂り粉木に戻れ』と。だが奴はわたしの言うことを聞こうとせず、水を運び続け、ついには水を汲み入れて家じゅうを水浸しにしてしまった。この事態にお手上げになったわたしは――パンクラテスが戻って来たら怒るのではないかと怖れた――斧を手にして擂り粉木を二つにぶち割った。すると二つの擂り粉木それぞれが水瓶を手に持ち水を運んで来た。わたしの召使は一人でなく二人になったのだ。そうこうするうちにパンクラテスがその場に戻って来て事態を見てとり、彼らを呪文をかける前にあったとおりの元の木の棒に戻した。そして彼自身はこっそりとわたしの許を立ち去ったが、身を隠したままどこへ行ったのか、わたしにはわからない」。

「それではあなたは」デイノマコスが言った、「擂り粉木から人間を作り出す方法をご存じなんですね」。

「そうとも」彼は言った、「ただし半分だけだが。一度水運び人が出来てしまうと、それを元の姿に戻すことはできないのでね。いや、わたしたちは水を注ぎ込まれた家が水浸しになるのを避けることはできんのだ」。

三七　「やめませんか」わたしは言った、「いい歳をした老人がそんな馬鹿ばかしい話をするのは。そのつもりはないというなら、ここにいるこの子供たちのためにもそんな不可思議なかつおどろおどろしい話はまた別の機会に譲っていただけませんか。この子らがわたしたちの知らぬ間に恐ろしくも異様なお話にどっぷり漬からぬようにね。そういう話は、聞くのが癖にならぬよう控えてやるべきです。生涯彼らにつきまとって悩ませ、彼らをさまざまな迷信に満たして驚かせますからね」。

三八　「よくぞ思い出させてくれた」エウクラテスが言った、「君の言うその迷信だ。なあテュキアデス、それについて君はどう思っているのかな。わたしの言うのは予言や神託、人が神がかり状態になって口走る言葉、神殿の内陣から聞こえたり、また巫女が節をつけて叫びながら未来のことを告げるものだ。君はこういうこともとうてい信じないというのかな。わたしはね、ピュティア(1)のアポロンの肖像を印章に彫り出した尊い指輪を持っている。そしてこのアポロンがわたしに向けて言葉を発するのだ。いやこれは言わんでおこう、わたしが自分のことで信じがたいほど思い上がっているように君に思われたくないからね。わたしは、わたしがマロス(2)でアンピロコス(3)から聞いた話、あの英雄は白昼それをわたしに話してくれ、またわたしの抱えている件の忠告もしてくれたのだが、それとわたしがこの目で見たことを君に話したい。さらにまたわたしがペルガモン(4)で見たこと、パタラ(5)で聞いたことをもね。

わたしがエジプトから帰国中のことだ。マロスの神託は殊のほか有名でよく当たる、あらかじめ人が書き板に書いて解釈者に渡す事柄の一語一語にはっきりと答えを告げるということを耳にしたのだ。そこでわた

(1) デルポイに同じ。ここのアポロンの神殿は神託所として世に知られていた。

(2) 小アジア南部キリキア地方の町。そこに次に出てくるアンピロコスが創設した神託所の一つがあった。

(3) アルゴスの将軍アンピアラオスの子。トロイア参戦後故国に帰らず小アジアの地でいくつもの都市や神託所を創設した。前出のマロスはその一つ。この神託所はデルポイを凌ぐ名声を得たという。第四十二篇『偽預言者アレクサンドロス』一九を参照（本全集第四分冊二三〇頁以下）。

(4) 小アジアのミュシア南部の町。

(5) 小アジア南部の町。

しは帰航の道すがら、神託を試して将来のことで神から何か忠告を受けてみるのも一興だと思った」。

三九　エウクラテスがこの話をしている途中、わたしは事態はどこへ進んで行こうというのかいぶかり、また彼が始めた神託にまつわるおはなしがどうやらすぐには済みそうもないと見てとり、一人で皆に反対を試みるつもりもなく船がエジプトからマロスへまだ航海している途中で彼を見すてて、——というのもわたしは嘘の告発者のような人間のわたしがその場にいるのを彼らは不快に思っていると見てとったのだ——こう言った、「さてわたしはお暇します。レオンティコスを訪ねる予定がありますので。彼にちょっと話があるんですよ。あなた方は、人間界だけでことは充分だと思わないのですから、神さま方を呼び出して神話物語のなかで助けてもらったらよろしいでしょう」。こう言ってわたしはそこを後にした。彼らは、喜んでほっとひと息つき、どうやら嘘の饗宴を続行してたらふく詰め込んだのだった。

こういったことをな、ピロクレスよ、わたしはエウクラテスのところで聞かされて、いやほんと、甘い新酒を飲んだ人間同様だ、胃の腑に風を入れて中味を吐き出す必要があったので、歩き廻ったというわけさ。わたしは聞いた話を忘れさせてくれる何か薬でもあれば、どこからでも、どんなに高価でも喜んで買いたい心境だよ。その記憶が呼び覚まされてわたしの身に何か不都合なことが起きては困るからね。じっさい怪物や精霊やヘカテの姿やらが目に見えるような気がするのだよ」。

四〇　ピロクレス　わたしも、テュキアデスよ、いまのお話で同じような目に遭っているのです。世間の話では、狂犬に噛まれた人間は狂気に駆られ水を恐れるだけでなく、噛まれた人間がまた誰かを噛む、彼は犬と同じように噛み、また噛まれたほうは同じように水を恐れるということです。あなたもエウクラテスのところでたくさんの嘘話に噛まれ、そしてその噛み跡をわたしにも分け与えようとしているように思えます。つまりあなたはわたしの心を精霊で一杯にしてしまったということです。

テュキアデス　いや、心配ないよ、君、わたしたちにはそれに対抗する強力な解毒剤がある。真実とどんな場合でも正しさを失わぬ理性だ。これを使用すれば、あんな空虚な馬鹿げた嘘話のどれ一つにもわずらわされないですむはずだ。

解説

第二十六篇『カロン』

原題は『カロンあるいは観察者』という。カロンというのは伝承にある冥府を流れる河アケロンの渡し守を務める老人である。死者が上界から降りて来ると、カロンはこれをアケロンの河岸で待ち受けて舟に乗せ、アケロンの河を渡して冥府に送り込む。渡し賃を取る。一オボロスである。だから死者は埋葬の際、青銅貨一オボロスを口中に含ませてもらって死出の旅に発つことになっている。

そのカロンがある日一日仕事を休み、上界へ昇って来て、人間たちの生前の生活を観察する。「あるいは観察者」という題の後半はこれを指している。

上界へ登って来たカロンはヘルメス神と出会い、彼に観察の案内役を頼む。地上の生活を観察するには高所からに限るということで、二人はオリュンポス山の上にオッサ山とペリオン山を積み、さらにオイタ山、パルナッソス山を重ね、その上に坐って下界を観察することになる。

眼下に見えてくるのはさまざまな人間たちのさまざまな行為、その生き様である。まずはクロトン出身の運動選手ミロンが「雄牛を肩に担いで競技場の中央を進んで行くのを見て、ギリシア人たちが拍手喝采している」情景である。得意満面なその彼もいずれは死の世界に降下して来るのだが、いまの彼にそれを気遣う様子は毫も見えない。

次に目に入るのはペルシア王の勢いにまかせて国土を拡張していく姿である。その視界にはリュディアも入っているが、そのリュディアではクロイソス王がアテナイの賢人ソロンと幸福問答を交わしている。自分が幸福の絶頂にあるとうぬぼれているクロイソスにはソロンの直言も耳に入らないが、いずれ都サルディスが陥落する時が来てソロンの言葉の正しさを思い知ることになる。

サルディスを落としたキュロスもマッサゲタイ族の女王トミュリスの手に落ちる。キュロスの子カンビュセスも最後は狂い死にする。

サモスの僭主ポリュクラテスはその地位に驕り昂ぶっていたが、部下に裏切られて栄光の座から滑り落ちる。

このような王侯貴顕だけではなく、名もなき一般大衆の場合も同様である。者みな運命の女神モイライの手繰る糸に操られ、たがいに錯綜しつつ禍福あざなえる縄のごとき人生を送っている。そしていずれは「最善の神・死神」の手に捉えられる。ヘルメスが言う、「もし彼らが、自分たちは死すべき存在でありこの世に逗留するのはほんのわずかな期間で、地上での生活をすべて放擲してあたかも夢から醒めた人のように立ち去って行くのだということを最初から知っておれば、もっと利口な生き方ができるだろうし、死に際の悲嘆もずっと少なくてすむだろうに」と。

こうした地上の人間の生活を見たカロンは、人の一生とはいったい何であろうかと自問し、ホメロスのあの「木の葉の比喩」を借りて、それは風の吹くなか水面にかつ結びかつ消える水泡である、そしてすべては壊れるのが定めなのだと喝破する。だからこそ人は皆「目の前に死をぶら下げて生きるべし」と忠告してやりたいと。これを引き取ってヘルメスは、そうした忠告は心ある少数の人間以外には耳に入らない、彼らの耳には蠟が詰め込まれて塞がっているのだからと言う。

このあと二人は山を降りかけるが、最後に人間の墓を見、またいまは無き滅亡した都市の廃墟に思いを馳せ、人の世の栄枯盛衰を感得しながら観察を終える。

カロンは死者の世界の門口にいる人間である。生を終えて彼の許に降りて来る人間たちが一様に嘆き悲しむのを見て、彼はその者たちの生前の世界がいかなるものか興味と関心を抱く。それをその目で見て確かめるために、一日暇を取って地上へと昇って来たわけだった。

彼の視点は、換言すれば作者ルキアノスの視点は、死から生を眺めることにある。人生の終着点にいるがゆえに、その死生観はペシミスティックなものとなる。人は皆その生前にどれほど富み栄えようと、死ねばゼロになる。逆に貧苦に喘ぐ人生を送った者も、死ねば前者と同列になる。死の領域から見れば、短い生の時間で過ごした生活はすべからく児戯に等しいものと映る。しかし悲しいかな、凡夫は死を起点にして己の生を考えることはできない。「目の前に死をぶら下げて」生きることはできないのである。人は皆、たとえ老境にあろうとも、死はまだ先のことだと思いながら生きている。だから死が訪れて来たとき、何か損でもしたように嘆き悲しみつつカロンの許に降りて来るのである。

篇の最後に、カロンは「あなた［ヘルメス］のお陰でわたしはこの旅から得るものがありました」と言う。

それが何であるか具体的には書かれていないけれども、それは人間たちが死者となって涙しながら彼の前に立ったとき、その涙のわけを、その涙の背景にあるものを多少なりとも理解できるようになったということであろう。しかし人間は、わたしたちは、人生を終えたあと彼の前に端然として立つことはなかなかできそうにない。

本編にはホメロスからの引用が多い。先に挙げた「木の葉の比喩」もそうであるが、そもそも山上から下界を眺望するという手法が、『イリアス』第三歌一二六行以下にあるトロイア城壁上からのプリアモスのトロイア対ギリシア両軍戦闘の様子の見物場面を踏襲したものである。これは作者ルキアノスの教養にホメロスの両詩篇が深く影を落としていること、あるいはルキアノスの時代（後二世紀）に至っても教養の世界ではホメロスがなお脈々と生き続けていたことを示すものに他ならない。

本篇はビザンツ時代に模倣すべき古典の一冊として評価され、またルネサンス時代には独仏伊などの近代語にしばしば翻訳された。

第二十七篇『哲学諸派の競売』

原題は『ビオーン・プラーシス』。ビオーンとはビオス（人生、生活、生き方）の複数形属格。プラーシスとは販売、売り立ての意。つまり「さまざまな生き方、生のあり方の売り立て」の意である。「生き方、生のあり方」は、本来わたしたち各人それぞれが日々これ迷いつつ摸索するものであるが、なかでも哲学者と称する人々はそれを専門の仕事とする人たちである。いわばわたしたちに代わってそれを考えてくれる人たちである。そしてその哲学者たちのあいだで人生の捉え方、考え方に相違がある。そのさまざまな方法また考えが集められ、ここではそれが奴隷奉公にどう役に立つか、どう使えるか競売に掛けて吟味するという趣向で一篇が成り立っている。

「生き方、生のあり方」を「奴隷」として買い入れるということは、自らの力でそれを求め究めるのではなく、他から買い受けて自らの手足として使うということで、各哲学流派の主張や考えを各人の人生に実利的に役立てようということになる。一方哲学者の側はそれを有償で他人に提供する。ここに哲学は目的ではなく手段と化す。そして金銭で売買できるものとなる。

競売を仕切るヘルメス神は「さあ、哲学的生活形態のすべて、そのさまざまな信条の競売を始めるぞ。もし即金で支払えぬとあれば、保証人を立てて翌年払いでよろしい」と言う。買い手は買い手で、「もしわたしがおまえを買ったら何を教えてくれるのかね」と訊き、また「そうすれば賢くなれるというのなら」言われたとおりにすると言う。つまり実際の用に役立つかどうか、それが買い入れの、また売り出しの基準となる。哲学はそういう観点から捉えられている。

以下さまざまな流派の哲学者が競売に掛けられる。(1)ピュタゴラス、(2)犬儒派（キュニコス派）のディオゲネス、(3)快楽主義のアリスティッポス、(4)原子論のデモクリトス、(5)ヘラクレイトス、(6)ソクラテス、(7)エピクロス、(8)クリュシッポス、(9)アリストテレス、(10)懐疑派ピュロンらである。各人は競売の仕切り役ヘルメス神に促されて、それぞれの哲学の特徴すなわち「売り」となるものを開陳し、それを買い手が吟味していくというやり方で競売が進捗する。そして最後に買い手が値をつけ、売買が成立する。

右からもわかるように、ピュタゴラスからクリュシッポスまで年代はさまざまである。一見すると作者ルキアノス編纂の哲学史のようなものでもあり、そうでもないようなものでもある。決して系統的とは言えないからである。また各自の教義の説明（これが買い手の判断材料になる）も、すべて意を尽くした丁寧なものとは言いがたい。少なからず偏頗である。

たとえばソクラテスの場合がそうである。ヘルメスが売り立ての口上として、これを「善良で知的な生き方」、「聖なることとこの上ない生き方」だと触れる。買い手がまず尋ねる、「いちばんの知識は何か」。ソクラテスが答える、「わたしは少年愛者で、愛恋にかけては知恵者だ」と。また買い手が「あんたはどんな生き方をしているのだ」と尋ねる。ソクラテスが答える、「自分流に拵えた国に住んでいる。国制はよその国の国制を利用し、法は自分の決めた法を至当と考えて」生活していると。その法令の一つが婦人共有制であると。また買い手が訊く、「あんたの知識の要点は何だ」、ソクラテスが答える、「イデア、つまり存在するものの範型［モデル］だ」と。

少年愛と婦人共有制とイデア論。これはソクラテスの思想のトピックであるかもしれないが、決してその全体像ではなく、またその本質であるとも言い切りがたい。しかし買い手は「買い得だな。賢くて目端《めはし》が利きそうだからな」と、二タラントンで買い取る。そしてヘルメスから名前を訊かれた買い手が「シュラクサイのディオン」と答えるオチがつく(1)。二タラントンという値段が高いか安いか。これは前五世紀末の頃の貨幣価値であるが、アテナイの年間国庫収入は約二千タラントンであったという(2)。とするとソクラテスは、彼の哲学の値は、年間国庫収入の千分の一ということになる（ルキアノスがいつの時代の貨幣価値でこの値をつけているかは定かではない）。

このような哲学者ないしは哲学の競売は、哲学者たちから強い反発を喰らうことになる。のちにルキアノスは『甦って来た哲学者』（本分冊に収録）を書くが、それはある意味で本篇の続篇とも言えるものである。委細は当該篇に任せるが、たとえばこういう一節がある、

まるで奴隷のようにわれわれを市場へ連れて行き、口上役を立てて競売《せり》にかけたという話です。（二七）

そしてそこでは作者ルキアノス当人が、冥府から甦って来た過去の著名な哲学者たちによって吊るし上げを喰っている。

その際のルキアノス本人の弁明とも関連するが、本篇で対象とされているのは、たとえばソクラテスはソクラテスであって必ずしもソクラテスではないと言えるかもしれない。つまりそれは作者ルキアノスの時代（後二世紀）の感覚で捉えられたソクラテスだということである。ルキアノスがこうしたかたちで嗤おうとしたのは、彼の時代が捉え解釈していた各哲学者の肖像、各哲学流派の姿なのである。それはまた彼の時代がそういうかたちでしか古《いにし》えの哲学を、哲学者を捉えられなかったということでもある。そして繰り返せば、哲学することは目的ではなく手段と化していたということである。ルキアノスの時代の人々は、哲学者および哲学そのものを日常の用に役立てる「奴隷」として買い込んだのである。

ところで、本篇にも登場するディオゲネスは海賊に捕えられ奴隷として売り立てを喰らった経験を持つ(3)。

これを素材に犬儒派メニッポスが『ディオゲネスの売り立て』を書いたとされる。ルキアノスはこれを読んだ可能性がある。とすれば哲学諸派を競売にかけるという本篇の趣向もこのメニッポスの一篇に端を発するものかもしれない(4)。

ルネサンス時代に本篇は甦る。十五世紀ローマ、ヴェネチア、ミラノの各地で翻訳出版され、またエラスムスやラブレーらに強い影響を与えた。

追記。本分冊に先行して刊行されたルキアノス全集第四分冊『偽預言者アレクサンドロス』で本篇に言及した箇所(第四十篇『哀悼について』の解説文。三二五頁)では本篇の題名は『命の売り立て』とされているが、本篇の訳者は思うところあってこれを『哲学諸派の競売』とした。読者諸氏にあるいは無用の混乱を招きかねないところと思われるが、了解していただければ幸いである。

(1)ディオンはシケリア(シチリア)のシュラクサイ(シラクサ)の僭主ディオニュシオス一世の義理の兄弟。哲人政治を夢見て師ソクラテスの衣鉢を継ぐプラトンをシュラクサイに招聘し、彼にディオニュシオス二世への哲人王教育を委ねた。それゆえここでディオンがソクラテス(哲学)を買い入れようとするのも故なきことではないことになる。

(2)アリストパネス『蜂』六六〇行を参照。

(3)ディオゲネス・ラエルティオス『ギリシア哲学者列伝』第六巻七四を参照。

(4)Cf. Harmon, vol. II, p. 449.

第二十八篇『甦って来た哲学者』

本篇の原題は『蘇生者あるいは釣り人』という。「蘇生者」とは冥府からこの世へ甦って来た者、それも歴史上活躍した著名な哲学者たちを、この場合は指す。「釣り人」とは、篇の最終部分でアクロポリスの崖上から乾しイチジクと黄金とを餌に釣り糸を垂れてアテナイ市中に横行する似非哲学者連中を釣り上げるという場面がある、その釣り人すなわち作者ルキアノス（作中ではパレシアデスという名前になっている）自身を指す。

なぜ哲学者たちは甦って来たのか。その理由は次の一節が示している。

それにあのおまえのごたいそうな作品だ。そこでおまえは哲学そのものを悪しざまに言い募り、また市場で売り立てをするかのごとくにわれら知性溢れる人間、何よりも自由な人間に対して無礼な真似をしてくれた。それがためにわれらは腹を立て、ハデスに暫時の猶予を願い出ておまえのところに罷り越したのだ。（四。また二七にも同様な文言が見えている）

「おまえ」とは、作中パレシアデス（直言居士の意）という名前で登場するルキアノスのこと。「われら」とは、ソクラテス以下クリュシッポス、エピクロス、プラトン、アリストテレス、ピュタゴラス、ディオゲネスら錚々たる面々である。そして「あのおまえのごたいそうな作品」とは、『哲学諸派の競売』を指す。

甦って来た哲学者たちはパレシアデスを捕まえて、私刑にしようとする。パレシアデスはこれに異を唱え、公正な裁判を要求する。そこで哲学者たちはアテナイのアクロポリスに場を移して法廷を設置し、ピロソピア（哲学）を裁判長にして裁判を始める。

原告側の哲学者たちを代表してディオゲネスが告発の弁を述べる。曰く、被告の弁論家パレシアデスは、「弁論において編み出した才知と力のかぎりをわれらの上に集めて、われらを詐欺師だとかいかさま師だとか言って非難中傷し、一般大衆を説いてわれらを笑い者にし、取るに足らぬ奴と軽蔑するようにと訴えて止みません。それどころかとうとう彼は大衆にわれらとピロソピア、あなたとを憎むようにと仕向けるまでにした」のであると。

具体的にはピロソピアを隠れ蓑に、ディアロゴス（対話）を助手にして哲学者との交渉役に使い、また哲学者仲間のメニッポスを説得して仲間に引き入れたと言う。さらに最近市を開いて哲学者連中を競売に掛けた、自分はたった二オボロスの値をつけられていい笑い者にされたと。「こうしたことに怒り心頭に発してわれわれはこの世に立ち帰って来たのです。そして多大な侮辱を受けたわれわれのために復讐してくださるよう、あなた「ピロソピア」にお願いする次第です」と告発の弁を閉じる。

これに対してパレシアデス（ルキアノス）は、自分が批判の対象にしたのはあなた方ではない、あなた方の名前を騙る昨今の似非哲学者たちであると反論する。「多くの人たちは哲学に愛を抱いているのではなく、単にそうすることによって生まれる評判を求めているにすぎないこと、〔……〕あなた方とは正反対のことをやり、哲学という仕事の尊厳を穢すような真似をしていることを知ったものですから、わたしは怒ったのです」と。それに「猿のくせにおこがましくも英雄の仮面を着ける、あるいは獅子の皮を被って己を獅子であるとしたあのキュメのロバの真似をする、といった体《てい》のものです」と。

要するに哲学者の真似をする似非哲学者をするどく吟味し、糾弾し、真の哲学者であるあなた方とは区別したのであるから、自分はあなた方からは褒められてしかるべきであると言って、弁明を終える。

この弁明はまっとうなものであることを裁判長のピロソピアも認め、また原告の哲学者たちもこれに納得する。

ただパレシアデスが何をもって似非哲学者と断定するか、その基準は必ずしも明確にされているとは言えない。彼らが日常持ち歩く品々が香水にサイコロ、黄金、鏡、鬚剃りナイフといったものである点は一つの目安にはなるが、それがただちに本質を損なうものとは必ずしも言いえない。そうしたもの以外にもあるはずの古代の哲学者たちとそのエピゴーネンとを峻別するものに触れず、現象面だけに話が終始する点に、本篇の哲学評論としての限界があり、そしてそれゆえに「お噺」（娯楽的読み物）としての特色あるいは魅力があると言ってよい。

パレシアデスの裁判が結審したあと、次に問題の自称哲学者の吟味が始まる。その真贋をピロソピアの判定に委ねるべく、市中の哲学者たちがアクロポリスへ集められる。哲学者には分配品（現金二ムナ、胡麻菓子、乾しイチジク）が支給されるとの触れを聞いて、自称哲学者たちが続々とアクロポリスへ押しかける。ところがその前にまずピロソピアの吟味を受けると聞いたとたん、彼らはわずかな数の者を残して一目散に逃げ散る。

逃げた連中を連れ戻す手段として、パレシアデスが「釣り」を提案する。すなわちアクロポリスの山上から黄金と乾しイチジクを餌に眼下の市中に釣り糸を垂れ、自称哲学者を釣り上げようという算段である。強欲な何人かが釣られて上がって来る。そのすべてが似非哲学者だとわかって、アクロポリスの岩山から下へ投げ捨てられる。

このあとピロソピアからの要請を受けてパレシアデスがエレンコス（吟味）と同道し、哲学者の真贋を試しにアクロポリスを降りてアテナイ市中に出向くというところで篇が閉じられる。

この喜劇仕立て（冥府からの甦り現象、裁判風景、対話形式、人間を魚に例えて釣り上げるという奇想天外な趣向等々）の一篇の言わんとするところは、一にかかって時代諷刺ということだろう。時は後二世紀のマルクス・アウレリウス帝の世。そしてそれは第二次ソフィスト時代と言われる古典文化の再興期であった。その時代の波に乗って跳梁跋扈《ちょうりょうばっこ》する似非哲学者たちの姿を批判的に描くこの一篇は、負の側面からであるとはいえ、時代の一端を垣間見せていると言える。それはとりもなおさず、伝統ある哲学諸流派が長年月のあいだに組織疲労を起こしつつあることへの証言でもあるだろう。あるいは作者と同時代の哲学また哲学者だけではなく、古典期の本家の哲学また哲学者に対する作者の密かな批判と諷刺もそこには含意されているかもしれない。

本篇が先行の『哲学諸派の競売』と内容において軌を一にする作品であることは言うまでもない。似非教養人に対するルキアノスのするどい批判精神は、後世にも共鳴者を得た。ルネサンス期、古典が再生した時代に、本篇は翻訳され、またラブレーやエラスムスの取り上げるところとなった。

追記。本分冊に先行して刊行されたルキアノス全集第四分冊『偽預言者アレクサンドロス』で本篇に言及した箇所（第四十篇『哀悼について』の解説文、三二五頁）では本篇の題名は原題の後半を採って『釣り人』とされているが、本篇の訳者は思うところあって原題の前半を採り、『甦って来た哲学者』とした。読者諸氏にはあるいは無用の混乱を招きかねないところと思われるが、了解していただければ幸いである。

第二十九篇『二重に訴えられて』

物語はゼウス大神のぼやきから始まる。地上の人間は天上の神々が日々いとも優雅に暮らしていると思っているが、それは大きな間違いで、われらは毎日あくせく仕事に追われているのだと。他の神々もそれぞれの職務遂行に寧日ないが、神のなかの神である自分だって、まずはそうした他の神々の働きぶりの吟味評価に加えて天上天下の一切合切の管理運営に腐心しなければならず、夜眠る暇もないのだと。そして多忙ゆえに裁くべき訴訟事件が机上に山と積もって処置を待っているのだと、ぼやく。

とりあえず使神ヘルメスと正義を司る女神ディケを地上（アテナイ）へ遣わして裁きの場を設けることにする。その裁判はまず大酒対アカデメイア、次いでストア派対悪しき快楽、以下、贅沢対徳、両替対ディオゲネス、絵画対ピュロンと続き、最後にレトリケ（弁論術）対シュリア人（すなわちシュリア生まれの作者ルキアノス）およびディアロゴス（対話）対同じくシュリア人といった案件が取り上げられ、それぞれに陪審員が割り当てられ、告発と弁論が行なわれ、審判が下される。

一篇の眼目は、最後に設定されているシュリア人（すなわち作者自身）対レトリケ（弁論術）、同じくシュリア人対ディアロゴス（対話）という二つの訴訟だろう。『二重に訴えられて』という題目もここに由来する。

シュリア人ルキアノスはレトリケとディアロゴスの二人から告訴されているのである。

まずレトリケが陳述を始める。わたしはこのシュリア人がまだギリシア語もおぼつかない若年の頃、引き取って教育を施し、弁論の術を授け、結婚し、アテナイ市民に登録までしてやった。さらに彼の諸国遍歴の旅に同行してギリシア、イオニア、イタリア、ガリアまで赴き、彼の名前を売ってやった。その間彼はわたしに忠実だったが、金銭も名声も身についてくると態度が横柄になり、わたしを見下して無視し、ついにはわたしを放り出して、いまではディアロゴスに惚れ込んで彼と一緒になっている。これはまことに怪しからん恩知らずの仕業であると。

シュリア人が反論する。わたしはレトリケから教育を施してもらい、旅にも同行してもらい、また結婚もしてもらったことに対しては充分感謝するが、その後彼女が遊女のように着飾り、化粧をし、多くの恋人たちと戯れ情を通じている姿に辟易し、彼女を捨ててディアロゴスの許に走ったのだと。

陪審員の票決は一〇対一でシュリア人の勝ちとする。

次いでシュリア人対ディアロゴスの審理に移り、ディアロゴスが以下のようにシュリア人を論難する。わたしは以前は天頂に飛翔し、神、自然、宇宙に思惟を巡らす厳かな存在であったのに、それをこの男シュリア人が地上へと引きずり降ろし、一般大衆と同水準にし、生真面目な悲劇の仮面を剝ぎ取り、代わりに滑稽な喜劇の仮面を被せ、アリストパネスやエウポリスといった喜劇詩人のところへ連れて行って閉じ込め、さらには犬儒派のメニッポス――よく吠えよく噛みつく男――を引っ張り出して来てわたしに押し付けたと。いまではわたしは散文にも韻文にも属さぬ半人半馬のケンタウロスさながらの存在にされてしまったと。

これに対してシュリア人はこう反論する。ディアロゴスを一般大衆から好かれるように、「まず最初にとにかく人間らしく地上を歩くように習慣づけ、次には大量の垢を洗い落とし、笑顔をすることを強制し、彼と出会う人間に好感を与えるようにさせ、総仕上げとして彼を喜劇と組ませました。こうして彼を聴衆から大いなる好意をもって迎えられるようにしてやったのです」と。そしてわれら両者のいちばんの不一致点は、「魂は不死であるか」云々といった面倒かつ微妙な問題を、彼は論じることを好みわたしは好まなかったということであると。

陪審員の票決は一〇対一でシュリア人の勝ちとなる。

この展開は作者ルキアノスの生涯、その遍歴の精神生活の実際を概ね映し出している。エウプラテス（現ユーフラテス）河流域のコンマゲネ地方の都サモサタ生まれのシュリア人ルキアノスは、「まだほんの青二才で、話す言葉にもまだ異国訛りがあり、シュリア風のカフタンを着てイオニア辺りをほっつき歩き、まだわが身が何か認識できていない」頃に弁論術（レトリケ）と出会い、これを習得する。しかし四〇歳の頃を境に弁論術を捨て、対話（ディアロゴス）すなわち哲学に身を投じる。しかしこれもそのあまりに浮世離れした手法と相容れず、もっと地に足の着いた生き方はないものかと、これともまた別れる（弁論術や哲学的対話との離別は弁論術そのもの、哲学的対話そのものとの離別ということと同時に、「当時の、つまり後二世紀の第二次ソフィスト時代のそれ」との離別という面がやはり指摘されてしかるべきだろう。ちなみに四〇歳という年令は、古代ギリシアにおいては人の人生の一つの結節点ないしは転換点として重要視されていた）。それはいわば哲学的対話にアッティカ喜劇的要素を加えた人間らしい生き方の実践であり、また一つの自己表現法でもあった。人々の生活をするどい諷刺と批判の目で捉え、対話体に乗せて諧謔で包み込むというその手法は、対象を市井の生活の場まで下ろすとすぐにも一篇の小説にでもなろうかという体のものである。すなわち彼は弁論家でもなく哲学者でもなく、その弁論術と対話法を生かしつつそこに喜劇の風味を加えた新しいタイプの表現者たらんとしたのだと言える。そのことを自らのそれまでの精神生活をモデルに、ここに表現して見せたのだ。

本篇は作品構成という点から見ると、いささか均衡を欠いたものとなっている。シュリア人を巡る二つの訴訟がもっと話の中心になるべきであろうし、最後のシュリア人の弁明も話を急ぎすぎて終局に唐突感をぬぐいえない。ただ作品『夢』と同様に、ヴェールに包まれた作者の生涯を窺い知るのに役立つという点では、貴重な一篇であることに違いない。

本篇の執筆年代は後一六五年頃と想定されている。「オリュンピアでのヘカトンベー」(一六五年のオリュンピア競技祭)への言及および「バビュロンでの第六次パルティア戦争[1]」(一六二―一六六年)への言及(いずれも二節)がその有力な証拠である。

第三十篇『供犠について』

供犠にまつわる諸々を考察し、これを愚行(アベルテリアー)であると断じる一篇。供犠という行為を仲立

(1) マルクス・アウレリウス治下のローマ帝国対ウォロゲセス四世治下のアルサケス朝パルティアの戦争。

ちとする神と人間との関係は取引である、と作者は言う。つまり神は人間にさまざまな良きものを与える、いやもっと具体的に言えば、売り渡す。人間はその時々に必要とする事柄、物を、さまざまな犠牲の品を神に提供することによって獲得する、いやより具体的に言えば、買い取るのである。たとえばアガメムノン王の娘イピゲネイアの生命を代価にして、すなわちこれを人身御供とすることによって、ギリシア軍はアルテミス女神からトロイアへの航海を買い取ったのであると。

こう口切りされたあと、次に神と人間との交流の諸相がアポロンやゼウス等を例として挙げられる。次いで場は天上へと移り、神々の日常生活が素描される。いずれもそこでの神々はきわめて世俗的である。

その神々を、人間がおのおの分担して斎《いつ》き祀《まつ》る、「各々の神に森を伐り囲み、山を奉納し、鳥を捧げ、樹木を割り当てた。次いで各自これを分担し、それぞれの部族ごとに信仰し、それを自分たちの『同郷人』と規定した」のである。そして神殿を建立し、祭壇を設け、犠牲を捧げることになる。ギリシア人だけではない。スキュティア人、アッシュリア人、リュディア人、プリュギア人、エジプト人、皆同じである。そして彼ら人間は、自分たちが捧げる犠牲の効果を信じて疑わない。

しかし「［人間は］神のことを卑賤かつ下劣なもので、そのため人間の力を必要とし、追従されると喜び無視されると腹を立てる存在と解している」と言う作者は、前述のごとく、こうした供犠を媒介とする神と人間との関係をいとも即物的に取引であり売買であると断じる（この合理的観測の一面は小気味よい）。そして人間の側からの神へのこうした行為は、少なくともその行為の成果を信じている点で、知性の盲目と無思慮のなせる業であると断定するのである。人間精神の蒙昧な部分に対するこうした理知的な批判精神は、おそらく『嘘好き人間』で展開されている迷信批判とも通底するものであろう。

本篇ではテーマの展開と例話とが必ずしも整合していないし、各節の接続にも妥当性を欠く恨みがある、というのが一読後の偽らざる感想である。

なお、本篇は同様に人間精神の蒙昧を嗤う作品『哀悼について』（第四十篇）と同時期に書かれたと考えられているが、その先後については詳らかでない。マクラウドは本篇を後とする。(1) またゴンサレスも、右と反対に本篇をより広範な著作の第一部を成すものとし『哀悼について』をその第二部とするという説に対して異を唱えている。(2)

第三十一篇『無学なくせにやたらと本を買い込む輩に』

わたしたちの周囲にも本の好きな人は数多くいる。誰かの全集が出れば買い揃える。同じものでも美装版を求める。古書店を巡り歩いて初版本を買い漁る。そうして集めたものを書斎に飾って一人悦に入る。一度にたくさん買い集めても読み切れはしないのだが、いつかは読む、読めるとしてとりあえずは買うのである。

(1) Macleod (1991), p. 276.

(2) Gonzalez, p. 121. なお本全集第四分冊『偽預言者アレクサンドロス』所収『哀悼について』の訳者である戸高和弘氏も、その解説において『供犠について』を『哀悼について』の続篇とする旨を述べておられる（本全集第四分冊三二六頁）。

だから読まないものも数多くあるのだが、それはあまり気にしない。読むこともそうだが、書斎を飾ることにもそれなりに意を用いているからである。

数多くの本を手元に置いておくことは悪いことではない。いざという時に他人の手をわずらわさず、すぐ使えて役に立つからである。一生に一度しか用のない本もあるだろう。しかしその用のために人に問い合わせ、あちこち訪ね歩く必要もなく、わが書斎に居て手を延ばせばそこにあるというのはたいへん便利なことではないか。よくぞ買い込んでいたものとわが身に感謝することになれば、決して高い買い物ではなかったことになる。

「やたらと本を買い込む」ことは、必ずしも悪いことではない。だがそれは多少なりともそれを読んだり使ったりする場合に限ってのことである。本篇で批判されているのはそうでない場合である。ここで槍玉に上がっているのは、「やたらと本を買い込む」ことによって「その大量の蔵書が〔自らの〕無教養をぶっ飛ばしてくれると思っている」輩である。言うまでもないことだが、大量の本もこれを読むことなしに単に虚栄の道具として飾っておくだけならば、持ち主の教養増進に資することなく終わる。本質にかかわることなく形骸のみを追い求めても、事は成就しないのである。類似の例がいくつも挙げられる。曰く、贅を尽くした楽器でコンクールに勝利しようとしたエウアンゲロス、オルペウスのリュラー（弦楽器）で名人を志したネアントス、アイスキュロス使用の書き板で名作を物しようとしたディオニュシオス等々。

しかしなぜ「やたらと本を買い込む」のか、「無学なくせに」。それは右に述べたように、それが無学を解消してくれて教養人たらしめてくれると思い込むせいだが、そこにはまた他動的な要素も働いている。すなわち「賢い、比類のない弁論家だ、歴史家だなどと追従者から言いくるめられて、彼らの褒め言葉を実証するために本を買い込む」のである。人は褒められると踊る、たとえ教養ある人士でも。ましてや無教養な輩においてはなおさらのこと。類似の例として、アレクサンドロス大王にそっくりだと言われてそう思い込んだエペイロスのピュロスが挙げられる。いや、ここで槍玉に上がっている「君」という輩も、「さる王さま〔マルクス・アウレリウス帝が想定されている〕に外見が似ているなと言われてそれを信じてしまった」のだ。

この「さる王さま」に関連して、もう一つさらに具体的な「君の書物に対する熱意の原因」が挙げられる。それは「もしも王さまに、あの賢者にして教育を大いに尊重するお方の耳に君のやっていることが届くとなると」、あの方からも何もかもが簡単に手に入ると考えてのことだと。しかし君の実体はそんな教養人ではなく、堕落した軽蔑すべき存在で、蔵書はその隠れ蓑にすぎないのだ。そして「君のそれ以外の特徴が君を裏切り、君の姿を天下に晒してしまうだろうよ」。

結論は、だから本など売り払ってしまえ、本を捨てろ、ということになる。だがそれができないとなれば、せめて「それに手を触れるなかれ、読むなかれ、その舌先で古えの人々の散文や詩文を汚すなかれ」と言われる。しかし、と作者は言う、「こんなことを言ったって無駄なことで、諺にあるとおりエティオピア人を洗って白くするに等しい行為」であると。「だって君はこれからも本を買い続け、それを何の役にも立てることなく、教養ある人士から嗤われ続けるんだから」と匙を投げる。

ここに第二次ソフィスト時代の似非教養人の姿が鮮やかに浮かび上がってくる。一義的には、本篇は自分と同時代の浮薄な似非教養人たちに対するルキアノスからの皮肉に満ちた辛辣な紙つぶてにほかならない。

しかし読者諸兄姉、これは一八〇〇年ほど前の愚者に限った話だろうか。現代のわたしたちの周囲にもこれに酷似する人士は数多くいるのではないか。いや、わたしやあなたにもどうやら当てはまりそうな話ではないだろうか。わたしたちは作者と一緒になって「君」なる人物を嗤っているが、嘲笑の対象たる「君」こそわたしやあなたではないのか。わたしたちは、もっともらしい理由をつけていまのところはあまり用のなさそうな本でもつい買い入れてしまう、そんなことがあるのではないか。本を買い揃えることと教養を積むこととは別物だという意識がある一方で、教養を積むためにはとりあえず本を買い揃えることも必要だとする思いもあるのではないか、たとえ読まずに積んでおくだけでも。

教養とは鵺のようなもので、あるようでない、ないようであるものだ。さらに言えば、知識量は必ずしも教養を計る物差しとならない。そういう不確定なモノに重しを付けて引き留めておくのに、蔵書は役に立つ。大量の本に囲まれていると何だか安心し、教養人のような気分になってくるのだ。そのわたしが、あなたが、右の「君」を嗤えるか。作者ルキアノスは特定の「君」だけを揶揄し批判しているのではない。古今東西どこにでも居るわたしやあなたや君を的にしてするどい皮肉の矢を飛ばしたのだ。この一篇を読んで「君」を嗤うことは、すなわちわたしたち自身を嗤うことに他ならない。

最後に篇中の忘れがたい一節を挙げたい。一八節の以下の件《くだり》である。「それがどの弁論家のものか、あるいはどの歴史家のものか、またどの詩人のものか尋ねられても、その題名からわかるから簡単に答えることができようが、そのあと、これはよくあることだが、互いのあいだで話がはずんでその人が書かれている中味を褒めたりけなしたりするのに、［読んでいない］君は当惑して何一つものが言えぬ」。見栄っ張りの自称読書家が見せる無様な姿をやんわりと皮肉った一文である。他人事ではない。自戒したい。

本篇の執筆年代は後一七〇年頃と推定されている。

第三十二篇『夢またはルキアノス小伝』

副題のとおり、この一篇はルキアノス自身の経歴（の一部）を自ら語るものである。先の『二重に訴えられて』と読み合わせると、その間の事情がいま少し明らかになってくる。ただしそれを全的に認めてよいかどうか、即断はしかねる。なにしろ当の本人は論述の才に長けた弁論家だった経歴の持ち主だからである。そこに韜晦が施されているかもしれない。

話の内容は簡単である。話し手の「わたし」が初等教育を終えた後の進路選択のおり、一夜夢を見て、その結果父親から勧められていた石工への途を捨て、さらに知的教育を積んで知性溢れる雄弁の徒となり、世間の耳目を集め、ついには賞讃を受けるまでに至る、そうした途を選ぶことにしたというのである。そして功成り名遂げたいま故郷へ錦を飾り、昔の自分と同じような若者たちを前に「志学」を説くのである。

東洋の古典にも「志学」のすすめがある（『論語』）のを、わたしたちは知っているが、古今東西いずれを問わず、若者にとってそれは永遠のテーマであるらしい。振り返ればわたしたちも年少の頃、それぞれに志を立てたのだった。それが遂げられず挫折した者もいる。いまだ途半ばという者もいる。それでもかつての自分と同じ年頃の若者を見れば夢の話をし、「志学」をすすめるだろう、「若者よ、これは決して退屈な夢の話ではないのだよ」と。いま思えば若さこそまさに力、「そのときのわたしは貧乏なんてものともしなかった」のだった。

伝えられているところでは、ルキアノスは中東のエウプラテス（現ユーフラテス）河畔サモサタに生まれ（後一一五年頃）、長じてイオニアへ行き、そこで修辞学、弁論術を修得し、それを生活の代としてギリシアの各地、イタリアからガリア（現フランス、ベルギー一帯）まで遍歴したとされる。しかし四〇歳を境にアテナイに居住して哲学に専念するも、その後それにも飽き足らず、対話法に喜劇の味付けをした独特の諷刺に満ちた対話篇の作者となる（このあたりのことは『二重に訴えられて』に詳しい）。

以上の生涯のいずれの時点か、自らの半生を振り返って述懐したものが本篇ということになる。その時がいつか、その場所がどこか、確かとは書かれていない。ただバビュロンで起きた第六次パルティア戦争（後一六二—一六六年）の頃サモサタへ帰省し、（戦災を避けるためであろう）父親と家族とをギリシアへ連れ出したとされるから[1]、あるいはその時のことかもしれない。

しかしこれは必ずしも事実である必要はない。場所も時も不定の架空の帰省であっても一向に構わない。人生の先輩が半生を振り返って——本篇と異なり、たとえそれが不如意の人生であっても——若者に「志学」をすすめることに意味があるのだ、ということをここに読み取ればよいのだと思われる。

第三十三篇『食客』

原題は「食客について、あるいは食客は技術なり」という。食客は古代ギリシア語でパラシートス。辞書には「他人の食卓に寄生して生きる輩」とある。まさに食客である（英語の食客パラサイトはここに由来する）。この食客、古代ギリシアにもいた。その本質と生態を逐一考察したのがこの一篇である。

考察はまず「技術（テクネー）」とは何か、ということから始まり、それは知識の集合体に他ならないとされる。次いで、では「食客」は技術になっているかどうかが吟味される。そして他の技術と比較検討された結果、食客「術」はある種の才能であるが、加えてまた技術をも必要とするものであるとされる。そして船の操舵術などと同様に、その技術のお蔭で身が救われるがゆえに、食客術は技術であると認定される。そして次のように定義される。曰く、「食客術とは飲むこと、食べることの、そしてそれを獲得するために弄すべき言葉の技術であり、その目的は悦楽にある」と。

このように食客が技術であると認定した上に、さらにそれは他の技術を凌駕する優れた技術であることが示される。すなわちそれは他の技術と違って何の苦労もせずに習得できること、それを行使する最初からもうすでに利益が約束されていること、また習得のための格別の道具も必要とせず、習得のための師匠も要らず、師への謝礼も不要、また他の技術の習得の際のように立ち詰め坐り詰めといった労働行為も不要、ただ

---

(1) Macleod (1991), p. 13.

王侯然と横臥したまま行使できる云々。以上の点で、食客術は他のすべての技術より総体的に勝るとされる。篇の後半は、この食客術と弁論術および哲学との相違、優劣の考察である。その際基準となるのはその技術に一貫する一定の共通基盤、いわば土台（ヒュポスタシス）の有無である。土台のない技術はありえないからである。哲学（という分野）には各学派が存立しているが、それらに通底する共通基盤すなわち土台がない。同様に弁論術の場合も一つのテーマに各論が存在している。ということは、そこには一つの確固たる概念が欠如していることを意味するもので、それはそもそもそのようなものは存在しないということを示している。これに反して食客術は、ギリシア人異国人を問わず、誰にでも通用する不変の術であるというのである。

加えて食客術が哲学や弁論術より優れている点として、哲学者は食客になりたがるが（この例としてアイスキネス、アリスティッポスが挙げられる）、食客は哲学者になりたがらないということが指摘される（弁論家の場合も同様としてよい）。

次に出てくるのは食客、哲学者、弁論家の一市民としての人間的あり方の比較である。食客は、戦場に出れば自分の養い親（パトロン）の楯となり、その身を護ろうとするが、哲学者も弁論家も、そもそも戦場に出ようとせず、もし出陣する羽目になってもデモステネスのように敵前逃亡したり、ソクラテスのように戦場放棄したりする。食客は、平和時においても、体育場や宴席で賑やかに場を盛り上げる。これまた他の二者に優る点であるとされる。

また食客の人生は自由そのもので、世評を気にせずわが道を行く。金銭に拘泥することなく、怒り、苦悩、嫉妬またあらゆる欲望から解放されている。一方、哲学者も弁論家も金銭に汚い。以上の点で食客は他の二者に優る。

食客にはまた幸福な死が約束されている。哲学者の死は、ソクラテスのそれのように不幸な死である。最後は食客を養う側のパトロンについて言及し、食客はパトロンには飾りとなり、身辺警護の役も果たし、毒見役もこなすからたいへん有益であると断じて一篇を閉じる。

以上、いくぶん偏頗で強引な論法、陳述も混じるとはいえ、一篇は好個の食客論となっている。しかも諧謔に満ちている。「哲学者は食客になりたがるが、食客は哲学者になりたがらない」などという一節は秀逸である。右に「いくぶん偏頗」と言ったのは哲学と弁論術とに対する作者の評価を指してのことであるが、これは『二重に訴えられて』でも見られた作者固有の見解がここでも展開されているということだろう。そもそもそれを食客術と比較して論述したところに、作者の両者に対する諧謔と皮肉に満ちた視点を窺い知ることができる。

閑話休題。食客という存在が古代ギリシアの文献上で目立ち始めるのは、中期喜劇、新喜劇においてである。さらにそれがプラウトゥス、テレンティウスらのローマ喜劇に受け継がれ、いわゆるストックキャラクター（類型的人物）化する。いずれもその時代にじっさいに存在していた食客の姿を活写したものだろう。

ではこの食客（術）の淵源はどのあたりにあるのだろうか。只飯只酒を喰らうということを食客術へ至る道程の出発点の一つとすれば、それはたとえばプラトンの対話篇『饗宴』に登場するアリストデモスあたりを嚆矢と考えることができる。いわゆる「影法師（スキアー）」と呼ばれる存在である。正式に招待されていない宴会に正客にその影のごとく随《つ》いて行って宴席に紛れ込み、飲み食いする輩のことである。その影法師が次第に厚顔になり、宴会の主人にその存在を認知せしめ、只飯只酒が常態化する。それが食客であると想定される。(1)

しかし作者がここで食客として言挙げしているのは、古えの『イリアス』に登場するネストルやイドメネウス、またパトロクロスらである。彼らはアガメムノンらの提供する只飯只酒を喰らうという点でたしかに食客の一要素を充足してはいるが、それでもって彼らを食客というのはいささか言いすぎだろう。己の技術力でもって只飯只酒を喰らうという意識が、彼らのなかにあったとはとうてい思えない（ホメロスはそのように言っていない）からである。作者は食客術の定義を「飲むこと、食べることの、そしてそれを獲得するために弄すべき言葉の技術であり、その目的は悦楽にある」としたが、食客でありうるためには、とにかくまずこの一事を自覚していることが必要不可欠なのである。ただネストルにそれがあったと見るルキアノスの考察は、なかなかに鋭く面白くかつ棄てがたいものだとは言ってもよいようだ。

第三十四篇『嘘好き人間』

原題を直訳すれば「嘘の愛好家あるいは疑り深い人」となる。嘘すなわちこの場合は超現実的な神霊現象や奇蹟、あるいは迷信の類であるが、それを信じて疑わない人々を批判的に取り上げて痛烈に皮肉った一篇である。題の後半の「疑り深い人」というのは、そうした嘘めいた話を聞かされてもなかなか信じようとしないテュキアデスという一連の話の報告者を指している。

元来嘘は必ずしも悪いものではない。「嘘も方便」という諺もあるように、それはときに人間関係をスムーズに運ぶ潤滑油となり、実世間を渡って行く際にしばしば有効な手段となるものである。また太古の神話伝承にある嘘（＝超現実的現象）や古えの詩人が創出する嘘（＝虚構の物語）も、その存在は許されている。それはいずれも人間の生活を潤し、その精神生活を飾るものだからである。ところがいまでも現実の生活のなかにさまざまな超常現象を見つけ出して、あるいは作り出して、これを盲信する人たちがいる。これを作者は理性の欠如のなせるところと厳しく批判するのである。

話はエウクラテスという哲学を修めた長老がリウマチを病んでいるところへテュキアデスが見舞いに訪れるところから始まる。以下、エウクラテスを初め彼の許に集まっていた知人友人たちの荒唐無稽な嘘話に皆が熱中する様子が活写されて行く。曰く、リウマチの迷信的治療法（トガリネズミの歯をライオンもしくは牝鹿の皮にくるんで患部に巻きつける）、毒蛇に噛まれたときのバビュロニア人による同様な処方、極北の住民ヒュペルボレオス人の起こす奇蹟（空中飛行、水上歩行）、月を天から引きずり降ろした件、医者のアンティゴノスが語る自宅の青銅製ヒッポクラテス像が夜中に家中を歩き回るという話、エウクラテスの語る庭の彫像が夜中に歩き回る話、同じく森の中に巨人が現われ、それが沈んだ地底に冥府を覗き見たという話、エウクラテスの亡き妻の亡霊が現われた話、ピュタゴラス派の哲学者アリグノトスがコリントスの幽霊屋敷で精霊と

（1）プルタルコス『食卓歓談集』七〇六F以下を参照。また丹下、一六九頁以下を参照。

闘って魂鎮めをした話、エウクラテスの不思議な現象に満ちたエジプト旅行の話等々。いずれも神霊や精霊が登場し、魔術が行使され、奇蹟が起きる、常人には理解できない不可思議な話ばかりである。そしてこれを哲学や医学などの学理を修め知性を磨いたはずの人間——クレオデモスは逍遙派、デイノマコスはストア派、イオンはプラトン派、アリグノトスはピュタゴラス派——がどうやら本気で信じ込んでいる。

こうした事例を列挙したあと、報告者テュキアデスはこれを迷信（デイシダイモニアー）と断じ、こうした嘘の話に対抗するには真実（アレーテイア）と正しい理性（ロゴス・オルトス）に若くものはないとして一篇を閉じる。

ところで作者ルキアノスには『本当の話』という全篇これ奇想天外な「嘘」で固めた一篇がある（本全集第一分冊所収）。そこでは右に登場した人たちと同様に非現実な嘘の話が展開されているのであるが、しかしこれはこれでよいのである。嘘の話を、それを嘘と意識しながら言ったり書いたりするのは問題ない。それは嘘すなわち虚構の創作だからである。またそれによって作者は読者に娯楽は提供するが、信仰を求めることはしないからである。よろしくないのは嘘また非現実な現象を、言うほうも聞くほうも、一方的に信じ込むことである。それは知の虚弱、理性の欠如を意味する。

ここには時代背景も考慮に入れる必要があるかもしれない。すでに早くからギリシアのテッサリア地方は魔女が棲むところとされていたが(1)、加えてアレクサンドロス大王出現以来のヘレニズム時代、そしてローマ時代を通じて地中海世界には東方世界の諸種の宗教や儀式、さらに魔術的なものの流入と蔓延(2)という現象が出来《しゅったい》していた。それによって生み出されるさまざまなかたちの迷信が跋扈するなかで、古典期のあの明晰なギリシア精神は息絶えだえだったのである。「疑り深い」テュキアデスは、だからこそ貴重な存在としてここに登場しているのである。

文献

テクスト

Bompaire, J.,*Lucien : Œuvres*, Tome IV, Les Belles Lettres, Paris, 2008.
Harmon, A. M., *Lucian*, Vols II（1915）, III（1921）, Loeb Classical Library, Cambridge/ Massachusetts.
Macleod, M. D., *Luciani Opera*, Tomus II, Oxford, 1974（底本）.

（1）アリストパネス『雲』七四九―七五〇行、またプラトン『ゴルギアス』五一三Aにテッサリアの魔女が魔法によって天から月を引きずり降ろすとの描写がある。

（2）スエトニウス『ローマ皇帝伝』「カリグラ」五九、またプリニウス『書簡』七-二七に幽霊の出没に関する記述がある。プリニウスが記している幽霊譚は本篇でアリグノトスが告げるコリントスの幽霊屋敷の話と酷似している。ちなみにプリニウス（六二頃―一一三年頃）はルキアノスよりも前の世代の人である。プリニウスの幽霊譚をルキアノスが知っていた可能性はゼロではない（cf. Jones, p. 50）。またローマの喜劇作家プラウトゥスはその作品『幽霊屋敷』で幽霊話を捏ち上げている。

さらにまたジョーンズはエウクラテスの妻の亡霊の話に類似するものとしてヘロドトス『歴史』第五巻九二ηの部分をも挙げている（cf. Jones, P. 50）。その該博な読書量に由来する一種の模倣あるいはパスティシュとして。

註釈・翻訳

Bompaire, *op. cit.*

Braun, E., *Lukian, Unter dopperter Anklage : Ein Kommentar*, Studien zur klassischen Philologie, Band 85, Peter Lang, Frankfurt am Main, 1994.

Ebner, M., Gzella, H., Nesselrath, H.-G., Ribbat, E., *Lukian: Die Lügenfreunde oder: Der Ungläubige*, Wissenschaftliche Buchgesellschaft, 2001.

González, J. L. N., *Luciano: Obras*, II, Gredos, Madrid, 2008.

Harmon, *op. cit.*

Macleod, *Lucian: A Selection*, Aris & Phillips Classical Texts, Warminster, 1991.

内田次信訳『ルキアノス選集』叢書アレクサンドリア図書館Ⅷ、国文社、一九九九年。

呉茂一、山田潤二訳『ルキアノス短篇集』第一巻、筑摩書房、一九四三年。

——『本當の話』養徳叢書外国篇、養徳社、一九四七年。

——『神々の對話　他六篇』岩波文庫、一九五三年。

呉茂一他訳『本当の話　ルキアノス短篇集』ちくま文庫、一九八九年。

高津春繁訳『ペレグリーノスの昇天　ルキアノス短篇集』東京堂、一九四七年。

——『遊女の対話　他三篇』岩波文庫、一九六一年。

その他

Burnet, J., *Platonis Opera*, Tomus III, Oxford, 1903（加来彰俊他訳『プラトン全集9』岩波書店、一九七四年）。

Hall, F. W. & Geldart, W. M., *Aristophanis Comoediae*, Tomus I, Oxford, 1900（アリストパネス『雲』橋本隆夫訳、『ギリシア喜劇全集1』所収、岩波書店、二〇〇八年、アリストパネス『蜂』中務哲郎訳、『ギリシア喜劇全集2』所収、岩波書店、二〇〇八年）。

Highet, G., *The Classical Tradition: Greek and Roman Influences on Western Literature*, Oxford, 1949（G・ハイエット『西洋文学における古典の伝統（上・下）』柳沼重剛訳、筑摩叢書一四一―一四二、筑摩書房、一九六九年）。

Hubert, C., *Plutarchi Moralia*, Vol. IV, Teubner, 1938（プルタルコス『モラリア8』松本仁助訳、京都大学学術出版会、二〇一二年。またプルタルコス『食卓歓談集』柳沼重剛訳、岩波文庫、一九八七年）。

Ihm, M., *C. Suetoni Tranquilli Opera*, Vol. I, *De Vita Caesarum*, Libri VIII, Teubner, 1907（スエトニウス『ローマ皇帝伝（下）』國原吉之助訳、岩波文庫、一九八六年）。

Jones, C. R., *Culture and Society in Lucian*, Harvard UP., 1986.

Lindsay, W. M., *T. Macci Plauti Comoediae*, Tomus II, Oxford, 1905（プラウトゥス『幽霊屋敷』岩谷智訳、『ローマ喜劇集3』所収、京都大学学術出版会、二〇〇一年）。

Long, H. S., *Diogenis Laertii Vitae Philosophorum*, Tomus II, Oxford, 1964（ディオゲネス・ラエルティオス『ギリシア哲学者列伝（中）』加来彰俊訳、岩波文庫、一九八九年）。

Mynors, R. A. B., *C. Plini Caecili Secundi Epistularum Libri Decem*, Oxford, 1963（『プリニウス書簡集――ローマ帝国一貴紳の生活と信条』國原吉之助訳、講談社学術文庫、一九九九年）。

Reynolds, L. D. & Wilson, N. G., *Scribes and Scholars, A Guide to the Transmission of Greek and Latin Literature*, Oxford, 1968（L・D・レイノルズ、N・G・ウィルソン『古典の継承者たち――ギリシア・ラテン語テクストの伝承にみる文化史』西村賀子、吉武純夫訳、国文社、一九九六年）。

丹下和彦『食べるギリシア人――古典文学グルメ紀行』岩波新書、二〇一二年。

＊　＊　＊

本篇を構成する各作品の翻訳草稿を浄書するに際し、長谷川知子氏から多大なるご協力を賜った。記して篤くお礼申し上げたい。

固有名詞索引

1．本文のみを対象とし、註（本文挿入註記を含む）、解説等は含めない。ただし、ギリシア語原文にはないが訳で補って本文中に入れたものは拾ってある。
2．典拠箇所として記す数字は、本訳書の頁数である。
3．ギリシア語をローマ字転記して記す。なお、κ は k に、χ は kh に、ου は u に、γγ（γκ, γχ）は ng（nk, nkh）にする。
4．同じ名が同一頁に複数出てくる場合、その点を註記することはしない（訳文で意味を明瞭にするため、原文にはない場合もあえて繰り返すことがある）。
5．民族名は原則として国名と同一視する。
例：「アテナイ人たち　Athenaioi」は「アテナイ　Athenai」と同じとして扱う。

ア　行

アイアコス　Aiakos　ゼウスとアイギナの子。死後はハデスの門番また裁判官。ペレウスの父。 *6, 29, 115, 249*
アイアス　Aias　テラモンの子。トロイア戦争遠征ギリシア軍の英雄。アキレウスの死後その武具をめぐってオデュッセウスと争った。 *28, 212–214, 217*
アイスキネス　Aiskhines　前4世紀の人。アテナイの哲学者。ソクラテスの弟子。 *206, 212*
『ミルティアデス』 *Miltiades*　上記アイスキネスの対話篇。 *206*
アイスキネス　Aiskhines　前390／89—314年頃。アテナイの弁論家。同じ弁論家デモステネスのライヴァル。 *170, 180, 210, 221*
アイスキュロス　Aiskhylos　古代ギリシア3大悲劇詩人の一。 *162*
アイトリア　Aitolia　ギリシア中西部地方。 *19, 140*
アウリス　Aulis　アテナイ北方の臨海市。トロイア戦争でギリシア艦隊はここから出港した。 *141*
アカイア　Akhaia　古代ギリシアの呼称。 *142*
アガウエ　Agaue　テバイ王ペンテウスの母。バッコス教信女らのリーダー。 *164*
アカデメイア　Akademeia　プラトンが創設した学園。アテナイ郊外にあった。 *70, 100, 110, 117, 119–123, 134, 203–204*
アガメムノン　Agamemnon　ミュケナイ王。トロイア戦争遠征ギリシア軍の総大将。 *27, 50, 141, 212–214*
アキレウス　Akhilleus　ペレウスと女神テティスの子。トロイア戦争遠征ギリシア軍で随一の英雄。 *27, 84, 157, 212, 214–216*
アグノイア　Agnoia　「無知」「無学」を意味するギリシア語の擬人化。 *95*
アクロポリス　Akropolis　城砦の意。アテナイのそれ（標高156メートル）が有名で、上にパルテノン神殿が建つ。 *73, 91–92, 94, 112–113*
アシア　Asia　ヘレスポントス海峡の東、エーゲ海東部地域の名称。 *156*
アスクレピオス　Asklepios　医神。アポロン神とプレギュアスの娘コロニスとの子。 *92, 105, 108, 236*
アステュアナクス　Astyanaks　トロイアの勇将ヘクトルとアンドロマケの子。トロイア陥落時、ギリシア軍に殺された。 *144*

アステロパイオス　Asteropaios　トロイア戦争におけるトロイア方援軍の一武将。 *157*
アッシュリア　Assyria　ティグリス、エウプラテス両河の中間地メソポタミアの一地方。 *14, 143, 148*
アッティカ　Attike　アテナイを首邑とするギリシアの一地方。 *58, 78, 82, 112, 169, 230*
アッティコス　Attikos　書誌学者。 *152, 168*
アッティス　Attis　レア（＝プリュギアの大地母神キュベレ）女神に愛された美少年。 *144*
アテナ　Athena　アテナイの守護女神。ゼウスの娘で処女神。 *86, 100, 141, 144, 146–147*
アテナイ　Athenai　アッティカ地方の都市。前5世紀後半はギリシアを代表する都市となった。 *14–15, 36, 42, 44, 108, 112–113, 115–116, 118, 120, 130, 146, 154, 207, 210–211, 216, 230*
アドメトス　Admetos　ギリシア中北部テッサリアのペライ王。 *142*
アトラス　Atlas　タイタンとクリュメネの子。カリュプソの父。 *8, 196*
アナクサルコス　Anaksarkhos　前4世紀のアブデラの人。原子論の哲学者。 *207*
アナケイオン　Anakeion　ディオスクロイ（カストルとポリュデウケス）を祀る神殿。アクロポリスの北側にあったとされる。 *92*
アニュトス　Anytos　ソクラテス告発者の1人。今1人はメレトス。 *68, 109*
アヌビス　Anubis　人身獣（山犬）頭のエジプトの神。オシリス神の子。 *45*
アピス　Apis　エジプトの聖牛。ペルシア王カンビュセスがエジプトを攻めたとき、これを殺害した。 *19, 149–150*
アブデラ　Abdera　ギリシア北部トラキアの町。 *42, 255*
アプロディテ　Aphrodite　愛と美の女神。ローマ神話のウェヌス（＝ヴィーナス）。 *145–146*
アポデイクシス　Apodeiksis 「証明」を意味するギリシア語の擬人化。 *75*
アポロン　Apollon　音楽・予言・医術・文芸を司る神。デルポイにある神殿の予言（神託）が有名。 *17, 65, 104, 141–142, 146–147, 158, 160, 259*
アラビア　Arabia　アラビア半島、シュリア、メソポタミア南部の地域。 *241, 247*
アリグノトス　Arignotos　ピュタゴラス派の哲学者（仮想上の人物）。 *251–256*
アリスティッポス　Aristippos　ソクラテスの弟子。のちに快楽主義のキュレネ派の祖となる。 *60, 117, 128, 206*
アリストクセノス　Aristoksenos　アリストテレスの弟子。『プラトンの生涯』を書く。これはのちにディオゲネス・ラエルティオスが使用するところとなった。 *207*
アリストゲイトン　Aristogeiton　ハルモディオスとともにペイシストラトスの僭主制に反対して闘ったアテナイ市民。 *216*
アリストテレス　Aristoteles　哲学者。逍遙派（ペリパトス派）の祖。プラトンの弟子。アレクサンドロス大王の幼少時の家庭教師。 *60, 64, 66, 70, 75, 80–81, 89, 98, 208, 212*
　『自然学』 *he Physike Akroasis*　上記アリストテレスの著作の一。 *239*
アリストパネス　Aristophanes　ギリシア古喜劇の代表的作者。 *81, 135, 170*
アルカディア　Arkadia　ペロポネソス半島西北部の地域。 *114, 230*
アルキロコス　Arkhilokhos　前7世紀半ばのギリシアの抒情詩人。入植者、傭兵としても活躍したペンと剣の詩人。 *170*
アルケラオス　Arkhelaos　前5世紀末のマケドニア王。ギリシア文化に心酔し、ギリシアからエウリピデスら数多の文人を招請した。 *207*

アルゴス[1]　Argos　ペロポネソス半島東北部の地方および都市。 *15, 28, 142, 146*
アルゴス[2]　Argos　百の目を持つ怪物。 *106*
アルテミス　Artemis　狩りの女神。ゼウスとレトの娘。アポロンの姉妹。 *140, 148*
アレイオス・パゴス　Areios Pagos　アテナイのアクロポリスの門前に広がる丘。ここで重罪裁判が行なわれた。 *37, 73, 92, 108, 112, 115–116, 118*
アレクサンドロス（大王）　Aleksandros ho Megas　前356―323年。マケドニア王ピリッポスの息子。ギリシア、エジプト、アシア、ペルシア等を領有する世界的帝国の主となり、ヘレニズム時代を招来せしめた。 *166, 207*
アレクシクレス　Aleksikles　グラウキアスの父（仮想上の人物）。 *238–239*
アレス　Ares　戦神。ゼウスとヘラの子。 *216*
アレテ　Arete　「卓越」「勇気」「徳」を意味するギリシア語の擬人化。 *73, 90–91, 94, 128*
アレテイア　Aletheia　「真実」を意味するギリシア語の擬人化。 *73–75, 89, 94–95*
アレティオン　Alethion　登場人物の一（仮想上の人物）。 *75*
アロエウス　Aloeus　ポセイドンとカナケの子。 *7*
アロペケ　Alopeke　アテナイ郊外の地域。 *245*
アンティゴノス　Antigonos　医者（仮想上の人物）。 *233, 235, 245, 248, 250*
アンティステネス　Antisthenes　前455頃―360年頃。哲学者。犬儒派の祖。 *78, 170, 211*
アンピトリテ　Amphitrite　ポセイドンの妃で海の女王。 *96*
アンピロコス　Amphilokhos　アルゴスの将軍アンピアラオスの子。トロイア戦後、小アジアに多くの都市、神託所を創設した。 *259*
イオニア　Ionia　エーゲ海東岸の小アジア（現トルコ）の一地域。 *9, 32, 131*
イオン　Ion　プラトン派の哲学者（仮想上の人物）。 *233, 236, 238, 240–241, 244, 246–248*
イクシオン　Iksion　親族殺しその他の罪の厳しい罰をゼウスから蒙った男。 *70, 146*
イシス　Isis　エジプト神オシリスの妻。ヘレニズム時代、地中海一帯で広く信仰された。 *162, 256*
イストロス（河）　Istros　現ドナウ河。 *9*
イスメニアス　Ismenias　前４世紀の有名な笛の名手。 *155*
イタリア　Italia　現イタリアにほぼ同じ。 *9, 36, 131, 154*
イドメネウス　Idmeneus　トロイア戦争におけるギリシア方の将。クレタ出身。 *212–214, 216*
イナコス（河）　Inakhos　ペロポネソス半島のアルゴス地方を流れる河。 *28*
イビス　Ibis　エジプトの聖鳥。トキ科の鳥。 *148*
イリオン　Ilion（イリオス Ilios とも）　トロイアの首邑。 *28, 90, 195*
イリス　Iris　虹の女神。神々の使者役を務める。 *145*
イロス　Iros　オデュッセウスの故郷イタケの乞食アルナイオスの渾名。 *27*
インド　India　現インド。 *147, 219, 247*
馬の泉　he tu Hippu Krene　詩女神ムーサの国にある泉。 *153*
ウラノス　Uranos　天空神。ガイア（大地）の息子にして夫。 *142, 229*
運の女神（テュケ）　Tykhe　「運」「巡り合わせ」を擬神化したもの。 *251*
運命の女神たち　Moirai　→モイライ
エウアンゲロス　Euangelos　タラスの人。豪華な楽器と衣装でキタラーの演奏会に出場するが、無様な負け方をする。 *158–160*
エウクラティデス　Eukratides　エウクラテスの息子（仮想上の人物）。 *250*

エウクラテス　Eukrates　哲学を修めた長老市民（仮想上の人物）。*232–233, 235, 241–247, 250–253, 255, 259–260*
エウバティデス　Eubatides　コリントス市民（仮想上の人物）。*253–254*
エウプラテス（河）　Euphrates　現ユーフラテス河。*75, 118*
エウポリス　Eupolis　前5世紀後半にアテナイで活躍した喜劇作家。*81, 135, 170*
『バプタイ』　*Baptai*　上記エウポリスの作品（ただし小断片）。*170*
エウメロス　Eumelos　エリスの人。キタラーの演奏と歌に優れる。*159*
エウリピデス　Euripides　古代ギリシア悲劇の有名作家。*39, 62–63, 164, 170, 191, 207*
『バッコス教の信女たち』　*Bakkhai*　上記エウリピデスの残存作品の一。*164*
エウリュトス　Eurytos　弓術の名人。その慢心のためにアポロン神に殺された。*65*
エクサディオス　Eksadios　トロイア戦争遠征ギリシア軍の総大将アガメムノンよりも2世代以前の時代の人。*214*
エーゲ（海）　ho melas Kolpos　*160*
エーコー　Ekho　木霊。*116*
エジプト　Aigyptos　現エジプト。*33, 45, 88, 148–149, 253–254, 256, 259–260*
エティオピア　Aithiopia　現エティオピア。*106, 109, 140, 171*
エピクテトス　Epiktetos　後55—135年頃。プリュギア生まれのストア派の哲学者。*161*
エピクロス　Epikuros　前341—270年頃。哲学者。エピクロス派の始祖。*47, 60, 64, 106, 124–125, 127, 196–198, 203*
—派　Epikureios　上記エピクロスを祖とする哲学流派。*93, 196, 205, 248*
エピメニデス　Epimenides　40日間眠り続けたといわれるクレタの神官。*250*
エペイロス　Epeiros　ギリシア本土西北部。*165*
エペソス　Ephesos　エーゲ海東岸のイオニア地方の町。*42*
エリクトニオス　Erikhthonios　神話的な古いアテナイ王。大地から生まれたとされる。*230*
エリス　Elis　ペロポネソス半島最西北部の地。*159*
エリニュエス　Erinyes（単数形エリニュス）　復讐の女神たち（アレクト、メガエラ、ティシポネ）。*232, 249*
エレウテリア　Eleutheria　「自由」を意味するギリシア語の擬人化。*74*
エレクトラ　Elektra　アルゴス王アガメムノンの娘。弟オレステスと協力して父の仇討ちに母クリュタイメストラを殺した。*50*
エレンクシクレオス　Elenksikleos　登場人物の一（仮想上の人物）。*75*
エレンコス　Elenkhos　「吟味」「審理」「裁判」「試験」を意味するギリシア語の擬人化。*74–75, 95, 97–100*
エロス　Eros　愛、恋、またそれを司る神。系図的にはアプロディテの息子とされる。*238–239*
エンデュミオン　Endymion　羊飼の美少年。月の女神セレネに愛された。*145*
エンペドクレス　Empedokles　前5世紀前半のシケリア島アクラガスの哲学者。エトナ火山の噴火口に飛び込んで死んだとされる。*61*
オイテ（山）　Oite（オイタ Oita とも）　ギリシア中部、アイトリアとテッサリアとの境界にある山。*9–10*
オイネウス　Oineus　ギリシア中西部アイトリア地方のカリュドン王。*140*
オッサ（山）　Ossa　ギリシア北部マグネシア地方の山。*8–9*
オデュッセウス　Odysseus　イタケ島を出自とするギリシアの英雄。10年にわたるトロ

イア戦争後、さらに10年間地中海域を放浪した。 *25, 195, 197, 216, 228*
オトリュアデス　Othryades　テュレアをめぐるアルゴスとスパルタの戦闘で、スパルタ側でただ1人生き残った兵士。 *29*
オリュンピア　Olympia　ペロポネソス半島西北部の町。 *106*
一競技祭　Olympia　オリュンピアで4年に1回のゼウス神祭典時に開催された競技祭。 *23, 147*
オリュンポス　Olympos　プリュギアの笛の名手。 *155*
オリュンポス（山）　Olympos　ギリシア東北部の山。そこに神々の住居があると考えられていた。 *7–8*
オルペウス　Orpheus　ギリシアの伝説上の著名な音楽家、詩人。その奏でる楽の音には野獣や岩石も聴き従ったという。 *61, 158, 160–161*
オルメイオスの川　Olmeios　ギリシア中部ヘリコン山より流れ落ちる川。 *153*
オレイテュイア　Oreithyia　アテナイ王エレクテウスの娘。 *230*
オレステス　Orestes　アルゴス王アガメムノンの息子。エレクトラの弟。 *50–51*
オロイテス　Oroites　小アジアのサルディスを治めるペルシア総督。 *20*

カ　行

カイネウス　Kaineus　王アガメムノンらより2世代ほど以前のギリシア人戦士。 *214*
カウカソス　Kaukasos　現コーカサス。 *7, 144*
学園派　Akademaikos　プラトンが創始した学園に集う哲学一派。プラトン学派に同じ。 *93*
カスタリア　Kastalia　ギリシア中部パルナッソス山中の泉。 *10*
カッサンドロス　Kassandros　マケドニア王国に多い王の名前。 *166*
カリア　Karia　エーゲ海東岸の小アジア西南部地方。 *48*
カリノス　Kallinos　物書き。 *152, 168*
カリュドン　Kalydon　ギリシア中西部アイトリア地方の町。 *140, 161*
カリュプソ　Kalypso　地中海を放浪中オデュッセウスが遭遇し生活を共にした女神。 *196*
カリュブディス　Kharybdis　メッシナ（と思しき）海峡に渦巻く大渦およびそれを擬人化した女怪。 *12*
カルデア　Khaldaia　エウプラテス河下流域。カルデア人は元来アラム人の一部族。 *237*
画廊（ポイキレー）　Poikile　壁面を絵で飾られたアテナイの柱廊。ゼノンのストア派の発祥地。 *70, 73*　→ストア
カロン　Kharon　死者を冥府へ送り届ける舟の渡し守。 *4–16, 18–26, 28–30, 249*
カンビュセス　Kambyses　ペルシア王。父王キュロスの後継者。 *14, 19*
キマイラ　Khimaira　頭部は獅子、胴は山羊、尾は蛇の姿をし、口から火焔を吐き出す怪獣。 *230*
キュクロプス　Kyklops　ウラノス（天）とガイア（大地）の子。一つ目の巨人。アポロンはこれを殺してゼウスから罰を受けた。 *12, 142, 148, 230*
ギュゲス　Gyges　リュディアの王。嵌めると身を消す魔力のある指輪を持っていた。 *126, 222*
キュプロス　Kypros　現キプロス島。ストア派の哲学者ゼノンの生地。 *76*
キュメ（＝クマエ）　Kyme　イタリア西南部ナポリ付近の町。ギリシアの植民都市。 *85*
キュレネ　Kyrene　アフリカ北部の地中海沿岸の町。アリスティッポス創始の快楽主義

キュレネ派の地。 *41, 206*
キュレネ山　Kyllene　アルカディア地方東北部の山。ヘルメス神の生誕地。 *6*
キュロス　Kyros　前6世紀後半のペルシア大王。アケメネス朝ペルシア帝国の創立者。 *14, 18–19, 143*
教育　Paideia　ギリシア語「パイデイア」の擬人化。 *178*
巨人族　Gigantes　ウラノス（天）とガイア（大地）の子供たち。ゼウスの支配に対抗するが、最後に平定された。 *149, 229*
ギリシア　Hellas　古代ギリシア語ではヘラスと言う。ペロポネソス半島およびそれ以北はテッサリアを北限とする地域、加えてエーゲ海の島嶼部を含む。さらにエーゲ海東岸、南イタリアなどに多くの植民都市があった。 *13–14, 36, 76, 122, 131, 133, 137, 195, 204–205, 214, 230, 241, 256*
クサントス　Ksanthos　小アジア南端部の町。 *104*
クセノポン　Ksenophon　前430頃—355年頃。アテナイ市民の文筆家。ソクラテスの知遇を得た。『アナバシス』などの作者。 *182*
クテシアス　Ktesias　前4世紀初頭のクニドスの人。著作に大部の『ペルシア史』がある（要約のみ残存）。 *229*
クニドス　Knidos　上記クテシアスの出身地。エーゲ海東南岸の町。 *229*
グラウキアス　Glaukias　若い男（仮想上の人物）。 *238–240*
クラテス　Krates　犬儒派の哲学者ディオゲネスの弟子。 *78, 211*
クラネイオン　Kraneion　コリントス市の一地域。 *253*
グラピケ　Graphike　「絵画技術」を意味するギリシア語の擬人化。 *129*
クリティオス　Kritios　ギリシア古典期の彫刻家。 *242*
クリュシス　Khrysis　デメアスの妻（仮想上の人物）。 *238–240*
クリュシッポス　Khrysippos　前280頃—207年頃。小アジアのキリキア地方ソロイ出身の哲学者。ストア派の隆盛に尽力。 *48–54, 60, 64, 66, 70, 75, 78, 80–81, 85, 89, 99–100*
クリュセス　Khryses　ホメロス『イリアス』に登場するアポロン神の神官。 *141*
クレオデモス　Kleodemos　逍遙派（ペリパトス派）の哲学者（仮想上の人物）。 *233–235, 238, 246, 248, 252, 255*
クレオナイ　Kleonai　ペロポネソス半島東北部、コリントスの南に位置する町。 *28*
クレオビス　Kleobis　母親孝行の兄弟の1人。 *15*
クレタ　Krete　エーゲ海南部の大島。 *9, 143, 146, 230, 244*
クロイソス　Kroisos　小アジアのリュディア王。 *14–19, 34*
クロト　Klotho　モイライ（運命の女神）の一。運命の糸を紡ぐ。 *18, 20*
クロトン　Kroton　イタリア半島最南部の町。 *13, 36*
クロノス　Kronos　ウラノス（天）とガイア（大地）の子。ゼウスの父。 *142, 147*
ゲタイ　Getai　ドナウ河下流の南部、黒海西南岸地域に住む部族。 *106*
ケラメイコス区　Kerameikos　アテナイのデモス（行政区画）の一。陶工町。 *70*
ゲリュオン　Geryon　エリュテイアの島（現ジブラルタル海峡付近）に棲む三頭三身の怪物。ヘラクレスに退治された。 *162*
ケルト　he Keltike　ケルト人の地ケルティケすなわちガリア地方（現フランス、ベルギー、オランダ）に住んでいた種族。 *131*
ケルベロス　Kerberos　冥府の入口の番犬。 *45, 239, 247*
犬儒主義　Kynismos　→犬儒派
犬儒派　Kynikos　哲学者の一派。文化・文明生活に背を向け、無為な自然の生活を理想とする。 *94, 135–136, 161, 164*

ケンタウロス　Kentauros　半人半馬の怪物。 *136, 156*
コキュトス　Kokytos　冥府の河。「嘆きの河」の意。 *10*
コテュス　Kotys　トラキアの女神。その信奉者はバプタイと称される。 *170*
コプトス　Koptos　エジプトのナイル河中流の町。 *256*
コリントス　Korinthos　中部ギリシアからペロポネソス半島へ入る地峡部近くの町。 *155, 164, 242, 253*
ゴルギアス　Gorgias　前485—375年頃。シケリア島レオンティノイ出身のソフィスト、弁論家。アテナイで弁論家として活躍した。 *78*
ゴルゴン　Gorgon　ステンノ、エウリュアレ、メドゥサの3名からなる女怪物。 *230, 246*
コロイボス　Koroibos　愚者とされる人物。 *230*
コロポン　Kolophon　エーゲ海東岸中部、小アジアの町。 *104*

サ　行
サテュロス　Satyros　山野の精。人身に山羊の形状の脚部という怪奇な姿をしている。 *112*
—劇　Satyros　悲劇上演の際4番目に上演される喜劇仕立ての小劇。合唱隊をサテュロスが演じるところからこの名がある。 *135*
サモス　Samos　小アジア南部イオニア地方の町エペソスの沖合の島。 *20, 33*
サルダナパロス　Sardanapallos　ティグリス河上流のアッシュリア王。 *28*
サルディス　Sardeis　小アジアのリュディアの町。 *14*
サルペドン　Sarpedon　ホメロス『イリアス』に登場するトロイア方の勇将。 *214*
シゲイオン　Sigeion　トロイアの岬。アキレウスの墓所がある。 *28*
シケリア　Sikelia　現シチリア島。 *9, 42, 206–207*
シシュポス　Sisyphos　コリントス王。贖罪として大石を永久に山上に押し上げる罰をゼウスから受けた。 *249*
シノペ　Sinope　黒海南岸の町。 *129*
シモン　Simon　食客（仮想上の人物）。 *186–194, 197–198, 201–208, 210–215, 218, 220, 222–224*
シュバリス　Sybaris　イタリア半島南端、クロトン付近の町（現シバリ）。 *167*
シュラクサイ　Syrakusai　シケリア島の大都。ギリシアの植民都市。 *47, 206*
シュリア　Syria　地中海東岸の地域。 *75, 118, 130–131, 133–134, 136, 164, 240*
シュロギスモス　Syllogismos　「三段論法」を意味するギリシア語の擬人化。 *91*
逍遙派　Peripatetikos　アリストテレス創始の哲学流派。いわゆるペリパトス派。 *55, 93, 204, 233, 238*
スキュティア　Skythia　黒海北岸の地方（現クリミア半島あたり）。 *19, 144, 148, 211, 219*
スキュラ　Skylla　メッシナ海峡と思しき海峡の洞穴。それの擬人化された女怪。近づく水夫を捕食する。 *12*
スケイロン　Skeiron（スキロン Skiron とも）　メガラの海岸に住む悪党。通行人に自分の足を洗わせ、蹴落として大亀に喰わせた。 *110*
スケリア　Scheria　ホメロス『オデュッセイア』でオデュッセウスが放浪の旅の最後に滞留する地。パイエケス人の王アルキノオスが治める島。 *197*
スタゲイラ　Stageiros　マケドニアの町。哲学者アリストテレスの出身地。 *76*
ストア　Stoa　→ストア派
—派　Stoikoi　ヘレニズム哲学の一流派。 *48, 93–94, 100, 110, 117, 123, 125–128,*

161, 195, 203, 205, 233
スニオン　Sunion　アッティカ地方最南端の岬。 *110, 112*
スパルタ　Sparte　ペロポネソス半島南部の強力な都市国家。 *212*
スパルトイ　Spartoi 「蒔かれたる者たち」の意。カドモスによって蒔かれた龍の歯より生じた者たち、すなわちテバイ人を指す。 *230*
スラ　Sulla, Lucius Cornelius　前138—78年。ローマの将軍、政治家。 *154*
正義　Dike　ギリシア語「ディケ」の擬人化。 *91, 108–110, 112–123, 125, 128–130, 134–135*
セイリオス　Seirios（ラテン語のシリウス Sirius に同じ） 星座オリオンの猟犬。 *45*
セイレン　Seiren　上半身は女性、下半身は鳥の姿の女怪物。その歌声で人を魅了し死に至らしめる。 *25*
ゼウス　Zeus　神界の最高神。クロノスとレアの子。 *4, 6, 32, 36–37, 41–42, 44, 48, 55–56, 78, 86, 100, 104, 106–110, 112–113, 115, 128, 135, 140, 142–148, 177, 189, 212, 214, 216, 230*
ゼノン　Zenon　前335—263年。哲学者。ストア派の創始者。 *212*
セレネ　Selene　月の女神。 *104, 145, 238–240*
ソクラテス　Sokrates　前469—399年。アテナイの哲学者。プラトンの師。 *44–46, 60–61, 68, 81, 180, 201, 206, 210, 212, 221, 248*
ソピア　Sophia 「知」「賢」を意味するギリシア語の擬人化。 *110*
ソプロシュネ　Sophrosyne 「節度」を意味するギリシア語の擬人化。 *73*
ソプロニスコス　Sophroniskos　ソクラテスの父。 *108*
ソロイ　Soloi（あるいは Soli） 小アジア東南部キリキア地方の町。哲学者クリュシッポスの出身地。 *76*
ソロン　Solon　前630頃—559年頃。アテナイの立法者。リュディア王クロイソスとの幸福問答で有名。 *14–18*

タ　行

大酒　Methe　ギリシア語「メテ」の擬人化。 *119–123*
ダイダロス　Daidalos　古代ギリシアの伝説的名匠。 *244*
タウレアス　Taureas　職業的なトレーナーの名前。プラトン『カルミデス』153A 参照。 *212*
ダティス　Datis　ペルシア戦争時、マラトンを攻めたペルシア軍の将。 *112*
ダプネ　Daphne　ペネイオス河神の娘。アポロンに恋を仕掛けられ、最後は月桂樹に変身した。 *142*
タミュリス　Thamyris　歌と竪琴の名手。詩女神と技を競い、敗れて視力を失った。 *65*
タラス　Taras（ラテン語名 Tarentum） イタリア半島最南東部の町。 *36, 158*
タルタロス　Tartaros　冥府の最深部。 *247*
タロス(1)　Talos　ダイダロスの甥。その業をダイダロスに妬まれて殺された。ディオニュソス劇場の背後の岩石群がその墓と見なされている。 *92*
タロス(2)　Talos　ミノスの息子。クレタ島の番人とされる怪物。 *244*
タンタロス　Tantalos　罪を犯して冥府に落ち、飢渇に苦しめられる男。 *21, 126, 146, 249*
彫像の技術　Hermoglyphike　ギリシア語「ヘルモグリュピケ」の擬人化。 *177*
ディアロゴス　Dialogos 「対話」を意味するギリシア語の擬人化。英語の dialogue（対話）はこれに由来する。 *82, 118, 130, 132–136*

ディオゲネス　Diogenes　前400—325年頃。シノペ（黒海南岸）出身の哲学者。犬儒派の創始者。 *38–40, 60, 64, 78–80, 82–83, 90, 97–98, 117, 129, 211*
ディオニュシア祭　Dionysia　酒と演劇の神ディオニュソスを祀る祭。古典期アテナイで年に4回開催された。 *71, 81*
ディオニュシオス（1世）　Dionysios　前5世紀末から前4世紀初めにかけてシケリア島シュラクサイを治めた僭主。 *162, 206–207*
ディオニュシオス（ストア派の）　Dionysios　のち快楽主義のキュレネ派に転じた哲学者。 *117, 123, 125–126, 128*
ディオニュソス　Dionysos　酒と演劇の神。 *81, 112, 144*
—神の祭　Dionysia　→ディオニュシア祭
ディオメデス　Diomedes　テュデウスの子。トロイア戦争ではアルゴス勢を率いて活躍した。 *212*
ディオン　Dion　シケリア島シュラクサイの人。僭主ディオニュシオス1世の義理の弟。プラトンをシュラクサイに招請。 *47, 189*
ディカイオシュネ　Dikaiosyne　「正義」を意味するギリシア語の擬人化。 *73, 75*
ディケ　Dike　→正義
ティテュオス　Tityos　巨人の名前。アポロン神に殺され、冥府の最深部タルタロスに閉じ込められた。 *249*
デイノマコス　Deinomakhos　ストア派の哲学者（仮想上の人物）。 *233–236, 246–247, 252, 255, 258*
デイノン　Deinon　エウクラテスの父（仮想上の人物）。 *241*
ティベイオス　Tibeios　門番の名前（仮想上の人物）。 *253*
ティマルコス　Timarkhos　前4世紀のアテナイ市民。その不品行を弁論家アイスキネスから論難された。 *170*
ティモテオス　Timotheos　前4世紀のテバイの著名な笛吹き。 *155*
テウクロス　Teukros　トロイア戦争遠征ギリシア軍の戦士。テラモンの子。弓術に優れる。 *214, 217*
テゲア　Tegea　ペロポネソス半島中東部の地帯。 *161*
テスピス　Thespis　テバイの音楽家。 *158*
テセウス　Theseus　アテナイを代表する英雄。アテナイ王。 *84, 124*
テッサリア　Thessalia　ギリシア本土東北部一帯の地域。 *4, 142*
テティス　Thetis　女神。人間ペレウスと結婚してアキレウスの母となった。 *27*
テバイ　Thebai　ギリシア中東部ボイオティア地方の町。 *158, 161, 230*
デマイネテ　Demainete　エウクラテスの妻（仮想上の人物）。 *250*
デマデス　Demades　アテナイの弁論家。対マケドニア戦で相手方についた。 *210*
デミュロス　Demylos　鍛冶屋（仮想上の人物）。 *249–250*
デメアス　Demeas　仮想上の人物。 *238*
デメトリオス（犬儒派）　Demetrios　後1世紀のコリントスの人。 *164*
デメトリオス（人物像作家）　Demetrios　後2世紀の彫刻家。 *242, 244–245*
デモクリトス　Demokritos　前470頃—371年頃。アブデラ出身の哲学者。原子論を唱える。 *42, 150, 255*
デモステネス　Demosthenes　前383—322年。アテナイの弁論家。同じ弁論家アイスキネスのライヴァル。 *154, 180, 210, 221*
テュエステス　Thyestes　ペロプスの子。兄弟のアトレウスとミュケナイの王位を争い、アトレウスの妻と密通したためにわが子の死肉を喰らう羽目になった。 *142*
テュキアデス　Tykhiades　登場人物の一（仮想上の人物）。 *186–194, 197–198, 201–*

202, 204–208, 210–215, 218, 220, 222–224, 228–230, 232–233, 235, 240–241, 244–245, 250–252, 256, 259–261
テラモン　Telamon　ギリシア神話。サラミス島の支配者。 214
デリオン　Delion　ボイオティア地方東端の地。 212
テルシテス　Thersites　ホメロス『イリアス』に登場する心身ともに拗《ねじ》けた男。英雄の対極に位置する。 27, 157
デルポイ　Delphoi　ギリシア中部の町。アポロン神殿の神託で有名。 17–18, 104, 146, 158–159
テレポス　Telephos　ヘラクレスとアウゲの子。捨て子にされ、牝鹿に育てられた。 143
テロス　Tellos　アテナイ市民。ソロンによれば最高に幸福な人間の典型。 15
デロス　Delos　エーゲ海中南部の島。 104, 146
トゥキュディデス　Thukydides　前5世紀後半のアテナイの歴史家。ペロポネソス戦争を克明に描いた『歴史』の著者。 154, 216
トミュリス　Tomyris　カスピ海東部のマッサゲタイ族の女王。 19
トラキア　Thrake　エーゲ海北の大陸部東方の地帯。ヘレスポントス海峡の西方。 147, 160, 211
ドリス　Doris　シュラクサイの僭主ディオニュシオス1世の妻。 162
トリプトレモス　Triptolemos　大地母神デメテルから与えられた龍車に乗って麦の種を蒔き歩き、世界中に麦の栽培を広めた男。 181, 230
トリュペ　Tryphe　「贅沢」「優美」「豪華」を意味するギリシア語の擬人化。 128
トロイア　Troia, Ilion　エーゲ海東北部、ヘレスポントス海峡の東南に位置する城砦都市。トロイア戦争でギリシア軍に陥落させられた。 27, 90, 141–142, 195, 212

ナ　行
ナイル（河）　Neilos　エジプトの大河。原語ではネイロス。 256
ナウシカア　Nausikaa　ホメロス『オデュッセイア』に登場する少女。スケリア島の王アルキノオスの娘。 203
ニオベ　Niobe　テバイのアンピオンの妻。産んだ子供の数でレトを侮辱し、ゼウスの裁きで石に変身させられた。 54, 181
偽アレクサンドロス　Pseudaleksandros　セレウコス朝アンティオコス5世の兄弟と称し、アレクサンドロスと名乗ったバラスのこと。 165
偽ネロ　Pseudoneron　ネロ帝没後約20年にオリエントに現われた男。 165
偽ピリッポス　Pseudophilippos　縮絨工アンドリスコスのこと。風貌が似ているところから。 165
ニソス(1)　Nisos　メガラ王。頭髪の中に紫色の毛が1本あり、それを抜かれると命を落とす急所となっていた。 150
ニノス(2)　Ninos　ティグリス河上流アッシュリアの町。いわゆるニネヴェ。 28
ネアントス　Neanthos　レスボス島ミュティレネの僭主ピッタコスの子。 160–161
ネシオテス　Nesiotes　ギリシア古典期の彫刻家。 242
ネストル　Nestor　ペロポネソス半島西南部のピュロス王。トロイア戦争遠征ギリシア軍の最長老。 212, 214
ネメア　Nemea　ペロポネソス半島東北部の町。 106, 235
ネレウス　Neleus　音楽家アリストクセノスのパトロン。 207

ハ　行

パイアニア　Paiania　アテナイのデモス（行政区）の一。 133
パイデイア　Paideia　「教育」「訓練」「修行」を意味するギリシア語の擬人化。 73
パイドラ　Phaidra　アテナイ王テセウスの後妻。先妻の息子ヒッポリュトスに恋し、命を落とす。 170
パタラ　Patara　小アジア南部リュディアの町。アポロンの神託所で有名。 259
バタロス　Batalos　笛吹きの男。 167
バッコス　Bakkhos　酒と演劇の神。ディオニュソスに同じ。 160
バッソス　Bassos　ソフィストの男。 167
ハデス　Hades　死者の国の支配者、または死者の国そのもの。 64
バトラキオン　Batrakhion　料理人の男。 166
パトロクロス　Patroklos　アキレウスの親友、また（ルキアノスによれば）その食客。 214–216
バビュロニア　Babylonia　バビュロンを首邑とする一帯。 14, 237
バビュロン　Babylon　エウプラテス河流域の町。 28, 76, 106
パポス　Paphos　キュプロス島西端の町。 146
パラリス　Phalaris　前 6 世紀半ばのシケリア島アクラガスの僭主。残虐で有名。 110
パリス　Paris（アレクサンドロス Alexandros とも）　トロイアの王子。スパルタ王妃ヘレネを拉致してトロイア戦争を引き起こした。 214
パルテニオン（山）　Parthenion　アルカディア（ペロポネソス半島北部一帯）にある山。 112
パルナッソス（山）　Parnassos　ギリシア中部ポキス地方の山。 7, 9–10
パルネス（山）　Parnes　アテナイ北方アッティカ地方の山。 110, 212
パレシア　Parrhesia　「直言」「自由な物言い」を意味するギリシア語の擬人化。 74
パレシアデス　Parrhesiades　登場人物の一（仮想上の人物）。ルキアノスの分身。 62–68, 70, 72–80, 82–83, 89–91, 93–100
パレスティナ　Palaistine　中東南部および現シナイ半島。 240
パン　Pan　アルカディアの牧神。上半身は人間、下半身は山羊の姿で、鬚、角《つの》、蹄を持つ。 112–116, 148, 230
パンクラテス　Pankrates　登場人物の一（仮想上の人物）。魔術師。 256, 258
ヒケシオス　Hikesios　「嘆願を司る」の意。ゼウス神の接頭語（嘆願を司るゼウス）。 62
ピサ　Pisa　ペロポネソス半島オリュンピア東方の地。 147
ピッタコス　Pittakos　前 7 — 6 世紀のレスボス島ミュティレネの僭主。 160
ヒッピアス　Hippias　プラトンと同時代のソフィスト。 78
ヒッポクラテス　Hippokrates　前460年頃。コス島生まれの科学者、医聖。 245–246
ヒッポナクス　Hipponaks　前540年頃最盛期。エペソス出身の諷刺詩人。 170
ピテュオカンプテス　Pityokamptes　「松曲げ男」の意。2 本の松の木を使って旅人を殺す悪党。テセウスに退治された。 110
ビトン　Biton　人間のうち最も幸福とされる男。今 1 人は兄弟のクレオビス。 15
火の河　Pyriphlegethon　冥府を流れる河の一。 10, 247
ヒュアキントス　Hyakinthos　アポロン神に愛された美少年。その円盤に当たって死んだ。 142
ピュタゴラス　Pythagoras　前580頃—496年頃。サモス出身の賢者、宗教者。 33–35, 64, 68, 80–81, 85, 89, 93
　—派　Pythagorikos　上記ピュタゴラスの教説の信奉者。 32, 93, 251, 253

ピュティア　Pythia　デルポイと同義。元はデルポイのアポロン神殿の巫女の意。 16, 259
—競技　Pythia　4年ごとのアポロン神の祭礼で催される競技会。 158
ヒュペリデス　Hyperides　対マケドニア戦時（前4世紀）のアテナイ人の弁論家。 210, 221
ヒュペルボレオス人　Hyperboreos　「北風（ボレアス）の彼方の住人」の意。すなわち世界の極北に住むとされる伝説的民族。 238–240
ヒュメットス（山）　Hymettos　アテナイ東部の山。 110
ピュリアス（懐疑論者）　Pyrrhias　奴隷の名前（仮想上の人物）。懐疑派の哲学者ピュロンを捩《もじ》ったもの。 56–58
ピュリアス（召使）　Pyrrhias　エウクラテスに仕える奴隷身分の男（仮想上の人物）。 248
ピュリプレゲトン　Pyriphlegethon　→火の河
ピュロス（エペイロスの）　Pyrrhos　ギリシア本土西北部のエペイロス王。アレクサンドロス大王のまたいとこ。 165
ピュロス（地名）　Pylos　ペロポネソス半島西南の町。英雄ネストルが治める。 141
ピュロン　Pyrrhon　前365—275年頃。エリス出身の哲学者。懐疑派の創始者。 118, 129
ピリッポス　Philippos　マケドニア王。アレクサンドロス大王の父。 166, 180, 210
ピロクセノス　Philoksenos　前4世紀のシュラクサイの僭主ディオニュシオス1世の宮廷詩人。 162
ピロクテテス　Philoktetes　トロイア戦争遠征ギリシア軍の英雄の1人。弓の名手。足の傷のためレムノス島に置き去りにされたが、のちに復帰。 156, 195
ピロクラテス　Philokrates　対マケドニア戦争時のアテナイの扇動政治家。 210
ピロクレス　Philokles　登場人物の一（仮想上の人物）。 228–230, 232–233, 260
ピロソピア　Philosophia　「哲学」を意味するギリシア語の擬人化。 67–68, 70–77, 79–80, 82–83, 85, 89–96, 99–100, 132
ブシリス　Busiris　エジプト王。外来人を神に供儀するのを常としていた。 110
不正　Adikia　ギリシア語「アディキア」の擬人化。 108, 110
プセウドス　Pseudos　「虚偽」「嘘」を意味するギリシア語の擬人化。 95
プニュクス（丘）　Pnyks　アクロポリス西方の小丘。民会の開催場所。 112
プラクシテレス　Praksiteles　前4世紀の著名な彫刻家。 147, 177
プラトン　Platon　前427頃—348年。哲学者。ソクラテスの弟子。 60–64, 66–68, 70–71, 75, 78–81, 85, 89, 98, 170, 192, 207, 212, 233, 241, 248, 250
—派　Platonikos　アテナイ郊外のプラトンの学園アカデメイアに拠ったプラトンの弟子たち。 93, 98
ブランキダイ　Brankhidai　イオニアのミレトス付近のアポロン神殿。 104
プリュギア　Phrygia　小アジアの一地帯。トロイアの奥地。 142, 148, 157
プリュタネイオン　Prytaneion　アテナイ市の公会堂もしくは迎賓館的建築物。国家的功労者にはここで食事が供された。 95
プルトン　Pluton　冥府の王ハデスの異称。 6, 249
プロディコス　Prodikos　ソクラテスと同時代の著名なソフィスト。 78
プロテウス（神）　Proteus　海に棲む老人で海神ポセイドンの従者。その身を変幻自在に変える能力を持つ。 144
プロテウス（犬儒派）　Proteus　遍歴の哲学者ペレグリノスの渾名。 161
プロテシラオス　Protesilaos　ギリシア東北部テッサリア地方のペライ王。トロイア戦

争の勇士。トロイア上陸後ギリシア軍最初の戦死者。 *214*
プロメテウス　Promethus　神。火（神の所有物）を人間に与えたためゼウスから厳罰を受けた。 *142, 144, 229*
ペイディアス　Pheidias　前5世紀の著名な彫刻家。 *147, 177–178, 188*
ペイライエウス　Peiraieus　アテナイの外港。 *96*
ペガソス　Pegasos　有翼の神馬。 *181, 230*
ヘカテ　Hekate　冥府と夜の女神。 *238–239, 247, 260*
ヘカベ　Hekabe　トロイアの老王妃。王プリアモスの妻。ヘクトルの母。 *141*
ヘクトル　Hektor　トロイア戦争時におけるトロイア軍の総大将。 *157, 213–214*
ヘシオドス　Hesiodos　ホメロスに次いで登場したギリシア叙事詩人。作品に『仕事と日』などがある。 *145*
ヘスティア　Hestia　家の炉の女神。 *232*
ヘパイストス　Hephaistos　火と鍛冶の神。 *4, 142, 144, 146*
ヘブロス（河）　Hebros　トラキアを流れエーゲ海に流入する河。 *160*
ヘミテオン　Hemitheon　南イタリアの町シュバリスの道楽者。 *167*
ヘラ　Hera　ゼウス神の正妻。 *70, 144, 146, 177*
ヘラクレイトス　Herakleitos　前500年頃最盛期。イオニアのエペソス出身の哲学者。 *43–44, 150*
ヘラクレス　Herakles　ギリシア神話中随一の英雄豪傑。 *8, 27, 38, 76, 84, 86, 89, 124, 155, 167, 182, 206*
ペラスギコン　Pelasgikon　先史時代のアクロポリスの城壁。 *92, 96, 112*
ヘリオス　Helios　太陽神。 *104*
ペリオン（山）　Pelion　ギリシア本土東北部の町イオルコス近郊の山。 *8–9*
ペリコス　Pellikhos　前434年エピダムノスに侵攻したコリントス将軍アリステウスの父。 *242–245*
ヘリコン（山）　Helikon　中部ギリシアのボイオティア地方の山。 *153*
ペルガモン　Pergamon　小アジアのミュシア地方の町。 *259*
ペルシア人　Perses　*14, 18, 20, 143, 204*
ペルセウス　Perseus　ダナエの子。見た者を石にする怪物ゴルゴンの1人メドゥサを退治し、その頭を切り、持ち歩いていた男。 *53*
ペルディッカス　Perdikkas　マケドニア王家に多い名。特定できない。 *166*
ヘルメス　Hermes　ゼウス神の子。神々の使者を務める。 *4–16, 18–22, 24–30, 32–33, 36–38, 41–42, 44, 47–48, 54–56, 58, 107–108, 110, 112–113, 115–119, 122, 127–130, 133–136, 138, 145, 147–148*
ペレウス　Peleus　アキレウスの父。パトロクロスの養い親。 *215*
ヘレネ　Helene　スパルタ王妃。夫メネラオスを捨ててパリスとともにトロイアへ逃げ、トロイア戦争の要因となった。 *84*
ベレロポンテス　Bellerophontes　コリントス王グラウコスの子。讒言に遭い、自分の殺害を命じる手紙を持たされた男。 *164*
ヘロドトス　Herodotos　前5世紀半ばのアテナイの人。ペルシア戦争を描く『歴史』の著者。後世「歴史の父」と呼ばれる。 *229*
ペロポネソス　Peloponnesos　ギリシア本土の南部一帯。コリントス地峡で本土と繋がり、形のうえでは半島状をなす。 *29*
ペンテウス　Pentheus　テバイ王。バッコス教に反対し、熱狂的な信者の母アガウエに殺された。 *61, 164*
ボイオティア　Boiothia　ギリシア本土中東部の地方。 *18, 211*

ポキス　Phokis　ギリシア本土中央部の一地方。デルポイが首邑。 *18*
ポセイドン　Poseidon　ゼウスに次ぐオリュンポスの主神。海の支配権を持つ。 *12, 86, 96, 99, 142, 147*
ホメロス　Homeros　前 8 世紀。古代ギリシア文学の初頭を飾る叙事詩人。 *7–9, 11–12, 24, 27–28, 62, 92, 104, 145, 157, 176, 194, 196, 202, 212–214, 229*
『イリアス』 *Ilias*　上記ホメロスの代表作の一。トロイア戦争を描く。 *157*
ホライ　Horai　季節と秩序の女神ホラの複数形（ヘシオドスでは 3 名）。 *145*
ポリアス　Polias　ポリス（市）の守護女神の意。アテナの呼称。 *77*
ポリュクセネ　Polyksene　トロイア王女。アキレウスの慰霊のため人身御供にされる。 *84*
ポリュクラテス　Polykrates　前 6 世紀後半。エーゲ海のサモス島の僭主。 *20*
ポリュクレイトス　Polykleitos　前 5 世紀後半に活躍。著名な彫刻家。 *147, 177–178, 242*
ボレアス　Boreas「北風」の意。 *230*
ポレモン　Polemon　酒を断ち哲学に打ち込み、のちにアカデメイアでクセノクラテスの後継者となった哲学者。 *117, 120–121*
ポロス　Polos　アクラガス出身のソフィスト。ゴルギアスの弟子。 *78*

マ　行

マイア　Maia　ヘルメス神の母。 *5*
マイアンドリオス　Maiandrios　サモスの僭主ポリュクラテスの召使。 *20*
マケドニア　Makedonia　ギリシア北方の地。アレクサンドロス大王の出身地。 *210*
マッサゲタイ　Massagetai　カスピ海東部の地域および住人。 *19*
マラトン　Marathon　アテナイの東北の町。ペルシア戦争での激戦地。 *112, 230*
マルギテス　Margites　愚者とされる人物。また伝ホメロスの偽書の主人公。 *230*
マルシュアス　Marsyas　サテュロス。プリュギアのマルシュアス河神。笛の名手。 *155*
マロス　Mallos　小アジア南部キリキア地方の町。 *259–260*
ミダス　Midas　ぶどう園の園丁（仮想上の人物）。 *236–237*
ミノス　Minos　ゼウスとエウロパの子。クレタ島の伝説的王。 *244–245*
ミュグドニア　Mygdonia　ギリシア本土東北部、カルキディケ半島北部地域。 *146*
ミュケナイ　Mykenai　ペロポネソス半島東北部の町。トロイア戦争遠征ギリシア軍総大将アガメムノンの本拠地。 *28*
ミュロン　Myron　前 5 世紀半ばの著名な彫刻家。 *177, 242*
ミロン　Milon　前 6 世紀初めの南伊クロトン出身の運動競技選手。 *13*
ムーサ　Musa　詩女神。9 名いるとされる（複数形はムーサイ Musai）。近代語のミューズ。 *65, 142, 153, 158*
ムナソン　Mnason　エウクラテスの息子（仮想上の人物）。 *246*
メディア　Media　カスピ海南方、ティグリス河以東の地。 *14, 156*
メニッポス　Menippos　前 3 世紀の犬儒派の哲学者。他の哲学者や市民の言行を批判し、ルキアノスの先駆者的役割を果たした。 *82, 136*
メムノン　Memnon　エティオピア王。トロイア戦争でアキレウスに討たれた。エジプトのテバイに神殿があり、その像は日の出に音を発した。 *256*
メリオネス　Meriones　トロイア戦争の勇士。クレタ勢の将イドメネウスの従者。 *216*
メレアグロス　Meleagros　ギリシア中部アイトリア地方のカリュドン王オイネウスの息子。野猪狩りにまつわる争いから母親アルタイアに殺された。 *140*

メレトス　Meletos　ソクラテス告発者の１人。今１人はアニュトス。 *68, 109*
メンピス　Memphis　エジプトのナイル河下流域の町。 *162, 256–257*
モイライ　Moirai　運命を司る女神たち（単数形はモイラ Moira）。クロト、ラケシス、アトロポスの３名からなる。 *21, 249*
モルモ　Mormo　女性の怪物。 *230*

ラ　行
ラオメドン　Laomedon　トロイア王プリアモスの父。 *142*
ラケダイモン　Lakedaimon　*28*　→スパルタ
ラミア　Lamia　子供をさらう女怪物。 *230*
ラリサ　Larisa　ギリシア北部テッサリア地方の町。 *166*
リビュア　Libye　アフリカ東北部、地中海沿岸地帯。 *19, 234, 244*
リュカオン　Lykaon　トロイア戦争におけるトロイア軍の戦士。プリアモスの子。 *157*
リュクルゴス　Lykurgos　対マケドニア戦争時のアテナイの扇動政治家。 *210*
リュケイオン　Lykeion　アテナイ郊外のアリストテレスの学園の所在地。 *100, 134*
リュディア　Lydia　小アジアの中部地方。王クロイソスが治める。 *9, 14, 17–18, 105, 148*
リュンケウス　Lynkeus　万物を見透す千里眼の持ち主。 *12*
ルキアノス　Lukianos　後115頃―200年頃。本書の作者。 *174–183*
レア　Rhea　ウラノス（天）とガイア（大地）の娘。クロノスの妻。ゼウス神の母。 *142–144, 146–147*
レオンティコス　Leontikhos　登場人物の一（仮想上の人物）。 *233, 260*
レスボス　Lesbos　エーゲ海東北部の島。 *160*
レテ　Lethe「忘却」の女神。 *25*
レトリケ　Rhetorike「弁論術」を意味するギリシア語の擬人化。 *118, 130, 133–134*
レバノンの女神　Libanitis　文字どおりには「レバノンの淑女」、すなわちアプロディテのこと。 *153*
レムノス　Lemnos　エーゲ海北部、トロイアの西方に浮かぶ島。 *144, 195*
ロイテイオン　Rhoiteion　エーゲ海北部ヘレスポントス海峡の入口東側に位置する場所。 *28*
ロクシアス　Loksias　アポロン神の異称。 *44*

訳者略歴

丹下和彦（たんげ　かずひこ）

大阪市立大学名誉教授
一九四二年　岡山市生まれ
一九七〇年　京都大学大学院文学研究科博士課程中退
二〇〇五年　京都大学博士（文学）
和歌山県立医科大学教授、大阪市立大学教授、関西外国語大学教授を経て二〇一四年退職

主な著訳書
『ギリシア悲劇研究序説』（東海大学出版会）
『女たちのロマネスク――古代ギリシアの劇場から』（東海大学出版会）
『旅の地中海――古典文学周航』（京都大学学術出版会）
『ギリシア悲劇――人間の深奥を見る』（中公新書）
『ギリシア悲劇ノート』（白水社）
『食べるギリシア人――古典文学グルメ紀行』（岩波新書）
『ギリシア悲劇全集』5・6巻（共訳、岩波書店）
『ギリシア悲劇全集』別巻（共著、岩波書店）
『ギリシア喜劇全集』3・8巻（共訳、岩波書店）
『ギリシア喜劇全集』別巻（共著、岩波書店）
カリトン『カイレアスとカッリロエ』（国文社）
アルクマン他『ギリシア合唱抒情詩集』（京都大学学術出版会）
エウリピデス『悲劇全集』1～3（京都大学学術出版会）

食客《しょっかく》――全集《ぜんしゅう》3　西洋古典叢書　2014第4回配本

二〇一四年十月二十五日　初版第一刷発行

訳　者　丹《たん》下《げ》和《かず》彦《ひこ》
発行者　檜山爲次郎
発行所　京都大学学術出版会
606-8315 京都市左京区吉田近衛町六九　京都大学吉田南構内
電　話　〇七五-七六一-六一八二
ＦＡＸ　〇七五-七六一-六一九〇
http://www.kyoto-up.or.jp/
印刷／製本・亜細亜印刷株式会社

定価はカバーに表示してあります

ISBN978-4-87698-487-9

西洋古典叢書［第Ⅰ～Ⅳ期、2011～2013］既刊全106冊（税別）

【ギリシア古典篇】

アイスキネス　弁論集　木曾明子訳　4200円
アキレウス・タティオス　レウキッペとクレイトポン　中谷彩一郎訳　3100円
アテナイオス　食卓の賢人たち　1　柳沼重剛訳　3800円
アテナイオス　食卓の賢人たち　2　柳沼重剛訳　3800円
アテナイオス　食卓の賢人たち　3　柳沼重剛訳　4000円
アテナイオス　食卓の賢人たち　4　柳沼重剛訳　3800円
アテナイオス　食卓の賢人たち　5　柳沼重剛訳　4000円
アラトス／ニカンドロス／オッピアノス　ギリシア教訓叙事詩集　伊藤照夫訳　4300円
アリストクセノス／プトレマイオス　古代音楽論集　山本建郎訳　3600円
アリストテレス　天について　池田康男訳　3000円
アリストテレス　魂について　中畑正志訳　3200円
アリストテレス　動物部分論他　坂下浩司訳　4500円

アリストテレス　ニコマコス倫理学　朴　一功訳　4700円
アリストテレス　政治学　牛田徳子訳　4200円
アリストテレス　トピカ　池田康男訳　3800円
アリストテレス　生成と消滅について　池田康男訳　3100円
アルクマン他　ギリシア合唱抒情詩集　丹下和彦訳　4500円
アルビノス他　プラトン哲学入門　中畑正志訳　4100円
アンティポン／アンドキデス　弁論集　高畠純夫訳　3700円
イアンブリコス　ピタゴラス的生き方　水地宗明訳　3600円
イソクラテス　弁論集　1　小池澄夫訳　3200円
イソクラテス　弁論集　2　小池澄夫訳　3600円
エウセビオス　コンスタンティヌスの生涯　秦　剛平訳　3700円
エウリピデス　悲劇全集　1　丹下和彦訳　4200円
エウリピデス　悲劇全集　2　丹下和彦訳　4200円
エウリピデス　悲劇全集　3　丹下和彦訳　4600円
ガレノス　自然の機能について　種山恭子訳　3000円

ガレノス　ヒッポクラテスとプラトンの学説 1　内山勝利・木原志乃訳　3200円
ガレノス　解剖学論集　坂井建雄・池田黎太郎・澤井　直訳　3100円
クセノポン　ギリシア史 1　根本英世訳　2800円
クセノポン　ギリシア史 2　根本英世訳　3000円
クセノポン　小品集　松本仁助訳　3200円
クセノポン　キュロスの教育　松本仁助訳　3600円
クセノポン　ソクラテス言行録 1　内山勝利訳　3200円
セクストス・エンペイリコス　ピュロン主義哲学の概要　金山弥平・金山万里子訳　3800円
セクストス・エンペイリコス　学者たちへの論駁 1　金山弥平・金山万里子訳　3600円
セクストス・エンペイリコス　学者たちへの論駁 2　金山弥平・金山万里子訳　4400円
セクストス・エンペイリコス　学者たちへの論駁 3　金山弥平・金山万里子訳　4600円
ゼノン他　初期ストア派断片集 1　中川純男訳　3600円
クリュシッポス　初期ストア派断片集 2　水落健治・山口義久訳　4800円
クリュシッポス　初期ストア派断片集 3　山口義久訳　4200円
クリュシッポス　初期ストア派断片集 4　中川純男・山口義久訳　3500円

クリュシッポス他　初期ストア派断片集　5　中川純男・山口義久訳　3500円
テオクリトス　牧歌　古澤ゆう子訳　3000円
テオプラストス　植物誌　1　小川洋子訳　4700円
ディオニュシオス／デメトリオス　修辞学論集　木曾明子・戸高和弘・渡辺浩司訳　4600円
ディオン・クリュソストモス　トロイア陥落せず——弁論集　2　内田次信訳　3300円
デモステネス　弁論集　1　加来彰俊・北嶋美雪・杉山晃太郎・田中美知太郎・北野雅弘訳　5000円
デモステネス　弁論集　2　木曾明子訳　4500円
デモステネス　弁論集　3　北嶋美雪・木曾明子・杉山晃太郎訳　3600円
デモステネス　弁論集　4　木曾明子・杉山晃太郎訳　3600円
トゥキュディデス　歴史　1　藤縄謙三訳　4200円
トゥキュディデス　歴史　2　城江良和訳　4400円
ピロストラトス／エウナピオス　哲学者・ソフィスト列伝　戸塚七郎・金子佳司訳　3700円
ピロストラトス　テュアナのアポロニオス伝　1　秦　剛平訳　3700円
ピンダロス　祝勝歌集／断片選　内田次信訳　4400円
フィロン　フラックスへの反論／ガイウスへの使節　秦　剛平訳　3200円

プラトン　ピレボス　山田道夫訳　3200円
プラトン　饗宴／パイドン　朴　一功訳　4300円
プルタルコス　モラリア　1　瀬口昌久訳　3400円
プルタルコス　モラリア　2　瀬口昌久訳　3300円
プルタルコス　モラリア　5　丸橋　裕訳　3700円
プルタルコス　モラリア　6　戸塚七郎訳　3400円
プルタルコス　モラリア　7　田中龍山訳　3700円
プルタルコス　モラリア　8　松本仁助訳　4200円
プルタルコス　モラリア　9　伊藤照夫訳　3400円
プルタルコス　モラリア　10　伊藤照夫訳　2800円
プルタルコス　モラリア　11　三浦　要訳　2800円
プルタルコス　モラリア　13　戸塚七郎訳　3400円
プルタルコス　モラリア　14　戸塚七郎訳　3000円
プルタルコス　英雄伝　1　柳沼重剛訳　3900円
プルタルコス　英雄伝　2　柳沼重剛訳　3800円

プルタルコス　英雄伝　3　柳沼重剛訳　3900円
プルタルコス／ヘラクレイトス　古代ホメロス論集　内田次信訳　3800円
ヘシオドス　全作品　中務哲郎訳　4600円
ポリュビオス　歴史　1　城江良和訳　3700円
ポリュビオス　歴史　2　城江良和訳　3900円
ポリュビオス　歴史　3　城江良和訳　4700円
ポリュビオス　歴史　4　城江良和訳　4300円
マルクス・アウレリウス　自省録　水地宗明訳　3200円
リバニオス　書簡集　1　田中　創訳　5000円
リュシアス　弁論集　細井敦子・桜井万里子・安部素子訳　4200円
ルキアノス　偽預言者アレクサンドロス——全集　4　内田次信・戸田和弘・渡辺浩司訳　3500円

【ローマ古典篇】

ウェルギリウス　アエネーイス　岡　道男・高橋宏幸訳　4900円
ウェルギリウス　牧歌／農耕詩　小川正廣訳　2800円

ウェレイユス・パテルクルス　ローマ世界の歴史　西田卓生・高橋宏幸訳　2800円
オウィディウス　悲しみの歌／黒海からの手紙　木村健治訳　3800円
クインティリアヌス　弁論家の教育　1　森谷宇一・戸高和弘・渡辺浩司・伊達立晶訳　2800円
クインティリアヌス　弁論家の教育　2　森谷宇一・戸高和弘・渡辺浩司・伊達立晶訳　3500円
クインティリアヌス　弁論家の教育　3　森谷宇一・戸田和弘・吉田俊一郎訳　3500円
クルティウス・ルフス　アレクサンドロス大王伝　谷栄一郎・上村健二訳　4200円
スパルティアヌス他　ローマ皇帝群像　1　南川高志訳　3000円
スパルティアヌス他　ローマ皇帝群像　2　桑山由文・井上文則・南川高志訳　3400円
スパルティアヌス他　ローマ皇帝群像　3　桑山由文・井上文則訳　3500円
セネカ　悲劇集　1　小川正廣・高橋宏幸・大西英文・小林　標訳　3800円
セネカ　悲劇集　2　岩崎　務・大西英文・宮城徳也・竹中康雄・木村健治訳　4000円
トログス／ユスティヌス抄録　地中海世界史　合阪　學訳　4000円
プラウトゥス　ローマ喜劇集　1　木村健治・宮城徳也・五之治昌比呂・小川正廣・竹中康雄訳　4500円
プラウトゥス　ローマ喜劇集　2　山下太郎・岩谷　智・小川正廣・五之治昌比呂・岩崎　務訳　4200円
プラウトゥス　ローマ喜劇集　3　木村健治・岩谷　智・竹中康雄・山澤孝至訳　4700円

プラウトゥス　ローマ喜劇集 4　高橋宏幸・小林　標・上村健二・宮城徳也・藤谷道夫訳　4700円

テレンティウス　ローマ喜劇集 5　木村健治・城江良和・谷栄一郎・高橋宏幸・上村健二・山下太郎訳　4900円

リウィウス　ローマ建国以来の歴史 1　岩谷　智訳　3100円

リウィウス　ローマ建国以来の歴史 3　毛利　晶訳　3100円

リウィウス　ローマ建国以来の歴史 4　毛利　晶訳　3400円

リウィウス　ローマ建国以来の歴史 9　吉村忠典・小池和子訳　3100円